플루토의 지붕

플루토의 지붕

한수영 장편소설

문학동네

광막한 공간과 영겁의 시간 속에서
지구라는 행성 위의 찰나의 순간을
데릴라와 공유할 수 있음은 나에게 커다란 기쁨이다.

— 칼 세이건의 도움을 받아 작성한 삼촌의 결혼 서약서 중에서

그러니까 그 무렵

피는 어쩔 수 없나보다.

그러니까 그 무렵, 엄마는 지붕에 올라앉은 나를 올려다보며 그렇게 중얼거리곤 했다. 피는 물보다 진하다, 가 아니라 피는 어쩔 수 없다, 였고 그 말대로였다. 나는 이끼 낀 세탁소 지붕에 어처구니처럼 앉아 마을을 내려다보고 있었다. 한 번도 본 적 없는 나의 외할아버지가 그랬던 것처럼.

외할아버지는 열일곱에 사랑에 빠졌다. 종류는 짝사랑이었고 상대는 검은 머리칼에 코코넛처럼 큰 눈을 가진 아가씨였다. 세상 모든 짝사랑의 수순대로 청혼은 거절당했고, 슬픔을 이기지 못한 외할아버지는 숨을 데를 찾다 아가씨네 집 지붕으로 올라가버렸다.

마침 우기가 시작되었다. 외할아버지는 코코넛나무 껍질로 만든 지붕에서 일주일을 버텼다. 어쩌면 1년을 버틴지도 모른다. 마을에는 달력이 하나도 없었다. 분명한 건 외할아버지가 평생 맞을 비를 그 지붕에서 다 맞았다는 것이다. 우기의 마지막 날, 태풍은 마을의 지붕 열두 개와 코코넛나무 일곱 그루를 결딴내고 물러갔다. 외할아버지가 걸치고 있던 옷도 날아가버렸다. 마을 사람들이 하나둘 지붕 아래로 모여들었다. 외할아버지는 머리칼이 태풍의 진행 방향으로 쏠린 채 알몸으로 지붕에 딱 달라붙어 있었다. 마을 사람들은 탄성을 지르며 일제히 외할머니를 바라보았다. 나의 외할머니, 코코넛 아가씨는 외할아버지를 향해 그 큰 눈을 깜박거려주었다.

그러니까 그 무렵, 엄마와 나는 세탁소에 딸린 작은 방에 살고 있었다. 엄마는 몇 정거장 떨어진 양말공장에 다녔다. 나는 아침마다 집 앞에 서서 일 나가는 엄마의 뒷모습을 바라보곤 했다. 내가 봐도 엄마는 멋진 일꾼이었다. 엄마를 배웅한 뒤 햇빛도 들지 않는 빈방으로 들어가는 건 태풍이 아무 짓도 하지 않고 물러가는 것만큼이나 어려운 일이었다. 엄마를 태운 마을버스가 떠나자 나는 코코넛나무 아래에 혼자 남겨진 사나이의 고독을 느끼며 공중을 올려다보았다. 바야흐로, 뭇 여성들을 두려움에 떨게 하는 직사광선이 세탁소 지붕 위로 마구 쏟아져내리고 있었다. 딱히 갈 곳도 없었다.

세탁소 지붕은 몹시 지치고 지친 고래의 등짝 같았다. 기와는 곰 팡이와 이끼가 앉아 칙칙한 주황빛을 띠고 있었다. 비늘이 빠진 것 처럼 군데군데 떨어져나간 부분도 있었다. 지붕 오른쪽 끝에는 제 대로 연기 한번 내보낸 적 없을 것 같은 굴뚝이 뾰루지처럼 붙어 있었고, 그 옆에 생선 가시처럼 말라붙은 안테나가 서 있었다. 나 는 슬리퍼를 벗어 양손에 한 짝씩 들었다. 다리가 조금 후들거렸지 만 겁이 나서 그런 게 아니었다. 바람 때문이었다. 안테나도 후들 거리고 있었으니까. 나는 가만가만 굴뚝을 향해 걸었다. 기와의 곡 면에 맞춰 내 발바닥이 동그래질 때마다 코코넛 지붕이면 어땠을 까 하는 생각이 들었다. 안테나가 나를 찌를 듯이 쳐다보고 있었지 만 무시하고 굴뚝에 올라앉았다. 저기 멀리, 엄마를 태운 마을버스 가 달려가고 있었다. 버스는 딱정벌레만해지다가 사라졌다.

명왕3동에는 태풍도 코코넛나무도 없었다. 지붕 아래에서 나를 올려다보는 코코넛 아가씨가 있는 것도 아니었다. 그래도 나는 엄 마가 일 나가고 나면 날마다 지붕 위로 올라갔다. 심심해서 그랬 다. 그냥 심심해서…… 에이, 그래 솔직해지자. 겁이 나서 그랬다.

엄마와 내가 명왕3동으로 이사 온 건 취학통지서 때문이었다. 어느 날 날아온 취학통지서를 엄마와 나는 입대통지서처럼 바라보 았다. 바라보다 나는 눈물과 발 구르기 동작으로 학교에 가지 않겠 다는 의지를 엄마에게 전달했다. 엄마는 이혼 직후인데다 나의 실 어증까지 겹쳐 멍한 상태였다. 거기다 집세까지 올려줘야 했다. 거 기에 취학통지서까지. 그렇다고 취학통지서가 꼭 나쁜 것만은 아니었다. 아이들한테 놀림받을 때마다 내가 한국 사람인지 필리핀 사람인지 헷갈렸는데 취학통지서가 나의 국적을 알려주었다.

엄마는 정부에서 보낸 종이는 절대 찢으면 안 된다고 했다. 우리는 취학통지서를 장판 밑에 숨겨버리고 집세가 더 싼 이곳으로 왔다. 취학통지서는 생각만큼 치밀하지 않았다. 명왕3동까지 따라오지 않았다. 그래도 엄마가 일 나간 사이에 취학통지서가 나를 잡으러 올 수 있었다. 도망치는 데는 지붕이 딱이었다. 취학통지서가 거기까지는 못 올라올 테니까.

명왕3동 사람들은 내가 학교에 가지 않는 걸 이상하게 생각하지 않았다. 내 키는 다섯 살이라고 해도 믿을 만큼 작았다. 다시 한번, 피는 어쩔 수 없다. 지붕으로 도망친 건 외할아버지를 닮았고 키는 아빠를 닮았다. 엄마는 학교에 가지 않는 나를 걱정했지만 텔레비전이 다 해결해주었다. 텔레비전이 학교보다 백배는 똑똑했다. 텔레비전을 마스터하자 기다렸다는 듯이 지붕이 나타나주었다. 지붕은 학교보다 천배는 더 훌륭한 학교였다. 텔레비전이 이차원이면 지붕은 구차원이었다. 그 무렵 내가 올라간 지붕이 쉰 개는 되었다. 쩨쩨하게 옥상 말고 순수하게 지붕만 말이다. 그러니까 나는 쉰 개의 구차원 학교를 졸업한 셈이다.

취학통지서 이후로 느끼지 못한 스릴을 지붕에서 다시 느끼며 나는 날마다 지붕으로 올라갔다. 명왕3동 지붕들은 다닥다닥 붙어 있어 그 위로 건너다니는 것은 어려운 일이 아니었다. 라면을 사러 골목 꼭대기에서 저 아래 슈퍼까지 구불구불한 골목길을 뛰어 내려가는 애들을 보면 정말 안됐다는 생각이 들었다. 골목으로 가면 마흔일곱 개의 집을 지나쳐야 하지만 지붕으로 가면 일직선으로 지붕 열 개만 건너면 되었다. 엄마와 내가 사는 세탁소에서 정육점까지는 지붕 다섯 개, 비디오가게까지는 일곱 개, 태평양약국까지는 열 개면 되었다.

지붕에 올라가 있는 데 아무런 시련이 없었던 것은 아니다. 어쩔 수 없이 사람들 눈에 띄게 되었다. 그렇다고 나를 잡으러 지붕 위로 올라오는 사람은 없었다. 지붕 아래에서만 난리였다. 통장 아저씨가 몇 번이나 엄마를 찾아왔고 세탁소 아저씨도 찾아왔다. 그래도 나는 엄마가 퇴근해 올 때까지 내려오지 않았다. 처음에는 엄마도 화를 냈지만 나중에는 조심하라고만 했다. 외할아버지처럼 큰 태풍이 한 번 오기 전에는 내려오지 않을 거라는 것을 안 것이다. 사람들은 점점 시들해져갔다. 기왓장을 떨어뜨리거나 슬레이트를 깨뜨리지 않자 지붕 위의 나를 본 둥 만 둥 했다. 내가 어느 집 지붕에 앉아 있는지 궁금해하지도 않았다. 눈이 나쁜 팽할머니만 잊지 않고 가끔씩 나를 괴롭혔다. 팽할머니 눈에는 내가 도둑고양이로 보였다. 할머니는 긴 막대기를 구해와 할머니네 녹슨 함석지붕에 앉아 있는 나를 향해 쑤셔댔다. 막대기는 키가 닿지 않아 지붕 가장자리에서만 깐작대다가 앞니 빠진 구시렁 소리와 함께 물러가곤 했다.

지붕에 앉아 엄마가 탄 버스를 보내고 나면 가끔 그런 생각이 들었다. 취학통지서는 아직도 나를 찾고 있기는 한 걸까? 다시 내 국적이 헷갈리려고 했다. 취학통지서를 보면 한국인데 지붕에 앉아 있는 걸 보면 필리핀 쪽이고⋯⋯

명왕3동

왜 지붕에만 올라가면 내 국적이 헷갈리는 걸까. 한국, 필리핀에 이어 혹시 내 국적이 일본은 아닐까 하는 생각이 든 적도 있다. 지붕에서 지붕으로 소리 내지 않고 걷다보면 내가 꼭 일본의 자객, 닌자가 된 것 같았다. 나는 닌자처럼 아무 소리 내지 않고 지붕에서 지붕으로 날아다닐 수 있었다. 어떤 면에서는 내가 닌자보다 한 수 위였다. 일본의 지붕은 닌자의 염탐을 막기 위해 단단하고 두껍게 만들어졌다지만 명왕3동의 지붕은 아니었다. 달걀 껍데기나 마찬가지였다.

천왕시 해왕구 명왕3동.

서른아홉 개의 쓸 만한 지붕과 2백 개의 달걀 껍데기 같은 지붕을 가진 명왕3동은 가파른 경사면을 따라 골목과 집이 빼곡히 자리잡고 있었다. 집들은 포도송이처럼 다닥다닥 붙어 있어 지붕 하나만 들어올리면 다른 집들도 송이송이 따라 올라오게 되어 있었다. 처음부터 설계도라고는 없었던 것처럼 제멋대로 생긴 집들은 그때그때 필요에 따라 증축과 개축, 보수와 땜빵을 되풀이했다. 보수와 땜빵은 지붕에서 절정을 이루었다. 슬레이트와 함석, 비닐,

기와, 폐타이어 등 갖가지 재료가 아슬아슬하게 섞여 있었다. 기발하고 다양하게 생긴 집들은 똑같은 집이 하나도 없었다. 그러면서도 어딘가 닮아 있었다.

골목에는 현대정육점, 대우부동산, 삼성클리닝, 두산이발소, 치열한 가격경쟁을 벌이다 카르텔을 형성한 롯데슈퍼와 엘지슈퍼가 있었다. 그 사이사이에 채플린비디오, 우포순댓국집, 성신설비가 눈치껏 끼어 있었다. 그리고 골목 맨 앞에 약국 하나. 태평양과는 너무 먼 곳에 들어앉아 있는 태평양약국.

지난 몇 년 동안 명왕3동은 전쟁터나 마찬가지였다. 명왕3동 옆에 50층짜리 아파트 두 동이 들어서면서부터였다. 외벽 전체가 황금빛 유리로 이루어진 아파트였다. 얼마나 번쩍거리는지 처음에는 태양열발전소인 줄 알았다. 건물 꼭대기에는 '글라스 팰리스'라는 명찰이 붙어 있었다. 텔레비전과 지붕에서 배운 실력으로 해석하면 '유리궁전'쯤 되었다.

유리궁전은 절대 안을 보여주지 않았다. 자기는 보여주지 않으면서 우리 마을 명왕3동을 다 내려다보고 있었다. 유리궁전 외벽에 명왕3동 전체가 비쳤다. 실물보다 유리에 비친 명왕3동이 근사해 보이긴 했다.

아파트 입주가 시작되면서 정부는 집집마다 우편물을 보내주었다. 친절도 하시지. 한 집도 빠뜨리지 않았다. 주민들은 삼삼오오 모여 "친애하는 주민 여러분"으로 시작하는 우편물을 읽어내려갔다. 몇몇은 '친애하는'이라는 단어에 감동받아 손끝을 파르르 떨기도 했다.

"동양척식주식회사 소유였던 이 지역은 1945년 해방되면서 대한민국 정부로 귀속되었습니다. 정부는 이 지역에 환태평양 시대의 비전을 담은 공원을 건설할 계획입니다."

주민들은 환태평양의 비전을 담은 공원은 어떤 공원일까, 생각해보았지만 그림이 떠오르지 않았다. 아무리 생각해도 환태평양과 명왕3동은 너무 멀었다. 태평양이 환장하지 않고서야 여기까지 올리 없었다. 아무튼 이곳에서 떠나라는 얘기였다. 친절한 정부는 친절하게도 행정관까지 파견해주었다. 행정관은 '1945년'을 꼭 '일구사오년'이라고 말했다. 하도 일구사오, 일구사오 해서 주민들은 '일구사오'와 '해방'과 '환태평양'이라는 단어만 들으면 가슴이 벌렁거렸다. '일구사오'는 오로지 문서만 상대했다. 일구사오에 따르면 이곳 주민들은 지금까지 국가 소유의 토지를 무단으로 점유하고 있었다. 그것도 염치없이 몇십 년씩이나.

밤마다 주민비상대책위 회의가 열렸다. 가로등과 담벼락에는 대책위의 결의문이 붙었다. 다음날이면 그 위에 정부 쪽 유인물이 붙었다. 3년 동안 치열한 접전이 벌어졌다. 주민들은 바리케이드를 치고 일구사오 쪽 냄새가 나는 사람이면 아무도 명왕3동 안으로 들이지 않았다. 하지만 처음부터 싸움이 되지 않는 싸움이었다. 정부는 마을 바깥에 더 큰 바리케이드를 치고 숨통을 조여왔다. 저 전설적인 미국의 이라크 해안봉쇄 작전을 벤치마킹한 작전이었다. 마침 우주에서까지 말썽이 생겼다. 국제천문학회는 명왕성의 지위

16

를 두고 논란을 벌였다. 태양계의 아홉번째 행성인 플루토, 즉 명왕성이 행성으로서의 자격이 없다는 거였다. 행성도 아닌 것이 행성인 체 돌고 있다는 것이었다. 그것도 염치없이 몇십 년씩이나. 결국 명왕성의 행성 지위가 박탈되었다. 명왕3동 주민 중 몇몇은 그것을 일종의 계시라고 받아들였다. 별이 떨어졌다는 건 모든 것이 끝났다는 거다, 명왕성이 떨어졌는데 명왕3동이라고 붙어 있겠느냐…… 태평양약국 김약사가 명왕성은 우주 저 너머에서 빙글빙글 잘만 돌고 있다고 설명해도 그들은 운명으로 받아들였다. 일찌감치 보상금을 받고 떠나는 집이 생겨났다.

마침내 전쟁은 위대한 정부의 위대한 승리로 끝이 나는 듯했다. 골목의 담벼락과 전봇대에 스프레이로 갈겨쓴 구호가 접전의 상흔을 간직한 채 바래가고 있었다. 정육점 담벼락에 갈겨쓴 "좆만이들, 우리 땅에서 나가라!"는 구호는 정부 쪽에서 쓴 것인지 게릴라 쪽에서 쓴 것인지 아직도 확인되지 않았다. 승리했다고 믿는 정부는 끝까지 친절했다. 몇 년 잠잠하더니 지난 크리스마스에 고맙게도 한 집도 빠뜨리지 않고 성탄카드를 보내주었다.

"2010년 8월 31일까지 모두 사라져주시기 바랍니다."

며칠 밤샘 회의 끝에 명왕3동은 집단적으로 일구사오를 잊기로 했다. 잊는 게 이기는 거라는 걸 명왕3동 주민들은 알고 있었던 것이다.

8개월이 아니라 8백 년 후의 일이라도 되는 것처럼 명왕3동에 조심스러운 평화가 찾아왔다. 일구사오 때문에 심란했던 골목에는 다시 소문이 생겨나기 시작했다. 이곳에 우리가 살고 있다, 고 주장하듯 사람들은 끊임없이 소문을 만들어냈다. 소문이 환태평양의 파도를 막아내는 방파제가 되어줄 거라고 여긴 것이다. 골목에 소문을 제조하는 풀무라도 숨어 있는 것처럼 소문 하나가 골목을 휩쓸고 가면 뒤이어 또다른 소문이 번져갔다.

세탁소 남자가 바람피우다 또 걸렸다는 것, 귀두에 전에 없던 물사마귀가 생겨 꼬리를 잡혔다는 것, 이번이 아홉번째라는 것, 하필이면 상대편 여자의 남편도 알게 되어 일이 복잡하다는 것, 그래도 열 번은 채워야 되지 않겠냐는 것, 우포순댓국집 샌드백 귓불이 또 찢어졌다는 것, 샌드백 남편 깔따구는 무슨 재주가 있는지 마을 남자들이 비쩍 마른 그에게 꼼짝 못 한다는 것, 알고 보니 비아그라 때문이라는 것, 다른 사람 다 괜찮은데 단 한 사람 정육점 남자한테서 부작용이 나타났다는 것, 한 번에 두 알을 삼켜버려 밤새 고생했다는 것, 물 먹인 황소 거시기처럼 탱탱하게 불어난 정육점 거시기, 정육점은 앉지도 못하고 서지도 못하고 끙끙대고 정육점 여자는 밤새 얼음으로 찜질을 했다는 것, 비보이 소년이 학교를 그만두었다는 것, 팽할머니가 카트를 새로 장만했다는 것, 성신설비 녹두장군이 잠에서 깨어날 때가 되었다는 것…… 하지만 명왕3동을 흔들어놓을 A급 소문 하나가 태평양약국 지붕을 날리기 위해 천천히 다가오는 걸 골목은 모르고 있었다. 지붕 위의 나도 깜빡 조느라 태풍이 오고 있는 걸 놓치고 말았다. 하긴 비리비리한 약골에 검은 뿔테 안경을 걸친 '삼촌'과 약국 경영에 소질이 없어 간신히 적자만 면하고 있는, 삼촌의 쌍둥이 같지 않은 쌍둥이 여동생 김약사. 약국 구성원 자체가 이미 소문이었다.

청진기

구성원 자체가 이미 소문인 태평양약국. 그곳에 대해 이야기하기 전에 먼저 나의 청진기를 소개해야겠다. 태평양약국이 지붕만큼이나 매력적인 장소라는 것을 알게 해준 건 바로 나의 청진기니까.

그러니까 그 무렵, 도둑고양이처럼 지붕에 앉아 마을을 내려다보던 시절, 지붕이 훌륭한 학교인 건 틀림없었다. 하지만 환경이 좋은 학교는 아니었다. 지붕에 앉아 명왕3동에 대해 연구하다보면 비와 바람과 햇볕에 그대로 노출될 수밖에 없었다. 자주 감기에 걸리는 것으로 수업료를 대신해야 했다.

그날은 다른 때보다 감기 기운이 더 심했다. 나는 엄마 등에 달걀환자처럼 납작 들러붙어 약국에 갔다. 먼저 온 손님들이 있어 엄마는 나를 업은 채 잠깐 기다렸다. 엄마 등에 업혀 골목을 내려올 때는 괜찮았는데 김약사의 흰 가운을 보자 울음이 터졌다. 처음이 어렵지 일단 울고 나자 창피하다는 생각이 들지 않았다. 사람들이 나를 의자에 내려놓으라고 했지만 나는 엄마 등에 더 찰싹 들러붙었다.

"삼촌이 좀 달래줘봐."

상담중이던 김약사가 옆에 서 있던 남자에게 말했다. 우람한 김약사와 정반대로 생긴 남자였다. 명왕3동 사람들은 그 남자를 '삼촌'이라고 불렀다. 김약사는 세상에 3분 먼저 나왔다는 것 때문에 한때 남자를 오빠라고 불러준 적도 있지만 언제부턴가 더이상 오빠라고 부르지 않았다. 가급적이면 말을 섞지 않고 정말 어쩔 수 없을 때는 남들처럼 삼촌이라고 불렀다.

삼촌이 카운터 밖으로 나와 나를 데리고 들어갔다. 삼촌은 내 관심을 끌려고 약장을 두드리고 시럽 병을 흔들어주었다. 조제대 안쪽에 있는 서랍을 열었다 닫았다 하는 방법도 썼다. 삼촌은 마지막 서랍 하나를 남겨두고 쩔쩔맸다. 뻑뻑해서 잘 열리지 않았다. 삼촌 얼굴이 빨개졌다. 삼촌이 서랍을 여는 게 아니라 서랍이 삼촌을 열어버릴 것 같았다. 나는 다시 울기 시작했다. 조제실로 온 김약사가 삼촌을 흘겨보며 발끝으로 살짝 서랍 손잡이를 들어주었다. 서랍은 너무 쉽게 열렸다.

서랍 속에는 먼지를 뽀얗게 뒤집어쓴 물건 하나가 들어 있었다. 삼촌은 먼지가 날리지 않게 그것을 꺼냈다.

"청진기네."

삼촌이 말했다. 집음기 부분은 녹이 슬었고 Y자형 고무관은 삭아서 보푸라기가 일어난 청진기가 나를 올려다보고 있었다. 김약사가 수은 혈압계로 손님들 혈압을 잴 때 사용하던 것이었다. 수은 혈압계의 고무 커프스에 구멍이 나자 김약사는 디지털 혈압계로 바꾸었다. 디지털 혈압계에는 청진기가 필요 없었다. 청진기는 조제실 서랍 맨 아래칸에 처박혔다. 내가 아프지 않았다면 청진기는 아직도 캄캄한 서랍 속에 갇혀 있을 것이다. 그러니까, 으음 그러니까, 나는 한 가닥 청진기를 만나기 위해 그렇게 아팠던 것이다. 아프기 위해 지붕에 올라갔고, 올라가기 위해 명왕3동으로 왔고, 오기 위해 엄마와 아빠는 이혼했고, 이혼하기 위해 엄마는 필리핀에서 왔고, 오기 위해 외할머니는 엄마를 낳았고, 낳기 위해 외할아버지는 지붕으로 올라갔던 것이다. 저 멀리 코코넛 지붕 위에서 한 번도 본 적 없는 외할아버지가 나를 향해 손을 흔들고 있었다.

"아우, 그건 뭐하러 꺼내?"

김약사가 찡그리며 말했다. 하지만 나는 긴팔원숭이처럼 두 팔을 축 늘어뜨리고 있는 그 물건에게 이미 빠져버렸다. 내 울음도 어떻게 청진기를 알아보았는지 두어 번 딸꾹질을 하다 뚝, 그쳤다.

텔레비전과 지붕이 나의 학교였듯이 청진기 또한 나의 훌륭한 학교가 되었다. 텔레비전이 이차원, 지붕이 구차원이라면 청진기는 삼십차원의 학교였다. 청진기는 세상이 엄마가 끓여주는 크림수프처럼 보글보글 끓어대는 소리로 가득 차 있다는 걸 알게 해주었다. 너무 커서 들리지 않는 소리, 너무 작아 들리지 않는 소리, 너무 느린 소리, 순식간에 지나가는 소리…… 청진기는 다 들려주었다. 잠잘 때도, 세수할 때도, 지붕에 올라갈 때도 나는 청진기와 함께했다. 지난번 엄마에게 속아 병원에 갈 때도 함께 샀다.

그날 엄마가 돈가스 사준다고 해서 따라갔는데 가보니까 병원이었다. 사실 나는 그때까지 내가 말을 하지 않는다는 걸 깜빡 잊고 있었다. 조금도 불편하지 않았기 때문이다. 병원 문 앞에서 떼쓰지 않고 따라 들어간 건 엄마 때문이었다. 엄마한테 미안하니까 그 정도는 해줘야 했다.

이비인후과 기계는 멍청한 로봇처럼 생겼었다. 그 앞에서 조금 떨긴 했다. 기계에 달린 내시경이 목, 코, 귓속으로 들어온 건 지금 생각해도 끔찍하다. 옆에서 지켜보는 엄마를 생각해서 꾹 참았다. 뇌파 검사는 더 무시무시했다. 머리에 열 개도 넘는 전깃줄을 붙이고 누워 있어야 했다. 청진기가 없었다면 견디지 못했을 것이다. 검사를 받는 도중에 뚱뚱한 간호사가 내 목에 걸린 청진기를 빼앗으려고 했다. 그것만 아니었다면 나는 간호사 누나한테 얌전하게 굴었을 거다. 솔직히 의사 목에 걸린 청진기가 멋져 보이긴 했다. 고무호스는 튼튼해 보였고 집음기 가장자리도 빠짝빠짝했으니까. 그래도 나는 그 청진기를 탐내지 않았다. 그런데 간호사는 내 청진기를 탐냈다. 검사에 방해가 된다고 했지만 그건 핑계였다. 나는 다른 애들처럼 유치하게 바닥에 뒹굴면서 떼를 쓰진 않았다. 그냥 청진기를 빼앗으려고 온 손을 세게, 조금 세게 깨물어주었을 뿐이다. 이비인후과 의사는 내 목과 성대에 이상이 없다고 했다. 의사는 내 청진기를 힐끗거리며 소아정신과로 가 상담을 받아보라고 했다. 나는 취학통지서 때처럼 눈물과 발 구르기로 거부했다. 병원은 내 청진기를 노리는 의사와 간호사들의 소굴일 뿐이었다.

엄마는 지붕을 받아들일 때처럼 어쩔 수 없다는 표정으로 청진기를 받아들였다. 하지만 얼마 지나지 않아 엄마도 청진기를 좋아하게 되었다. 청진기를 만난 뒤로 지붕에 올라가는 횟수가 줄어들었기 때문이다. 지붕까지 올라가지 않아도 명왕3동의 일을 다 알 수 있었다. 엄마도 청진기가 지붕보다 안전하고 한 차원 높은 학교라는 걸 인정했다. 한 차원 높은 학교는 한 차원 높은 질문을 갖게 했다. 지붕에서는 내 국적이 궁금했었다. 청진기를 만난 뒤로는 내가 어떤 인간인지 궁금해졌다.

김약사의 분류표대로라면 도대체 나는 어디에 속하는 인간일까?

나는 봄이다

태평양약국 김약사는 인간을 세 부류로 나누었다. 사람이라고 다 똑같은 사람이 아니었다. 적은 부작용에 월등히 뛰어난 약효를 지닌 아스피린계, 먹어도 좋고 안 먹어도 좋고 있어도 좋고 없어도 안 서운한 박카스계, 약효보다 부작용이 더 많은 탈리도마이드계.

명왕3동 현재 시각 오후 3시.

식곤증을 이기지 못한 명왕3동 전체가 꾸벅꾸벅 졸고 있었다. 시청에서 붙인 철거 공고문도 주민대책위에서 붙인 반박 결의문도 정육점 담벼락에서 시르르 졸고 있었다. 오후 3시처럼 텅 빈 마을버스가 정류장에 서지도 않고 달려갔다.

청진기와 나는 모처럼 세탁소 굴뚝에 앉아 대각선 방향 아래쪽에 있는 태평양약국을 바라보고 있었다. 약국 유리문에 '녔'이라고 쓴 빨간 코팅 글씨가 붙어 있었다. 'ㅇ'이 떨어져나가고 없어도 사람들은 모두 그곳이 약국이라는 걸 알고 있었다. 약국 지붕은 태평양 한가운데서 난파당한 배처럼 오른쪽으로 살짝 기울어 있었다. 셔터 한쪽은 전설적인 마라토너 이봉주 선수의 눈꺼풀처럼 다 올라붙질 못하고 비죽이 처져 있었다.

약국 안에서는 독특한 냄새가 났다. 비스무트가 섞인 위장약에서는 햇빛에 달구어진 석회 냄새, 노랑 깡통 속의 아로나민골드에서는 마늘 냄새, 정로환에서는 이제 막 청소를 마친 병실 냄새. 어린이 종합비타민 키드큐에서는 딸기향, 안티푸라민의 박하향과 찜질팩에서 은근하게 새어나오는 쑥 냄새, 조제실 구석에서 누렇게 삭아가는 처방전 용지 냄새……

봄비 치고 오래 비가 내렸다. 며칠 동안 골목은 황사에 싸여 있었다. 하늘은 '유리궁전' 꼭대기에 더러운 이불처럼 간신히 걸려 있었다. 그랬던 하늘이 개었다. 사람들이 모처럼 웃음을 띠었다. 골목 여기저기에 물웅덩이가 생겨났다.

팽할머니가 빈병과 박스를 걷어간 뒤로 약국은 잠잠했다. 늘 한가한 약국이지만 요즈음은 더했다. 새 학기에 들어갈 비용을 마련하느라 모두들 허리띠를 바짝 조였기 때문이다. 더군다나 일구사오 때문에 한가하게 영양제 챙겨먹을 마음도 아니었다. 집단적으로 잊기로 했지만 일구사오는 가끔 꿈자리까지 따라와 괴롭히곤 했다.

김약사는 조금 전부터 가운 주머니에 두 손을 푹 찔러넣고 바깥을 내다보고 있었다. 버스정류장 벤치 옆에 양푼만하게 물이 고여 있었다. 김약사의 인종 분류표대로라면 탈리도마이드계에 가까운 삼촌은 한참 전부터 쪼그리고 앉아 물웅덩이를 들여다보고 있었다.

"참 속도 좋다, 햇빛은."

김약사는 삼촌 등으로 쏟아지는 햇빛을 보며 심드렁하게 중얼거렸다. 정말이지 다른 사람의 프라이버시를 위해 듣고 싶지 않았지만 나의 청진기는 세상 모든 소리를 내게 들려주었다. 언젠가 삼촌과 김약사가 나눈 얘기도 들었다.

"김약사, 사람한테 아무런 열망이 없다면 죄가 되는 걸까?"

"죄지. 밥은 먹고 싶잖아."

세상에는 여러 종류의 백수가 있지만 삼촌처럼 평화로운 백수도 드물었다. 시간하고 눈싸움이라도 하는 것처럼 의자에 멍하니 앉아 있거나 물웅덩이를 들여다보고 있거나 엄지와 검지 사이에 밥알 하나를 넣고 굴리는 게 일이었다. 흰 밥알이 새까매지도록 굴리고 굴리다 밥알인지 코딱지인지 알아볼 수 없을 만큼 되면 손톱으로 툭 튕겨버리고 또다른 밥알을 집었다. 그런 삼촌을 보면 김약사는 머릿속이 복잡해졌다. 여러 물질이 마구 섞여 있는 혼합물처럼 도저히 삼촌을 분류할 방법이 보이지 않았다. 학생 시절 배운 혼합물 분리 방법을 모두 떠올려보지만 어림도 없었다. 끓는점, 어는점, 녹는점, 용해도를 이용한 분리, 분액깔때기, 크로마토그래피, 분별증류…… 어느 방법으로도 삼촌은 분류가 되지 않았다. 탈리도마이드계밖에 없었다. 친구들에게 하소연이라도 하면 대부분 비

숫한 처방을 내렸다.

"그래도 어떡하겠니. 십자가려니 생각해야지."

십자가라고는 평생 질 것 같지 않은 친구들이 하는 위로라 떨떠름했지만 어쩌겠는가. 약대 졸업하고 10년간 저 십자가를 지고 왔다. 얼마나 더 지고 가야 하는지 점이라도 보고 싶었다. 하긴 삼촌이 가방끈 메고 다닌 기간에 비하면 아직 멀었다.

삼촌이 어깨에 가방끈 메고 다닌 기간은 딱 30년. 앞의 20년은 학교 가방끈, 뒤 10년은 고시학원 가방끈. 다른 사람들 법전 끼고 씨름할 때 저 인간은 『코스모스』나 『슬픈 열대』 속에서 뒹굴었던 게 틀림없다. 다른 사람 흉보는 것을 오돌뼈 씹는 것보다 더 오져 하는 정육점 여자 말을 빌리자면 가방끈 길이와 사람 팔자는 아무 관계가 없었다. 오히려 긴 가방끈에 자꾸 자기 발이 걸렸다. 고시학원을 마지막으로 삼촌은 인간 세상에서 완전히 벗어났다. 순수하게, 하늘을 우러러 한 점 티 없이 순수하게, 놀고먹는 인간으로 다시 태어난 것이다.

"자기가 무슨 어루러기 환자야? 등짝은 왜 말리고 있냐구!"

김약사는 삼촌을 포기하고 카운터 위에 놓인 약업신문을 펼쳐 들었다. 제일 먼저 부동산 코너를 찾았다. 약국 임대, 매매에 관한 정보가 나와 있는 코너였다. 할 수만 있다면 삼촌 몰래 뜨고 싶었다. 절대 그러지 못하리라는 것을 스스로 알고 있기 때문에 그 꿈은 더 절실하게 김약사를 꼬드기곤 했다.

오늘 약업신문에도 희망은 없다. 김약사는 신문을 접어 한쪽으로 밀쳤다. 삼촌은 여전히 웅덩이에 코를 박고 있었다. 삼촌의 양 푼만한 웅덩이 속으로 구름 하나가 지나가고 있었다. 김약사는 약 국 문을 밀고 나와 웅덩이를 향해 소리 질렀다.

"계속 그러고 있을 거야?"

졸고 있던 골목이 화들짝 깨어났다. 삼촌이 뿔테 안경을 밀어올 리며 김약사를 바라보았다.

"김약사, 여기 개미가 몇 마리 빠졌어."

물웅덩이에 개미가 빠졌단다. 하긴, 구름이 몇 개 빠졌어, 보다는 낫다. 조금 있으면 은행 문 닫을 시간인데 개미타령만 하고 있었다. 세 정거장 거리에 있는 은행에서 잔돈 바꿔오는 일이 셔터 올리고 내리는 일과 함께 삼촌이 지구상에서 하는 일의 전부였다.

"전생에 내가 저 인간한테 어마어마한 죄를 지었을 거야. 그걸 지금 갚는 거지."

김약사의 한숨 소리가 세탁소 지붕 위의 나에게까지 들렸다. 내 가 생각해도 이승에 있는 개념으로는 도저히 해결이 안 되는 관계 였다. 삼촌과 한 뱃속에서 열 달을 함께 있었다는 걸 생각하면 김 약사는 아찔했다. 태어나기 전부터 아찔한 사이가 30년 넘도록 아 찔하다.

버스 한 대가 커브를 돌아 달려왔다. 골목을 내려가던 통장 아저 씨가 버스를 보자 몇 가닥 남지 않은 머리카락을 닐리며 뛰기 시작 했다. 짧은 다리는 제자리걸음인데 튀어나온 배하고 엉덩이가 더 바빴다. 멧돼지가 뛰면 꼭 저렇게 뛸 거였다. 깔깔대다가 나는 하마터면 지붕에서 떨어질 뻔했다. 김약사는 통장에게 가볍게 목례를 하고는 삼촌을 향해 소리쳤다.

"이번 버스도 그냥 보낼 거면 아예 거기서 살어."

김약사 분류표에 따르면 탈리도마이드계에 가까운, 날이 갈수록 더 가까워지는 삼촌이 마지못해 일어섰다. 조제실로 들어간 김약사는 별생각 없이 채널을 돌렸다. 채널을 선택하는 데 가장 큰 영향을 주는 것은 약국 바깥의 날씨였다. 약국 안의 날씨야 겔포스 현탁액처럼 늘 밍밍했으니까. 채널을 돌리던 김약사의 손이 딱 멈췄다. 모래를 갈아 마신 것 같은 여자 가수의 목소리가 흘러나오고 있었다. 김약사 기분에 딱 맞는 음색이었다. 하지만 노래는 곧 끝나고 말았다.

"그러면 그렇지. 형제 복 없는데 노래 복은 있을까."

삼촌이 버스를 타고 일찍 사라져주기만 했어도 처음부터 들을 수 있었을 것이다. 모래 같은 목소리에 라디오도 감격했는지 잠잠했다. 잠시 후 꿈에서 깬 듯한 여자 진행자 목소리가 나왔다.

"맨발의 디바, 세자리아 에보라의 음성으로 들어본 노래였습니다."

김약사는 볼륨을 좀더 높였다.

"맨발로 무대에 서서 열정을 다 바쳐 노래하는 모습 때문에 맨발의 디바로 불리는 가수죠. 이 가수는 카보베르데 출신입니다. 카보베르데. 세네갈에서 6백 킬로미터 떨어진 대서양의 섬입니다. 오랜 세월 동안 포르투갈의 식민지로 있었죠. 열두 살에 결혼한 그녀는 열일곱 살 때부터 카페에서 노래를 부르기 시작했습니다. 하지만 세 번의 결혼과 이혼이 가져온 불행으로 고통의 나날을 보내게 됩니다. 그녀가 제2의 음악 인생을 시작한 것은 1985년 마흔다섯의 나이에 포르투갈로 건너가면서부터입니다. 포르투갈의 파두와 아프리카의 민속음악이 섞인 그녀의 노래에는 순탄하지 않았던 그녀의 삶과, 멀고 먼 섬 카보베르데의 역사가 녹아 있습니다. 그녀는 인생의 슬픔을 노래합니다. 맨발의 디바. 영혼을 울리는 목소리……"

김약사는 라디오에 빠져들었다.

"…… 언젠가 세자리아 에보라는 이렇게 말했다고 합니다. 다시는 내 천막에 남자를 들이지 않으리라……"

진행자가 뭐라고 말을 이어나가지만 김약사 귀에는 더 들어오지 않았다. 다른 말이 뭐 더 필요한가. 에보라의 '천막론'으로 그녀의 인생이 한눈에 잡혔다. 김약사는 라디오 속에 에보라가 들어앉아 있기라도 하듯 라디오를 바라보며 중얼거렸다.

"휴, 이 가수도 삼촌을 여럿 두었나보다."

"세자리아 에보라의 목소리로 듣습니다. 〈나는 봄이다〉."

모래를 갈아 마신 것 같은 여가수의 노래가 대서양을 넘어 태평양약국으로 흘러들어오고 있었다. 세탁소 굴뚝 위의 내가 들어도 인생이 안 슬프려야 안 슬플 수 없는 목소리였다. 노랫말이 무슨 뜻인지 알 수 없어 다행이었다. 노랫말까지 알아들었으면 더 슬퍼질 뻔했다.

"봄이라는데…… 하긴, 삼촌만큼 착한 사람도 없지 뭐……"

김약사는 팔을 위로 쭉 뻗으며 중얼거렸다. 나도 김약사처럼 기지개를 켰다. 노예선에 탄 것처럼 멀미나는 오후. 지붕 위에 백 년 넘게 앉아 있었던 것만 같았다. 내 나이가 몇이더라? 국적에 이어 나이까지 헷갈렸다. 귀찮긴 했지만 취학통지서를 받았던 그때가 스릴이 있었다. 나는 청진기와 함께 명왕3동을 내려다보았다. 골목과 집들을 눈 감고도 그릴 수 있었다. 문득, 지붕에서 배워야 할 것은 모두 배웠다는 생각이 들었다. 명왕3동 위로 노랫소리가 울려퍼졌다.

나는 봄이다.

나는 봄이다.

페니실린

봄, 봄보로봄봄, 봄 봄. 드디어 녹두장군이 나타났다. 성신설비 주인 녹두장군.

열쇠, 하수도, 변기, 지하수, 보일러, 전자제품 수리, 도배, 장판, 모기장, 새시.

성신설비는 정육점 지나 오른쪽으로 급하게 꺾이는 골목 모퉁이에 있었다. 가게 유리문에는 친절하게도 성신설비에서 처리할 수 있는 일이 모두 적혀 있었다. 그것 말고도 성신설비 주인, 녹두장군이 해결하지 못할 일은 없었다. 자전거 수리, 오토바이 튜닝, 전기배선, 간판, 문짝, 용접…… 녹두장군 손은 신의 손이었다. 하지만 안타깝게도 술이 문제였다. 술만 들어갔다 하면 신의 손이 작동을 멈춘다.

태평양약국 컴퓨터에는 녹두장군의 본명이 저장되어 있었다. 그에게 녹두장군이라는 별명을 붙여준 사람은 쌍용슈퍼 삼수생이었다. 어느 날 삼수생은 골목에서 그와 마주쳤다. 한 골목에 산 지 오래되었지만 새벽별 보고 학교에 갔다 저녁달 보고 집으로 오는 학창 시절에는 마주칠 일이 없었다. 해도 안 되는 일이 있다는 것을 깨달아가던 삼수 생활 어느 날, 불법으로 내려받은 영화 다섯 편을 새벽까지 감상하고 점심때 일어난 삼수생은 식구들 잔소리를 피해 학원에나 가볼까 하고 나오다 그와 마주쳤다. 오랫동안 감지 않아 정수리 부분에 스펀지처럼 뭉쳐 있는 머리카락, 얼굴 면적의 3분의 1을 차지한 구레나룻, 그 속에서 수줍음과 호방함을 동시에 지닌 채 이쪽을 보고 있는 두 눈. 그 모습이 누구를 닮긴 닮았는데 도무지 떠오르지 않았다. 영화광인 삼수생 머릿속으로 수염 달린 남자 수백 명의 몽타주가 지나갔다. B급 영화의 털북숭이 악당들, 산적, 망나니, 체 게바라…… 산타클로스까지 떠올렸는데도 생각이 날 듯 날 듯 나지 않았다. 며칠을 근질근질하게 보낸 삼수생은 모의고사 문제를 풀다 외쳤다.

유레카!

국사시험 17번에 나온 '전봉준'이라는 단어가 눈에 꽂힌 것이다.

국사책에서 본 녹두장군 사진에 그의 얼굴이 겹쳐졌다. 포승줄에 묶여 한양으로 압송되는 전봉준, 아니 그 남자가 시험지 속에서 삼수생을 쏘아보고 있었다. 17번 문제의 답은 알 수 없었다. 그래도 한글을 깨친 이래 삼수생 머릿속이 그렇게 맑아진 건 처음이었다. 삼수생은 비록 대학의 부름 대신 국가의 부름을 받아 군대로 갔지만 골목에 '녹두장군'을 남겼다.

녹두장군에게는 이상한 버릇이 있었다. 첫눈이 내리면 어김없이 가게 문을 닫고 사라졌다. 그러고는 겨우내 한 번도 모습을 보이지 않았다. 가게 안에 있는 건지 아닌지 알 수 없었다. 세탁소 아저씨가 술김에 성신설비 가게 문을 부서져라 두들긴 적도 있었다. 아무리 가게 문을 두들겨도, 전화를 걸어도, 문 안에서는 아무런 소리도 나지 않았다. 겨울만 되면 포장마차에서는 녹두장군이 좋은 안줏감이었다. 다른 데로 일자리를 찾아갔다, 아니다, 따로 살고 있는 가족들에게 갔을 것이다, 따로 사는 가족이 있다더냐, 모르겠다, 가스에 질식된 것인지도 모른다, 아니다, 어쩌다 안에서 달그락거리는 소리가 나는 것도 같다……

그러거나 말거나 장군은 봄이 오면 어김없이 나타났다. 안에서 문을 열고 나오는 걸 보면 어디 다른 데에 있던 것도 아니었다. 그동안 뭘 했는지 물어보면 그냥 한번 씨이익, 웃어주고 말았다.

바야흐로 2010년의 봄, 성신설비 문을 활짝 열어젖힌 장군이 냄비 하나를 찾아 들고 밖으로 나섰다. 겨우내 우거진 장군의 구레나

롯에서 금방이라도 지빠귀 한 마리가 푸드득, 날아오를 것 같았다. 장군은 두 눈알을 털 밖으로 밀어내 주위를 둘러보았다. 햇살이 좋았다. 녹두장군이 성신설비 앞에 선 순간 벌써 골목에는 소문이 퍼져나갔다. 그때 엄마와 나는 쌍용슈퍼에서 라면을 사가지고 오던 중이었다. 우리는 골목 한가운데서 장군과 마주쳤다. 엄마는 엉겁결에 내 손을 꼭 쥐고 담벼락에 붙어 비켜섰다. 엄마가 놀랄 만도 했다. 얼핏 보면 수염투성이 장군은 오랑우탄처럼 보였다. 장군의 손에서 노란 냄비가 바나나처럼 달랑거리고 있었다. 나는 엄마 손에서 살짝 빠져나와 장군을 따라붙었다.

"민수야!"

엄마가 불렀지만 나는 가볍게 손을 흔들어주고 장군 앞으로 달려가 섰다. 닿지 않을 만큼 까마득한 곳에서 장군의 눈이 나를 내려다보았다. 장군이 나를 번쩍 안아들며 물었다.

"잘 지냈는가?"

나는 청진기와 함께 고개를 끄덕였다. 슈퍼, 비디오가게, 부동산에 있던 사람들이 얼굴을 내밀어 장군과 봄 인사를 나누었다. 가게 앞에 물을 뿌리던 정육점 아줌마가 벌어진 입을 다물 생각도 않고 장군을 쳐다보았다. 정육점보다 쌍용슈퍼 파라솔 아래서 보내는 시간이 더 많은 정육점 아저씨가 손바닥으로 가슴을 문지르다 장군을 발견하고 벌떡 일어섰다. 플라스틱 의자가 뒤로 넘어갔나. 정육점 아저씨는 의자 세울 생각도 않고 한 손을 가슴에 얹은 채 장군을 쳐다보았다. 위장약을 장기 복용한 부작용으로 정육점 아저씨 젖가슴은 아줌마 가슴만큼이나 솟아 있었다. 장군은 정육점 아저씨를 향해 한번 씨익, 웃어주고 골목을 내려갔다. 나란히 서서 장군의 뒷모습을 바라보는 정육점 부부와 내 눈이 마주쳤다.

"봄은 봄이네. 녹두장군이 나온 걸 보면……"

정육점 아줌마가 중얼거렸다.

장군이 냄비를 들고 내려오고 있다는 소문은 장군보다 먼저 약국에 도착해 그의 방문을 기다리고 있었다. 김약사는 컴퓨터 모니터를 들여다보고 있었다. 이번 달도 보험공단에 청구할 액수가 뻔했다. 청구액이 적은 것으로 전국에서 손꼽힐 정도였다. 김약사는 흘낏 삼촌 쪽을 보았다. 삼촌은 조제실 뒤에서 졸고 있었다. 김약사는 삼촌이 약국에 나오는 걸 좋아하지 않았다. 셔터 올리고 내릴 때 빼고는 약국에 나오지 말라고 부탁했다. 약국에 나와서 특별히 하는 일이 없었다. 둘이 함께 있다 엉뚱한 오해를 받는 것이 김약사는 제일 싫었다. 어느 어벙한 제약회사 직원은 김약사와 삼촌을 부부라고 착각한 적도 있었다.

"부부가 닮으면 잘산다는데 약사님 부부는 정말 똑같네요."

거짓말. 그 제약회사와는 거래를 트지 않았다.

졸고 있는 삼촌 손에는 두툼한 책 한 권이 들려 있었다. 김약사는 다가가 슬쩍 책을 빼냈다. 『슬픈 열대』라는 책이었다. 이십대에 보던 책을(그때도 다른 이십대들은 들춰보지도 않던 책이었다) 삼촌은 보고 또 보고 있었다. 『슬픈 열대』와 『코스모스』가 삼촌 청춘의 알리바이였다. 김약사는 한숨을 내쉬었다. 그러기에 책도 잘 골라야 한다. 남들 토플시험 볼 때 이 인간은 우주 아니면 밀림 속에서 헤매고 있었으니…… 김약사는 뒤표지를 펴 가격을 확인해보았다. 영양제 두 통은 팔아야 이 책 한 권 사겠다. 영양제 한 통 팔아야 얼마나 남나 뭐. 영양제 팔아본 지도 까마득했다. 김약사는 열 대보다 열 배는 슬퍼졌다. 마음 같아서는 책으로 뒤통수를 한 대 갈겨주고 싶었다. 책은 삼촌이 사고 책값은 모두 김약사 통장에서 빠져나갔다. 지금까지 나간 책값만 해도 태양계 하나를 살 정도는 되었다.

장군의 방문이 예상보다 늦어지고 있었다. 김약사는 책을 몇 장 넘겨보았다. 남비콰라족의 시에스타 장면을 찍은 사진이 나왔다. 아무것도 걸치지 않은 원주민 가족이 코코넛나무 아래서 낮잠을 즐기고 있다. 땅바닥에서 한가하게 잠이 든 사람들 옆에 코코넛 열매가 뒹굴고 강아지 한 마리도 사타구니 사이로 꼬리를 몰아넣고 목하 낮잠중이다. 김약사는 삼촌의 옆얼굴을 흘겨보았다. 약국에 나왔으면 드링크 상자 정리라도 하든지, 아니면 컴퓨터 작업이라도 해주든지. 낼 모레면 마흔이다, 인간아.

김약사는 다시 컴퓨터 모니터로 돌아갔다. 얼른 자료 정리해 보험공단에 보내야 하루라도 빨리 청구액이 나온다. 청구액이 나와야 책을 사든 시에스타를 즐기든 하지.

유리문에 달린 종이 딸랑, 울렸다. 모니터 앞에 앉아 있던 김약사는 반사적으로 의자에서 일어섰다. 나는 장군 품에서 바닥으로 폴짝 내려섰다. 김약사가 삼촌 어깨를 톡톡 쳤다. 삼촌은 꿈쩍도 하지 않았다. 김약사는 우리를 향해 어설프게 웃어 보이고 삼촌의 발등을 지그시 밟았다.

"아!"

낮잠 자다 이웃 부족의 습격을 받은 남비콰라족의 강아지처럼 삼촌은 짧고 가는 소리를 내며 깨어났다. 카운터를 경계로 김약사와 삼촌, 나와 장군이 마주 보고 섰다. 볼 때마다 드는 생각이지만 김약사와 삼촌은 정말 달랐다. 그렇게 다른데 어떻게 쌍둥이인지 신기했다. 그것보다 더 신기한 건 어떻게 한 사람은 김약사이고 한 사람은 삼촌일까 하는 것이었다. 둘 중 한 사람을 보고 있으면 꼭 반쪽만 보고 있는 느낌이었다. 어쩌면 삼촌이 백수인 건 반쪽으로 나뉘어서 그런 것일 수도 있었다. 근면, 성실, 노력, 인내, 책임 그런 걸 김약사한테 다 뺏긴 것이다. 왜 그런지 두 사람이 하나로 합쳐져야 진짜 사람이 될 것 같았다. 그러다 삼촌 쪽으로 합쳐져버리면 정말 곤란하지만.

장군이 노란 냄비를 카운터 위에 올려놓았다.

겨울잠에서 깬 녹두장군이 맨 처음 하는 일은 냄비를 삶는 거였다. 냄비 안에 맹물만 넣고 끓이면 안심이 되지 않았다. 반드시 페니실린을 넣고 끓여줘야 했다. 반드시. 장군은 세균 잡는 데는 페니실린만한 게 없다고 믿었다.

몇 년 전 녹두장군이 태평양약국에 처음 왔던 날, 김약사는 영문을 몰라 당황했다. 녹두장군이 카운터 위에 냄비만 올려놓고 아무 말이 없었기 때문이다. 겉모습과 달리 녹두장군은 부끄럼을 많이 탔다. 김약사가 몇 번 묻자 녹두장군은 고개도 들지 못하고 대답했다.

……페……니……시……

페니스? 김약사는 그렇게 알아들었다. 페니스가 아니라면 그렇게 어려워할 이유가 없었다. 김약사는 장군을 그 옛날 모교 근처에 출몰했던 바바리맨의 후예로 여겼고, 만약을 대비해 카운터 위에 있던 가위를 손에 쥐었고, 동시에 페니스와 냄비의 상관관계는 무엇일까 생각했다. 그때 장군이 다시 말했다.

……페니……실린.

아하, 페니실린. 김약사는 살짝 얼굴을 붉히며 슬그머니 가위를 내려놓고 스무고개놀이처럼 겨우겨우 페니실린 다음 말을 받아냈다. 녹두장군이 어렵게 뱉어놓은 단어를 연결하면 이런 문장이 되었다.

"냄비를 소독하려고 하는데 페니실린이 필요합니다."

겨우내 냄비에 둥지를 튼 세균을 잡기 위해 페니실린을 넣고 팔팔 끓여줘야 한다는 게 장군의 생각이었다. 김약사는 자기가 오해한 것도 있고 해서 친절하게 설명했다.

"아니라니까요. 물만 넣고 팔팔 끓여도 세균을 처리할 수 있다구요. 항생제 넣고 끓여봤자 밀가루 뿌리고 끓인 거나 마찬가지예요."

페니실린이 사람 몸에 들어가 효과를 내는 경로까지 자세히 덧붙였다. 녹두장군은 고개를 숙인 채 중얼거렸다.

"그래도 세균 잡는 데는 페니실린만한 것이 없다고 들었습니다. 끓는 물로 초벌 잡고 페니실린으로 완전 처리하려는 것이오. 그러니 서너 알만 주시오."

그럴 때 보면 장군은 겨울잠에서 덜 깬 곰이나 그 비슷한 무엇 같았다. 다시 한번 항생제의 작용경로에 대해 연설을 마친 김약사는 녹두장군과 냄비를 그대로 둔 채 조제실 뒤로 들어가버렸다. 녹두장군은 냄비만 쳐다보고 있었다. 무작정 버티기가 장군의 전술이었다면 그 전술은 성공했다. 대치 상황이 30분을 경과한 뒤 결국 김약사가 포기했다. 장군은 3백 년이라도 그렇게 서 있을 것처럼 꿈쩍도 하지 않았다. 그뒤로 녹두장군이 약국에 나타났다 하면 김약사는 약간의 갈등 속에 항생제는 처방전이 있어야만 판매할 수 있다는 의약분업의 원칙을 깨고 일단 페니실린 캡슐을 꺼내올 수밖에 없었다.

명왕의 봄, 이 봄에도 김약사는 장군의 냄비 속에 페니실린 캡슐 세 개를 떨어뜨려놓고 조제실로 들어가버렸다.

"좋아 보이시는데요."

삼촌이 도수 높은 뿔테 안경을 밀어올리며 장군에게 말을 건넸다. 녹두장군은 씨익 웃으며 한 손을 내밀었다. 냄비 뚜껑만한 장군의 손에 삼촌의 희고 가는 손이 폭 싸였다. 세상에는 인생이 슬프지 않으려야 않을 수 없는 목소리가 있고 백수가 아니려야 아닐 수 없는 손도 있었다.

페니실린을 받아든 장군이 나가자 나도 따라 나갔다. 나의 친구인 삼촌도 따라 나왔다. 청진기 이후로 삼촌과 나는 친구가 되어 있었다. 약국 건너편에서 명왕3동 하늘의 반을 떠받들고 있는 큰 나무가 길을 건너오는 우리를 보고 있었다. 나무 앞 철제 팻말에는 수령 250년이라고 적혀 있었지만 2500살은 되어 보였다. 한때 나무는 날개를 활짝 펼친 공작을 닮았었다. 바람에 이파리 전체가 흔들리면 나무는 날개를 활짝 펼치고 날아가는 것처럼 보였다. 하지만 몇 년 전, 놀라운 적설량을 기록했던 겨울에 나무의 반쪽이 죽어버렸다.

장군은 목을 젖히고 나무를 올려다보았다. 쌍용슈퍼 파라솔이 햇빛과 노닥거리다가 우리 쪽으로 살짝 고개를 돌렸다. 장군은 한참 동안 나무를 뚫어지게 바라보고 있었다. 그때 갑자기 나무 밑동부터 우듬지까지 슬렁슬렁 흔들리기 시작했다. 삼촌이 내 손을 쥐며 주위를 둘러보았다. 비디오가게 문짝에 붙은 포스터도 정육점 옥상에 걸린 빨래도 잠잠했다. 몇 번 끔벅이며 다시 봐도 마찬가지였다.

"민수야 저것 좀 봐. 바람도 없는데 나무가 흔들려."

나는 이미 알고 있었다. 내 목에 걸린 청진기는 조금 전 골목에 있는 바람이란 바람이 모두 녹두장군의 폐 속으로 흘러들어가는 소리를 들려주었다. 장군의 폐를 돌아나온 바람은 나무를 향해 불어갔다. 녹두장군이 숨을 내쉴 때마다 나무가 출렁였다. 말라붙었던 가지 끝이 두드러기를 앓는 것처럼 성냥개비만하게 부풀어올랐다.

공작나무를 시작으로 다른 나무들도 굼실거리기 시작했다. 굼실거림이 산불처럼 번져갔다. 내 청진기는 물관을 타고 물오르는 소리, 가지 부풀어오르는 소리, 수피 터지는 소리로 가득 찼다. 통장집 담장 위로 나온 자목련 가지가 부르르 떨더니 겨울눈 사이로 자줏빛 봉오리를 밀어냈다. 봉오리는 우리 윗집 녀석 똥구멍에 걸린 치질 덩어리 같았다. 내가 지붕에 앉아 있는 줄도 모르고 녀석은 마당 구석에서 신문지를 깔고 볼일을 보았다. 녀석은 땀을 뻘뻘 흘리며 호두과자만한 걸 몇 알 떨어뜨린 다음 엉덩이를 공중으로 치켜들며 울었었다.

나무의 갈라진 껍질에서 무언가 빠져나오고 있었다. 곰팡이 실처럼 가느다란 것이 꼬리에 꼬리를 물고 이어졌다. 나비 떼였다.

노랑나비, 흰나비, 호랑나비, 배추흰나비, 부전나비, 모시나비, 제비나비, 줄나비, 띠나비, 유리창떠들썩팔랑나비, 팔랑나비……

끝없이 빠져나온 나비들이 공중으로 흩어졌다.

어느새 장군은 골목을 오르고 있었다. 나와 삼촌은 멍하니 서서 장군의 뒷모습을 바라보았다. 모퉁이를 돌아 누런 냄비가 사라지자 흔들렸던 나무들이 다시 잦아들었다. 나비는 보이지 않았다. 공중 위로 뿌연 하늘만 펼쳐져 있었다. 그때, 냄비가 사라진 모퉁이에서 누군가 튀어나왔다. 엄마였다. 엄마 손에서 검은 비닐봉지가 달랑거렸다. 아참, 엄마랑 라면 끓여 먹기로 했지. 엄마가 내게 손짓을 했다. 삼촌은 눈을 껌벅이며 엄마를 바라보았다.

"너도 봤지, 민수야?"

삼촌이 나를 내려다보며 물었다. 삼촌은 자기가 묻고도 무얼 물은 것인지 헷갈렸다. 나비 떼? 냄비? 혹시, 우리 엄마의 까만 눈동자?

뭔가 정말 커다란 것이 다가오고 있는 것 같은데 그게 뭔지 알 수 없었다. 파라솔도 아무것도 모르겠다는 듯 새침한 표정이었다.

두드러기처럼 툭툭 불거지는 봄.

장군의 냄비 속에서 페니실린 캡슐이 화약 딱총처럼 터지는 봄. 봄이었다.

랄라라 라라랄라

딱, 딱, 딱. 딱총처럼 터지는 반주에 노래가 흘러나왔다.

오블라디 오블라다, 라이프 고스 온……

월요일 아침, 휴대폰에 설정해놓은 〈오블라디 오블라다〉가 엄마를 깨웠다. 엄마는 나와 함께 조금만 더 자고 싶었다. 반지하 방은 밀림처럼 어둑해 온종일 잘 수도 있었다. 골목사람들이 '데릴라'라고 부르는 나의 엄마는 눈을 감은 채로 노래를 따라했다.

데릴라라는 별명은 녹두장군을 지은 삼수생의 작품이었다. '데릴라'는 '녹두장군'만큼 힘들지 않았다. 입대를 앞둔 어느 날, 삼수생은 세탁소 앞에서 엄마와 마주친 순간 곧바로 1949년판 미국영화 〈삼손과 데릴라〉를 떠올렸다. 섹시한 여배우 헤디 라마가 데릴라

역을, 미남이었지만 얼굴의 반만큼도 연기가 따라주지 않은 빅터 매튜어가 삼손 역으로 나온 영화였다. 그런 삼손에게 데릴라를 맡겨놓은 것부터가 일단 삼수생 비위에 거슬렸다. 하지만 삼수생의 비위와 상관없이 영화는 굴러갔다. 영화의 절정은 삼손이 맨손으로 신전의 기둥을 무너뜨리는 장면이었다. 데릴라는 기둥 뒤에 서서 절망과 의혹과 슬픔이 가득 찬 눈으로 삼손을 바라보고 있었다. 삼수생은 데릴라의 그 크고 아름다운 눈을 잊을 수 없었다. 그런데 그 큰 눈이 바로 명왕3동 세탁소 앞에서 반짝이고 있는 거였다. 더군다나 영화 속 데릴라가 입고 있던 파랑 드레스와 같은 색 원피스를 입고서. 어깨까지 내려온 까만 머리칼과 파랑 원피스가 진짜 잘 어울렸다. 입대 영장만 아니라면 국경과 나이를 뛰어넘어 어떻게 해보는 건데…… 하마터면 삼수생은 군대도 가기 전에 탈영해버릴 뻔했다. 입대 일주일을 남겨둔 삼수생은 끙끙 앓았다. 삼수생 엄마가 약국에 와 혹시 명왕3동에 전염병이 도느냐고 묻고 갈 정도였다. 하지만 삼수생은 국경과 나이는 뛰어넘어도 대한민국 국방부는 뛰어넘을 수 없었다. 삼수생은 가고 '녹두장군'처럼 '데릴라'는 골목에 남았다.

나도 어느 때는 엄마를 데릴라라고 부르기도 한다. 그렇게 부르면 엄마와 나 사이에 거리감이 생긴다. 거리감이 생기면 참는 게 쉬워진다. 엄마가 일 나가는 건 싫은데 데릴라가 일 나가는 건 참을 만했다. 엄마가 우는 건 참을 수 없는데 데릴라가 우는 건 참을 수 있었다.

창문 앞으로 지나가는 발소리가 점점 많아졌다. 어떤 발소리는 귀를 밟고 지나가는 것처럼 유난히 크게 들렸다. 나는 잠든 척하면서 슬쩍 엄마를 보았다. 엄마가 힘겹게 눈꺼풀을 밀어올렸다. 잠에서 깨면 엄마는 맨 먼저 타갈로그어를 하는 습관이 있었다. 나나이, 따따이, 구야, 안띠, 롤로, 롤라…… 그런 엄마를 보고 있으면 말을 하는 게 아니라 포도 씨를 톡톡 뱉어내고 있는 것처럼 보였다.

엄마가 일어나자 나는 잠든 척했다. 베개에 깔린 내 왼손에는 청진기가 있었다. 나는 자면서도 청진기를 쥐고 잤다. 엄마는 내 왼손을 빼내 바로 놓아주었다. 엄마는 잠든 내 모습이 막내이모를 닮았다고 했었다. 까만 머리칼에 까만 눈, 까무잡잡한 피부. 나는 여기서 태어났는데도 아무튼 다른 아이들과 어딘가 조금 달랐다. 어딜 가나 나의 국적을 의심하며 놀리는 녀석이 꼭 있었고 그때마다 나는 내 주먹이 내 국적이라는 걸 보여주었다.

서랍장 위에 놓인 시계가 7시 30분을 가리키고 있었다. 엄마는 30분 안에 출근 준비를 마쳐야 했다. 버스 한 대를 놓칠 때마다 출근시간이 10분씩 늦어졌다. 엄마는 내 머리칼을 쓸어올려주고는 서둘러 담요를 개켰다. 눅눅했다. 엄마 고향의 햇빛이라면 그 정도는 한 시간도 안 돼 보송보송하게 만들어줄 수 있었다.

양배추와 소시지가 기름 두른 프라이팬에서 익어갔다. 그 위에 토마토케첩을 뿌리면 내가 제일 좋아하는 반찬이 되었다. 나는 아침과 점심을 혼자 먹어야 했다. 엄마는 내 식사 준비와 출근 준비를 30분 안에 끝냈다. 엄마는, 아니 데릴라는 나를 혼자 두고 나갈 때가 제일 마음에 걸렸다. 차라리 내가 혼자라는 사실을 느낄 수 없도록 퇴근해서 올 때까지 계속 자주었으면 하고 생각할 때도 있었다.

데릴라는 내 이마에 입을 맞추고 조용히 밖으로 나갔다. 문 앞에서 데릴라는 처음 탄 비행기에서 아래를 내려다보았을 때처럼 명왕3동의 골목길을 내려다보았다.

엄마와 아빠는 국제결혼 이벤트회사 주선으로 만났다. 두 번 만나서 결혼사진을 찍고 서울행 비행기에 탔다. 비행기 안에서 엄마는 아빠와 한마디도 하지 못했다. 양말까지 벗어버리고 잠이 든 아빠는 식사시간만 빼고는 눈을 뜨지 않았다. 공중에 떠 있는 내내 귓속이 터질 것처럼 팽팽하게 부풀어올랐다 가라앉았다를 반복했다. 엄마는 자꾸 침만 삼켰다. 비행기에서 내린 순간 엄마는 높다란 코코넛나무에서 떨어진 기분이었다. 트렁크를 끌고 저만치 앞서 가던 아빠가 뭐라고 했지만 엄마는 무슨 말인지 알아들을 수 없었다. 엄마가 머뭇거리자 아빠는 붉은 오랑우탄처럼 으르렁거렸다. 횡단보도를 건너던 사람들이 흘낏거렸다.

그뒤로도 마찬가지였다. 아빠가 말을 걸면 엄마 손바닥에 땀부터 났다. 알아만 듣는다면 어떻게든 해보려고 했다. 아빠와 할머니가 무성영화의 악역 배우처럼 보였다. 알아들을 수 있는 건 아빠와 할머니의 화난 표정뿐이었다. 한국말을 해보겠다고 애썼지만 티눈처럼 박혀 있는 타갈로그어 억양은 어쩔 수 없었다. 할머니와 아빠는 엄마의 말을 알아듣지 못했다. 내가 태어난 뒤 더 나빠졌다. 내가 아빠보다 엄마를 더 닮은 게 문제였다. 내가 폐렴으로 입원했을 때 아빠는 의사에게 나의 혈액형 검사를 부탁했다.

"이 여자, 아무래도 느낌이 이상해요. 임신한 채로 나와 결혼했을지 누가 압니까?"

이상하게 그 말만은 엄마의 귀에 선명하게 박혔다. 비행기에 타고 있는 것처럼 귓속이 팽팽하게 부풀어올랐다. 엄마는 비행기에서 느꼈던 그 감정이 모욕감이었다는 것을 그때야 알았다. 기내를 맨발로 왔다갔다하는 남자 옆에 싸구려 선물상자처럼 앉아 있어야 했던 모욕감.

"미친놈."

오래 연습해둔 것처럼 아무렇지 않게 그 말이 튀어나왔다. 엄마는 이제 어떤 한국말이라도 할 자신이 생겼다.

이주민 보호센터의 도움이 없었다면 이혼이 어려웠을 것이다. 필리핀의 가족들에게는 이혼 소식을 전하지 않았다. 엄마는 무슨 일이든 해 형편이 좀 나아지면 이모들을 부를 계획이었다.

"오블라디 오블라다, 라이프 고스 온."

골목을 내려가며 데릴라는 일부러 소리 내 흥얼거렸다. 필리핀에서 공장에 다닐 때 처음 이 노래를 들었다. 홍콩에서 온 공장장은 점심시간이면 꼭 이 노래를 틀었다. 노랫말처럼 어느 멋진 남자가 황금 반지를 들고 공장 앞에서 기다려줄 것만 같았다.

태평양약국은 아직 문을 열지 않았다. 그 앞을 지나칠 때마다 한 번쯤 바라보게 되었다. 짧은 커트 머리에 흰 가운 차림의 김약사와 도수 높은 뿔테 안경에 늘 무슨 생각에 빠져 있는 듯한 삼촌. 데릴라는 나와 삼촌이 친구 사이라는 걸 알고 있었다.

저쪽에서 곡선을 크게 그리며 마을버스가 달려왔다. 정류장에 모여 있던 사람들이 버스 앞문 쪽으로 몰려갔다. 데릴라는 버스를 향해 뛰었다.

오늘도 오블라디 오블라다아아아, 랄랄라 라라랄라.

장군의 비밀

오블라다아아아, 랄랄라 라라랄라.

엄마가 나가는 소리를 듣고 깜빡 잠이 들었다. 또 꿈을 꾸었다. 꿈속에서 집 하나와 돌멩이 네 개가 날아가고 있었다. 쌍용슈퍼 제일 막다른 골목 끝집이었다. 그 집 파란 대문 앞에 있던 돌멩이 네 개도 날아갔다. 나와 청진기는 집과 돌멩이들이 밤하늘로 날아가는 걸 오래도록 바라보았다. 대문이 열렸는지 집은 날아가면서 달그락, 달그락 소리를 냈다. 나와 청진기는 밤하늘을 향해 손을 흔들어주었다.

잘 가, 파란 대문.

안녕, 돌멩이들.

나는 누운 채로 가만히 있었다. 저 멀리 엄마, 아니 데릴라를 태

46

운 버스가 멀어져가고 있었다. 버스 소리가 더이상 들리지 않자 나는 일어나 청진기를 목에 걸었다. 청진기가 긴팔원숭이처럼 내 목에 매달렸다.

잘 가, 파란 대문. 안녕, 돌멩이들.

청진기가 다시 한번 들려주었다. 밤하늘로 날아간 집이 벌써 일곱번째였다. 명왕3동이 조금씩 조금씩 줄어들고 있었다.

엄마가 차려놓은 밥상 앞에 앉았다. 내가 제일 좋아하는 양배추에 소시지 볶음이었다. 소시지 하나를 깨물며 나는 청진기에게 속삭였다.

'엄마는 오늘도 분명 나 때문에 기도할 거야. 어서 빨리 말을 하게 해달라고. 어휴, 하지만 내가 너랑 이렇게 떠드는 줄 알면 기절할걸. 너랑 얘기하느라고 입이 아플 지경인데. 엄마는 내가 심심할 거라고 걱정하지만 너랑 나랑 하루 종일 얼마나 많은 일을 하는지 알면 걱정하지 않을 거야. 골목에는 우리가 신경 써야 할 일이 너무 많아. 귀찮긴 하지만 하루에 한 번 약국 삼촌도 만나줘야 하고. 남들은 약국 삼촌이 우리를 돌봐주는 걸로 생각하겠지. 사실 우리가 삼촌을 돌봐주는 건데.'

덜 익은 양배추가 씹혔다. 나는 접시 귀퉁이에 양배추를 뱉어놓으며 반찬을 헤적거려보았다. 케첩이 묻어 잘 몰랐는데 덜 익은 양배추가 많았다. 엄마가 바빴나보다. 덜 익은 것을 골라 접시 가장자리에 놓았다. 덜 익은 양배추에서는 덜 익은 콩 냄새가 났다. 엄마랑 아빠는 밥에 섞인 콩 때문에도 싸운 적이 있었다. 엄마 아빠가 싸우는 걸 지켜봐야 하는 건 정말 힘들었다. 차라리 덜 익은 콩을 씹는 게 나았다. 엄마는 엄마 말로 싸우고 아빠는 아빠 말로 싸우고. 나는 엄마랑 아빠가 아무 말도 하지 못하게 해달라고 기도한 적도 있다. 말을 안 하면 싸움도 안 할 테니까. 할머니는 항상 아빠 편이었다. 엄마에게 소리 지르는 할머니를 내가 방바닥에 있던 파리채로 때려준 적도 있었다. 내가 지금까지 한 일 중에 두번째로 잘한 일이다.

밥 한 숟갈에 소시지 두 개 먹고 양배추 하나 먹고 물 한 모금 마시고. 밥은 반절도 더 남았는데 소시지는 다 떨어졌다. 빨간 양배추만 남았다. 나는 맨밥 한 숟갈을 입에 넣고 설거지통에 접시를 담갔다. 양배추 조각이 물에 둥둥 떴다. 나는 청진기에게 속삭였다.

'물론, 내가 지금까지 한 일 중에 제일 잘한 건 너를 만나기 위해 감기에 걸렸던 거지.'

나와 청진기는 엄마가 그런 것처럼 잠깐 골목을 내려다본 다음 달려내려갔다. 하루에 한 번은 약국 삼촌을 만나줘야 했다. 만나서 특별히 하는 일은 없었다. 그냥 앉아 있다가 헤어지곤 했다. 그러면서도 우리는 매일 만났다. 목에 건 청진기가 달랑거렸다. 만나는 사람들에게 잠깐 멈춰서 인사하고 싶지만 몸에 가속도가 붙어 멈춰지질 않았다. 다른 날보다 골목이 어수선했다. 쌍용슈퍼 앞에 이삿짐을 가득 실은 트럭 한 대가 서 있었다. 나는 방향을 틀어 이삿짐이 나오는 골목으로 들어갔다. 오늘 아침 꿈속에서 본 파란 대문 집이었다. 대문이 활짝 열려 있었다. 대문 앞에는 화분 괴는 데 썼던 돌멩이 네 개가 뒹굴고 있었다.

안녕, 파란 대문.

안녕, 돌멩이들……

나는 뒤돌아 골목을 달려나왔다. 저 앞에 정육점 아줌마가 보였
다. 슈퍼에서 나오던 아줌마가 비닐 앞치마에 손을 찔러넣은 채 나
를 보고 있었다. 정육점 아줌마는 어제보다 더 뚱뚱해 보였다. 가
슴보다 아랫배가 더 나왔다. 한때 일구사오 때문에 아줌마 몸무게
가 살짝 준 적이 있었지만 일구사오를 잊기로 한 뒤 다시 살이 붙
기 시작했다. 나는 청진기를 꼭 쥐고 속도를 두 배로 냈다. 골목에
는 청진기를 노리는 사람이 많았다. 모두 내 청진기에게 신기한 힘
이 있다는 걸 눈치챈 게 틀림없었다. 청진기가 세상의 모든 소리를
들을 수 있다는 걸 말이다. 정육점 아줌마는 아이스크림, 돈가스를
들먹이며 청진기와 바꾸자고 했다. 세탁소 아저씨는 다른 방법을
썼다.

"너 그것만 가지고 놀면 불알 떨어진다."

그때, 나는 너무 웃겨서 청진기를 떨어뜨릴 뻔했다. 세탁소 아저
씨에겐 세상 모든 것이 불알로 통했다.

정육점 아줌마가 브레이크를 걸려고 했지만 나는 멈추지 않았
다. 하마터면 슬리퍼 한 짝이 벗겨질 뻔했다. 벌써 반팔 차림인 아
줌마가 내 뒷모습을 보며 중얼거렸다.

"음마, 꼭 콩알 같네."

콩알처럼 굴러내려오다 나는 우포순댓국집 앞에서 급브레이크

를 밟았다. 순댓국집에 녹두장군이 앉아 있었다. 장군 앞에 소주병
과 순대 접시가 놓여 있었다. 나는 숨을 헐떡이며 청진기 귀에 대
고 속삭였다.

'겨울잠에서 깨어난 기념으로 한잔하는 거야. 겨울잠 말이야.'

나와 청진기는 지난 2년 동안 장군을 주의 깊게 관찰했다. 첫눈
만 내리면 무조건 사라지는 장군에게 무슨 비밀이 있는 게 틀림없
었다.

녹두장군은 봄, 여름 내내 연장통을 친구 삼아 일만 한다. 단, 술
에 취하지 않은 날만 그렇다. 일주일에 사흘은 밥 대신 술로 끼니
를 때우고 그런 날은 일을 쉰다. 그러다 여름 가고 선선한 바람이
불어오면 조금씩 변해간다. 딱 꼬집어 말할 수 없지만 아무튼 변해
간다. 선선한 바람이 찬바람으로 바뀌고, 남동쪽에서 불어오던 계
절풍이 북북서로 바뀌면 그날부터는 싹 변한다.

먼저 술을 딱 끊는다. 그다음 엄청나게 먹기 시작한다. 쌀, 보리,
수수, 콩, 조, 사과, 감, 밤, 잣, 호두, 들깨 가릴 것 없이 녹두장군
입으로 들어간다. 아예 넓은 들판이 통째로 장군의 입으로 들어간
다고 보면 된다. 들판 끝에 갑자기 나타난 낭떠러지처럼 기온이 뚝
떨어지는 날, 그때부터는 채식을 끝내고 본격적인 육식 단계로 진
입한다. 미꾸라지, 고등어, 전어, 흑염소, 소, 돼지…… 들짐승, 날
짐승, 해산물 가리지 않는다. 현대정육점 냉동고에 걸린 고기도 대
부분 녹두장군 뱃속으로 들어간다. 정육점 아줌마는 고개를 갸웃

하면서도 매상 올리는 재미에 깊이 고민하지 않는다. 설마 임신한 건 아닐 테고…… 고기 당기는 데 꼭 이유가 있는 건 아니니까. 녹두장군의 몸은 점점 가죽풍선처럼 부풀어올라 두 배가 된다. 신기한 건 가죽풍선이 터지기 직전 첫눈이 내려준다는 것이다. 첫눈이 내리는 날, 장군은 여지없이 가게 문을 닫는다.

작년, 재작년 모두 똑같았다. 청진기와 나는 그때까지 관찰한 내용만 가지고도 가볍게 결론을 내릴 수 있었다. 하지만 좀더 신중하기로 했다. 지난겨울, 우리는 성신설비 지붕으로 올라갔다. 함석과 슬레이트의 엉성한 조합으로 이루어진 성신설비 지붕은 명왕3동에서 제일 난이도 높은 지붕이었다. 눈이 내린 날이면 특별히 더 조심해야 했다. 전날 밤 뿌린 염화칼슘 때문에 골목이 유난히 질척거리던 날, 우리는 담을 타고 간신히 지붕에 오른 다음 함석과 슬레이트 이음새 부분에 가만히 청진기를 갖다 댔다. 그날, 드디어 나의 청진기는 안에서 희미하게 들려오는 소리를 잡아냈다. 녹두장군의 숨소리였다. 숨소리는 깊고도 깊었다. 너무 깊어 내가 고개를 갸우뚱하자 청진기는 깊은 산속에서 겨울잠을 자고 있는 동물들의 숨소리를 들려주었다. 곰, 오소리, 너구리, 다람쥐, 고슴도치…… 맙소사. 장군의 숨소리랑 똑같았다.

녹두장군은 겨울잠을 자고 있었던 것이다!

뱃속의 음식이 천천히 삭아가는 동안 장군의 잠은 점점 더 깊이진다. 그러는 동안 명왕3동에는 눈이 내리고, 내린 눈이 쌓이고, 그 위에 다시 눈이 내린다. 장군의 얼굴에 돋아난 수염은 아무런 방해를 받지 않고 무성해진다. 누군가 성신설비 문을 두드리고 전화벨이 울려도 장군은 깨어나지 않는다. 장군의 잠을 깨울 수 있는 건 태양뿐이다. 멀리까지 나가 있던 태양이 반환점을 돌아 천천히 명왕3동으로 다가오면 장군의 잠도 조금씩 옅어진다.

그 숨소리를 엿듣다 하마터면 우리도 지붕에서 겨울잠에 빠질 뻔했다.

저녁 먹고 한숨 푹 잔 것 같은데 꿈뻑, 장군의 겨울은 가고 없었다.

숨은 귀

꿈뻑, 겨울 보내고 돌아온 장군이 드디어 취했다. 겨울잠에서 깬 지 일주일이 되었으니 술에 취할 때도 되었다. 장군은 우포순댓국집 주렴을 시원스럽게 헤치고 걸어나왔다. 나와 청진기는 얼른 한쪽으로 비켜섰다. 코뿔소처럼 쉭쉭거리는 장군의 콧방울에서 잘 발효된 막걸리 냄새가 새어나왔다. 세탁소 담벼락에 걸친 개나리 줄기가 술 냄새를 이기지 못해 축축 늘어졌다. 장군은 성신설비를 향해 힘차게 발을 내딛었다. 하지만 2보 전진에 2보 후퇴, 1보 왼쪽에 2보 오른쪽. 간신히 세탁소 근처까지 온 장군은 다시 한번 골목에 갈 지(之) 자를 예술적으로 완성한 다음 담벼락에 기대앉았다. 봄 햇살이 털 부숭부숭한 장군의 얼굴에 쏟아졌다.

장군은 두 얼굴을 가지고 있었다. 그 두 얼굴 사이에 술이 있었다. 술을 마시기 전에는 부끄럼을 많이 탔다. 다른 사람하고 눈만 마주쳐도 얼굴이 붉어졌다. 세수하다 대얏물에 비친 자기 얼굴과 마주쳐도 부끄러워 고개를 돌렸다. 일주일 전 태평양약국에 페니실린을 얻으러 왔을 때도 그랬다. 손 기술이 좋아 못 고치는 것 없이 고치지만 부끄럼 타는 성격은 고치질 못했다. 세탁소 아저씨 말대로,

"무신 놈의 입이 술이 안 들어가면 석 달 열흘이 돼도 말 한마디를 안 뱉어. 한 방울이라도 술이 들어가야 입이 벌어진당게."

그랬던 장군이 술을 마시면 180도 달라진다. 일단 한 잔 마시면 발동이 걸린다. 발동 걸리면 닥치는 대로, 있는 대로 마신다. 술 편식은 하지 않는다. 술이 없으면 그냥 맹물을 술이라 생각하고 들이켠다. 맹물도 술이라고 생각하고 마시면 금세 취기가 오른다. 취기가 오른 장군의 입에서는 이야기가 쏟아져나온다. 주리를 틀어도 벌어지지 않을 것 같던 장군의 입을 벌어지게 하는 건 바로 술이다.

술. 그건 정말 내 청진기만큼 놀라운 물건이었다. 청진기가 나의 훌륭한 학교라면 술은 훌륭한 타임머신이었다. 술만 마시면 장군은 몇백 년 뒤로 돌아갔다. 장군은 자기의 나이가 3백 살이라고 우겼다. 삼촌은 장군이 자신의 전생을 보는 거라고 나에게 설명했다. 내 생각은 달랐다. 장군의 나이는 진짜 그럴 수 있었다. 장군은 겨울잠을 자니까. 겨울잠을 자면 오래 살 수도 있으니까.

장군 말대로라면 장군은 지금 몇백 년 동안 어느 마을 하나를 찾

아다니는 중이었다.

색색의 꽃 끝없이 펼쳐진 들판에, 주먹만한 수정이 돌멩이처럼 구르고, 세상 온갖 진귀한 음식에, 귀한 보석에, 아름다운 사람들, 함께 일하고 웃고 노래하고 춤추는 마을. 1년 내내 꽃 지지 않고, 새 날고, 노루 뛰고, 맑은 샘물 솟아오르고, 해 달 별 거르지 않고 뜨는…… 그런 마을.

명왕3동 주민이면 누구나 그 마을에 대한 얘기를 알고 있었다. 삼촌과 나와 청진기도 장군의 열렬한 청중이었다. 어느 한 부분만 들어도 그것이 몇 번째 이야기, 어디쯤에 나오는 장면인지 다 알았다. 정육점 앞 가로등, 세탁소 담벼락, 약국 건너편 공작나무도 그 얘기를 알았다. 명왕3동 위로 날아가는 새들도 알았다. 몇 년 전에 지나간 태풍 '타이탄'도 그 이야기를 듣고 갔다. 하지만 이야기의 끝은 아직 아무도 듣지 못했다. 이야기가 끝날 때쯤 되면 장군은 꼭 술에서 깨어났다. 술에서 깨면 여지없이 입을 다물어버렸다. 언젠가 녹두장군 이야기를 듣던 택시기사 용만 아저씨가 단도직입적으로 물었다.

"형님, 그러니께 그 마을이 있긴 있는 규? 뭔 놈의 마을이 몇 백 년을 찾아다녀도 나오질 않어. 형님 술이랑 내 술이랑 다른가? 똑같은 참이슬 아뉴. 근디 왜 내 눈에는 그런 마을이 안 보이냐구유. 혹시, 형님 일구사오가 보낸 짭새 아뉴? 우리덜 몽땅 그 마을로 데려간다고 꼬실라고 온 짭새 말유."

담벼락에 기대앉은 녹두장군이 바다사자처럼 젖은 눈으로 주변을 둘러보았다. 이야기를 들어줄 귀를 찾고 있는 거였다. 술에 취하면 장군의 눈에 그전에는 보이지 않던 것이 보였다. 내 청진기가 세상 모든 소리를 들을 수 있는 것처럼 술에 밝아진 녹두장군의 눈은 여기저기 숨어 있는 귀들을 찾아냈다. 가로등, 돌멩이, 오래전에 죽은 그루터기, 쌍용슈퍼 파라솔, 지난밤 고양이한테 날갯죽지를 물린 비둘기, 세탁소 뒤 공터에 서 있는 허수아비…… 모두 귀를 달고 있었다. 그 귀들에게 장군은 이야기를 들려주었다.

나와 청진기는 장군 앞에 쪼그리고 앉았다. 장군은 한참 동안 내 청진기를 쳐다보았다. 귀를 찾아낸 것이다. 이야기 들어줄 귀도 찾았겠다, 이마까지 차오른 술의 압력에 장군의 입이 슬슬 벌어지기 시작했다. 재미있는 이야기를 혼자 듣는 게 삼촌한테 미안했다. 하지만 이번에는 어쩔 수 없었다. 삼촌을 데리러 간 사이에 장군의 술이 깨버릴지도 모른다. 잘못하면 이야기는 다 끝나고 장군의 속쓰려하는 모습만 보게 될 수도 있었다. 술을 타고 그 긴 시간을 왕복하는 일이 쉬운 건 아닌지, 과거에서 돌아와 성신설비 녹두장군으로 착지하는 순간, 장군은 멀미를 동반한 속쓰림에 괴로워하기도 하다.

대야에 허드렛물을 담아 나온 정육점 아줌마가 장군과 나를 쳐다보다 골목에 물을 쫙 뿌리고 들어갔다.

후후흐흡, 후우후.

장군은 깊은 바다에서 올라온 대왕고래처럼 깊이 숨을 들이마셨다가 천천히 내뱉었다. 이야기를 시작하기 전에는 꼭 그랬다.

"후후흐흡, 후우후."

21세기 명왕의 봄, 나와 청진기가 녹두장군의 첫번째 청중으로 당첨된 것이다.

수수밭

그러니까 그때, 나는 열일곱. 나귀몰이꾼이었지. 내 나귀 모는 솜씨를 한양 바닥에서 모르는 사람이 없었어. 일거리가 끊이는 날이 하루도 없었지. 다른 나귀들은 꿈쩍도 않는데 내가 어르고 달래면 우리 나귀는 벼랑 같은 가풀막도 가뿐하게 올랐어. 아무리 무거운 짐도 끄떡없었지. 아버지 일찍 돌아가시고 어머니와 어린 동생 셋, 나까지 다섯 식구가 나귀 한 마리에 매달려 살고 있었어.

귀신은 꼭 그런 집에만 찾아오게 되어 있어. 뭐 한 가지만 콱 찍어 넘기면 그 집 전체가 다 넘어가게 되어 있는 집. 나귀 발목만 콱 찍어 넘기면 우리 다섯 식구는 굶어 죽게 되어 있었지. 한데 귀신이 노린 건 나귀가 아니었어. 나귀 옆의 나를 노린 거야. 그러니까 귀신이지.

그날도 나는 나귀 등에 나무를 싣고 동문 근처를 지나고 있었어. 사람들이 문 아래 그늘에 둥글게 모여 앉아 있었지. 빙 둘러선 까만 머리들이 숨소리도 내지 않고 가운데를 향해 쏠려 있는 거야. 약장사가 왔나 했지. 한데 뭔가 달라. 암만 봐도 달라. 왁자지껄한 소리도 들리지 않았고. 그때 그냥 지나쳤어야 하는 건데. 한데 그럴 수 있나. 이미 귀신이 날 찍은걸.

잠시 쉬었다 갈 생각으로 나귀를 세웠어. 나도 사람들 틈으로 머리를 들이밀었지. 한가운데에 노인 하나가 앉아 있는 거야. 노인은 책 한 권을 쫙 펼쳐들고 읽고 있었어. 사람들은 노인이 읽어주는 이야기에 쏙 빠져 있었지. 나 참 우스워 죽는 줄 알았어. 노인 한마디에 사람들 귀가 나팔꽃처럼 펴졌다 오므라들고, 오므라들었다 펴지고 했으니까. 나귀를 몰고 그 자리에서 빠져나와버렸지. 차라리 낮잠이나 한숨 자고 말지. 순 거짓말투성이 이야기에 그렇게 홀려 있다니, 원.

다음날은 옷감을 가득 싣고 서문 근처를 지나게 되었어. 그런데 거기에도 전날처럼 사람들이 둥그렇게 모여 있는 거야. 사람들 틈으로 머리를 비집고 들여다보니 어제 그 노인이 앉아 또 책을 읽어주고 있는 거야. 가만 보니까 노인은 매달 초하룻날에는 첫 다리 아래 앉고, 둘째 날에는 광통교, 셋째 날에는 수표교, 그 다음날에는 영풍교, 또 그 다음날에는 태평교, 여섯째 날에는 종로 거리에 앉아 이야기를 들려주는 거였어. 그러다 비가 오면 동문 아래, 눈이 오면 서문 아래 앉아 이야기를 하고 말이지. 어떤 때는 책도 없이 그냥 입으로 읊어대더구만.『숙향전』『소대성전』『심청전』『설인귀전』 같은 이야기였어.

노인의 한마디 한마디에 사람들은 웃고 울고 가슴 졸이고 했어. 그렇게 사람들을 몰아가다가 가장 재미있는 대목을 앞에 두고 노인은 입을 딱 다물어버리는 거야. 이야기를 듣던 아이들, 여자들, 남자들은 그뒤가 궁금해 눈물까지 떨구고 말이지. 사람들은 앞다투어 노인 앞에 놓인 패랭이에 돈을 던졌어. 그러면 노인은 멈추었던 이야기를 다시 이어가는 거야. 그런 방법으로 이야기 삯을 받는 거였지. 살쾡이 같은 영감탱이! 그렇게 속으로 욕을 하면서 어느새 나도 그 사람들 속에 끼어 앉아 있었어. 어느 날부턴가는 이야기가 끝나고 뿔뿔이 흩어질 때쯤이면 그날 번 돈이 하나도 남아 있지 않았어. 전부 노인의 패랭이 속으로 들어간 거지.

점점 일거리가 줄기 시작했어. 이야기에 빠져 물건을 제 시간에 운반하지 못하는 날이 많아졌으니까. 그러다 아예 일거리가 뚝 끊어지고 말았어. 이야기를 딱 끊고 일에 매달려보려고 무진 애도 썼어. 어머니와 어린 동생들 얼굴을 보고 있을 때는 잊을 수 있었어. 한데 돌아서면 머릿속이 온통 이야기 생각뿐인 거야.

내가 변한 걸 누가 제일 먼저 알아챘지 알아? 나귀였어. 나뭇짐 열 단을 얹어도 꿈쩍 않던 놈이 한 단만 얹어도 그냥 엎드려버리는 거야. 아무리 어르고 달래도 말을 듣지 않는 거야. 일거리가 뚝 끊겼어. 나귀나 나나 비루먹은 개처럼 비쩍 말라갔지. 어머니는 날마다 눈물 바람이었어. 혼내기도 하고 사정하기도 하고. 하지만 이미나는 이야기 귀신에 홀려버려 정신을 차릴 수 없었지. 어머니 몰래 나귀를 반값도 못 받고 팔아버렸어. 그 돈까지 전부 노인 패랭이

58

속으로 탈탈 털어넣었지.

마지막 남은 동전까지 패랭이 속으로 던지고 나자 힘이 쭉 빠지더라고. 억울했어. 어느 으슥한 밤, 다짜고짜 노인을 따라붙었지. 노인 목을 조르고라도 내 돈을 찾아올 생각이었어. 한데 막상 노인 얼굴을 보자 돈 대신 이야기만 떠오르는 거야. 얘기 하나만 해달라고 졸라댔지. 마지막으로 딱 하나만, 정말 딱 하나만 듣고 다시는 이야기 따위에 빠지지 않기로 작정했어. 노인은 한참 동안 아무 말 없이 나를 쳐다보고만 있더니 흰 수염을 쓰다듬으며 입을 열었어.

저기 이웃 나라에 수미산 같은 산 열두 개를 넘고 황하 같은 강 아홉 개를 건너가면 마을이 하나 나온다네. 오만 가지 꽃이 끝도 없이 피어 있는 마을 뒤로 만년설 흰 산이 있고, 거기서 흘러내린 맑은 물이 사철 땅을 적셔주고, 돌멩이에 섞여 금 덩어리 수정 덩어리 굴러다니고, 온갖 귀한 약에, 사시장철 맛난 과일이 열리고…… 한데 그 마을로 가는 길을 아는 사람은 아무도 없다네. 한 번 들어가면 누구든 다시 나올 생각을 않으니.

뻔한 거짓말이라는 걸 알면서도 이야기를 듣고 있으면 빠져들게 돼. 거짓말이라 더 빠져들게 돼. 이야기를 듣다가 그만 깜빡 잠이 들었는데 눈을 떠보니 노인은 간 데 없고 날이 훤했어. 하릴없이 집으로 돌아왔지. 한데, 일이 정말 그렇게 되려고 그런 것인지 이웃 나라로 가는 사신행차에 나도 끼게 되었어. 내 나귀 보는 솜씨를 눈여겨보았던 사람한테 어떻게 줄이 닿아 말잡이꾼이 된 거야.

그래도 막상 다녀온다니 어머니가 울고불고 난리였어. 동생 셋을 홀어머니에게 맡겨두고 가려니 발이 떨어지질 않았어. 이번 여행길에 어떻게든 수완을 써 한밑천 두둑하게 마련해오겠다는 말로 어머니와 동생들을 달랬어.

어머니 앞섶에 눈물이 떨어질 때 내 마음도 좋은 건 아니었어. 그래도 한번 마음이 동한 길. 말고삐 잡고 성문을 나와, 걷고 또 걸어 우리 일행은 어느새 국경 근처의 강가에 도착했지. 고생은 그때부터 시작이었어. 날은 덥지, 비는 쏟아붓지, 앞은 캄캄 뒤는 절벽 강산, 누렇게 불어난 강물은 집채만한 이랑을 만들며 흘러넘치지. 이웃 나라 황제가 머무르고 있다는 곳까지 3천 리가 넘는 거리였어. 노인이 얘기한 마을이 생각나 자꾸 나를 괴롭혔어. 그렇게 넓은 땅이니 어딘가 꼭 그런 마을이 있을 것 같은 거야. 중간에 내빼고 싶은 걸 고향에 있는 가족들 생각해서 꾹 참았어.

말 등에 올라타 먼 길 가는 양반도 고생은 고생이겠지만 발굽에 편자 박고 3천 리 길 걷는 말 신세나 말고삐 쥐고 타박타박 걷는 내 신세나 다를 게 없었지. 눈요기라도 했으니 망정이지 내 발에 금편자를 박아준대도 다시 못 갈 길이었어. 땅덩이가 넓어서 그런지 눈에 보이는 게 모두 신기하기는 했지. 그중 제일은 역시 여자 구경이었어. 전족을 한 여자들을 어렵지 않게 볼 수 있었지. 오죽 이상했으면 사신행차에 따라온 한 양반이 이런 말을 했을까.

활굽정이처럼 생긴 신은 차마 볼 수가 없습디다. 뒤뚱거리며 땅을 딛고 가는 꼴이 마치 보리씨를 뿌리는 것처럼 외로 흔들리고 우로 기우뚱거려 바람도 없는데 저절로 쓰러지곤 하니 이게 무슨 꼴이랍니까?

보쌈이라도 해서 하나 데려오고 싶었지만 저렇게 뒤뚱거리는 걸 어디다 써먹나 하는 생각이 들자 정나미가 떨어져버렸어.

벌판을 지나 협곡을 지나 죽을 둥 살 둥 찾아갔더니 이웃 나라 황제는 속도 모르고 피서를 떠나고 없었지. 하는 수 없이 황제가 있다는 곳까지 다시 가게 되었어. 하룻밤에 강을 아홉 번 건넌 적도 있었지. 바로 눈앞에서 장정 몇십 명을 태우고 건너가던 배가 뒤집혀 산산이 부서지는 것을 보고도 건너야 했어. 물귀신 되는 건 시간 문제였지. 그래도 주인어른이 건너야 한다는데 내뺄 수가 있나.

드디어 황제의 피서지에 도착했어. 아뿔싸! 세상의 진귀한 것은 다 모였다는 그 도시에 들어가려니 말도 긴장을 하더라고. 처음 본 사람들에, 처음 본 건물들에 놀란 말이 날뛰는 바람에 고삐를 잡고 매달리다 그만 말편자에 제대로 밟혀버렸어. 전족 한 여자들 걸음걸이 흉보았다가 내가 그 꼴 되고 만 거야. 체면 생각할 겨를도 없이 주인나리 앞에서 목을 놓고 울어버렸어. 운다고 소용 있나. 모두들 구경 나가고 나만 숙소에 남았어. 혼자 누워 말편자 탓만 했지. 친구란 놈 구경하고 와서 하는 말이, 세상에 별천지 있다는 말만 들었지 참말 있는 줄은 여기 와서 알았다는 거야. 하룻밤에 강물 아홉 번 건너온 보람이 있었대. 가지각색인 사람들에다가 물건에, 음식들. 황제의 동물원에도 갔는데 거기에는 난생처음 보는 동물들이 수도 없이 많았다는 거야. 하지만 그 말이 귀에 들어오지 않았어. 갑자기 노인 얘기가 또 떠올랐거든. 혹시 멀리 눈 덮인 산이 있더냐 물었지. 못 보았다는 거야. 오만 가지 꽃이 핀 넓은 꽃밭이 있더냐 물었지. 못 보았다는 거야. 친구한테 통박 한번 먹였지. 야, 야, 그까짓 것 가지고 별천지는 무슨…… 너 같은 촌놈이 진짜 별천지를 알 리 없지.

며칠 지나자 부었던 발등이 가라앉고 걸을 수 있게 되었어. 일행은 귀향길에 올랐지. 하루는 장성 앞 어느 주막에서 하룻밤 묵게 되었어. 술 좋아하는 주인나리는 주막까지 찾아온 이웃 나라 학자들과 밤새 주거니 받거니 술잔을 기울이며 필담을 나누었어. 나는 그 옆에 쪼그리고 앉아 졸음 반, 먹 반, 먹을 갈았고. 귀동냥, 눈동냥으로 몇 마디는 알아듣고 몇 글자는 알아볼 수 있었어. 대충은 알 것도 같았고 모를 것도 같았지.

지구는 돈다.

잠이 싹 달아나는 거야. 먹으로 쓰고, 말로 하고 분명 '지구가 돌고 있다'고 했어. 호롱불 아래서 이웃 나라 양반, 조선 양반이 머리를 맞대고 몇 시간 필담 끝에 나온 말이 땅덩이가 돈다는 말이었다니까. 이 큰 땅덩어리가 돈다고? 생전 처음 듣는 그 말에 내 머릿속도 핑 돌았지. 한참을 더 필담을 나누는데 그다음 말은 하나도 들어오지 않았어. 주인나리가 나더러 필담 나눈 종이를 태워버리라 하는데 어지러워서 도저히 일어날 수가 있어야 말이지. 누가 내 머리를 잡고 빙빙 돌리는 것 같았지. 일행은 꾀병이라고 놀려대는 거야. 하지만 정말 땅이 빙빙 돌아 나는 말고삐를 꽉 쥐고는 놓질 않았지. 노인이 말해준 마을이고 뭣이고 그냥 돌아오려고 했어. 주인 양반한테 일삯 받으면 세 칸짜리 초가나 하나 장만해서 다섯 식구 잘살아보려고. 집을 장만하면 맨 먼저 주변에 말뚝을 박고 집을 동아줄로 꽁꽁 묶어놓아야지, 하는 생각도 했어. 이 큰 땅덩이가 돈다니까.

한 달 넘게 계속된 어지럼증이 국경에 도착하니 가라앉았어. 국경 근처 여관에서 하룻밤 쉬게 되었어. 드디어 다음날 저녁이면 우리 땅에 도착하는 거였지. 여관은 국경을 넘나드는 장사꾼들로 북적였어. 여행길의 고단함을 핑계 삼아 술 한 잔씩을 걸치고 잠이 들었지. 비좁은 방에 짐짝처럼 서로 포개고 얹고 다들 잠에 빠져 있는데 나 혼자 이리저리 뒤척였어. 말고삐 쥐고 주인 따라 떠나온 길, 말고삐 쥐고 돌아가긴 해야 되는데…… 한숨도 자지 못했어.

아침이 되자 일행은 다시 서둘러 길을 나섰어. 일행의 목적이야 하루라도 빨리 고향 땅에 닿는 것이었지. 날씨가 괜찮을 때 한 걸음이라도 더 가두는 것이 유리했으니까. 국경 근처의 날씨는 종잡을 수가 없지. 해가 쨍쨍하다가도 저쪽 산마루에 검은 구름이 몰려들기 시작하면 어느새 빗방울이 벌판을 가득 메워버려. 땅이 넓어 그런지 번갯불은 땅을 찢어놓을 듯이 내리치고 맑을 때는 보이지 않던 강이 금세 생겨나 땅을 통째로 쓸어버리지. 마음 다져먹고 말고삐를 잡았어. 딴생각 말자, 딴생각 말자. 어금니를 물었어.

길옆으로는 사람 키 두 배가 넘는 수수밭이 끝도 없이 펼쳐지고 있었지.

오줌만 누고 올 생각이었지. 수수밭으로 들어가 오줌 누고 허리 끈 묶는데 바람이 불어왔어. 그 순간, 수수밭이 양편으로 쫙 갈라지며 길이 나더라고. 길은 바람에 금세 지워졌지. 그런데도 내 눈에는 사라진 길이 훤히 보이는 거야. 수수밭 바깥에서는 어서 나오라고 내 이름을 불러댔어. 딴생각 말자고 머릿속에서는 그러는데, 내 손은 어느새 신발 끈을 야무지게 묶고 있었어. 등에 멘 보따리를 허리춤에 꽉 돌려 매고. 그러고는 바람이 수수밭 사이로 길을 만드는 순간 정신없이 내달렸어. 수숫잎이 몸을 베는 것도 모르고 바람이 내 등뒤 길을 지우면서 따라왔어. 숨이 차올라 더이상 갈 수 없을 때까지 달리다 쓰러졌지. 나를 부르는 소리가 아주 멀리서 들려왔지. 한참을 누워 있었어. 날은 점점 어두워져가고 멀리서 나를 찾는 불빛이 부산하게 움직이는 것이 보였어. 일행은 그때까지 떠나지도 못하고 나를 찾고 있었지. 내가 몰던 말 울음소리가 들려왔어. 당장 뛰어나가고 싶은 걸 꾹 참았지. 일행은 나를 포기하고 다시 길을 나섰어. 말 울음소리가 점점 멀어져갔지. 이제 혼자 남게 된 거야. 그때야 수숫잎 사그락거리는 소리가 귀에 들어오는 거야.

샴푸의 요정

내가 세탁소 담벼락에서 장군의 이야기에 빠져 있는 동안 삼촌은 약국을 방문한 제약회사 직원한테 빠져 있었다. 청진기가 그렇다고 알려주었다. 나의 청진기는 내가 있지 않은 곳에서 일어나는 일도 알 수 있게 해주었다. 3년 동안 지붕에서 내려다본 명왕3동의 일상에 청진기가 모아온 소리를 더빙하면 골목 어디에서 무슨 일이 벌어지는지 알 수 있었다.

화장실에 다녀온 김약사가 손에 묻은 물기를 닦으며 슬쩍 직원을 훑어보았다. 한눈에 봐도 신입사원이라는 것을 알 수 있었다. 단정하게 빗어넘긴 머리, 튀지 않는 넥타이, 장만한 지 얼마 안 된 스트라이프 양복. 신입사원은 신약 샘플과 팸플릿을 카운터 위에 올려놓고 삼촌을 상대로 설명을 늘어놓고 있었다. 김약사가 들어오자 신입은 잠깐 목례를 하더니 계속했다. 광범위하고 탁월한 약효, 유리한 결제 조건, 무엇보다도 같은 성분의 약품 중에서 가장 저렴한 공급 가격.

삼촌이 고개를 끄덕이며 반응을 보이자 신입은 신이 났다. 신입사원이 새로운 팸플릿을 꺼내기 위해 007가방으로 몸을 돌린 순간 김약사는 그의 뒤통수에 대고 말했다.

"저기, 신규 계획 없는데요."

신입사원은 삼촌과 김약사를 번갈아 보다 한 술 더 떴다.

"아! 사모님이십니까? 이전하게 되더라도 제가 어디든 따라가겠습니다."

"이전요?"

"곧 이전해야 되지 않습니까? 이 동네가 곧……"

"……아무튼 신규는 안 해요."

신입 표정이 한순간에 무너졌다. 그러니까 신입이었다. 신입은 팸플릿과 샘플을 챙기고는 깍듯하게 인사하고 나갔다. 삼촌은 그의 뒷모습을 좇으며 중얼거렸다.

"너무 미안하다, 한참 설명했는데."

그럴 때마다 김약사는 이런 말을 듣고 있는 자신의 인생한테 미안해졌다.

"그러게 계약도 못 해줄 거면서 왜 고개는 *끄덕여주냐고. 정말*……"

나머지 말은 한숨으로 처리했다. 김약사의 한숨 100그램을 채취해 분석하면 99그램은 삼촌이 원인일 것이다.

"그래도 김약사, 이 광막한 공간과 영겁의 시간 속에서, 지구라는 행성 하나와 찰나의 순간을 방금 저 사람과……"

"아우우우……"

인공위성 하나를 얹어놓은 것처럼 김약사 뒷목이 뻐근해졌다. 또 그 광막한 우주론이다. 그 우주론만 나오면 김약사는 정말이지 광막해졌다. 이 세상 백수들은 왜 모두 우주를 들먹거리는지 알다가도 모를 일이었다. 자기들이 백수인 게 광막한 우주 탓이라도 되는 것처럼 김약사는 한숨을 내쉬었다. 이 광막한 공간과 영겁의 시

66

간 속에서, 하필이면 지구라는 행성에서, 하필이면 저 사람과, 하필이면 남매로 태어났을까. 그것도 쌍둥이로.

김약사는 약업신문을 들고 조제실로 들어갔다. 가급적 1센티미터라도 떨어져 있는 것이 컨디션 유지에 좋았다. 약업신문을 펼쳐 들었지만 눈에 들어오지 않았다. 친구에게 전화를 걸어 실컷 흉이라도 보았으면 좋겠는데 저렇게 옆에 있어 그것도 할 수 없었다. 저 광막한 인간은 요즈음 부쩍 약국에 자주 나왔다. 문제는 명왕성이나 안드로메다에서 일할 사람을 구하지 않는 이상 삼촌은 직장을 구할 수 없다는 거였다.

골목에 어스름이 깔리기 시작했다. 삼촌은 오늘따라 끈질겼다. 그렇게 무시당하면서도 안채에 들어가지 않았다. 마을버스가 환하게 불을 켜고 지나갔다. 버스 문이 열릴 때마다 한 무리의 사람들이 쏟아져내렸다. 사람들은 어깨를 늘어뜨리고 골목을 올라갔다. 몇몇은 약국 문을 밀고 들어와 피로회복제를 찾았다. 하루하루 빈집이 늘어갔다. 남은 사람들은 밤이면 이런저런 생각으로 뒤척였다. 그리다 아침이 오면 다시 골목을 들썩이게 만들며 일터로 갔다.

조금 전부터 비가 내리기 시작했다. 9시가 넘자 버스에서 내리는 사람도 뚝 끊겼다. 약국 유리창에 붙은 흙먼지가 얼룩을 만들며 흘러내렸다.

"민수 혼자 있을 텐데. 무섭지 않을까?"

삼촌이 비를 바라보며 말했다.

"민수가 혼자 있는지 어떻게 알어?"

"데릴라 아직 안 올라갔으니까."

삼촌은 여전히 밖으로 시선을 고정한 채 말했다. 김약사는 뜨악한 표정으로 삼촌을 쳐다보았다.

"여태 데릴라 올라가나 그것 보고 있었던 거야?"

김약사 질문에 삼촌은 잠깐 헷갈렸다. 그러게? 그 순간 김약사와 삼촌은 쌍둥이답게 똑같은 생각을 했다. 혹시……? 에이, 설마.

마을버스는 세 대째 아무도 내려놓지 않고 지나갔다. 버스 손잡이가 빗줄기처럼 흔들렸다. 후면등 불빛에 아스팔트가 번들거렸다. 김약사는 조제실의 약통을 정리하고 다음날 주문할 약을 확인하고 컴퓨터 모니터를 껐다.

"김약사, 지금 지구에 한 군데도 빠지지 않고 비가 내리고 있다고 생각해봐. 어떨까? 지구 바깥에서 들으면 굉장한 소리가 날 거야. 그치, 김약사?"

카운터에 몸을 기댄 삼촌이 밖을 내다보며 말했다. 네번째 버스도 그냥 지나가버렸다.

"그래도 지구가 자전하면서 내는 소리에 비하면 모기 소리만할걸. 김약사, 지구가 회전할 때 얼마나 큰 소리가 나는지 알아? 팽이 하나가 돌아도 윙윙거리는데 지구가 돈다고 생각해봐. 그것도 시속 1,609킬로미터 속도로. 우주에 나아가면 지구 같은 별들이 수억 개야. 와, 우주 곳곳에서 지구만한 팽이가 수억 개 돌아가고 있다고 생각해봐, 김약사. 빗소리 조오타, 그치? 김약사."

말끝마다 붙이는 '김약사'나 좀 생략해주었으면 고맙겠다. 삼촌이 그렇게 부르지 않아도 태평양약국 약사가 김약사라는 것을 알 만한 사람은 다 알았다. 팽이라면 때려주기라도 하지.

"김약사, 지금은 지구가 한 번 자전하는 데 스물네 시간이 걸리잖아. 지구가 처음 생겨났을 때는 다섯 시간밖에 안 걸렸어. 하루가 다섯 시간이었던 거지. 어지러웠을 거야. 다섯 시간 만에 한 바퀴를 돌려면. 그치? 45억 년 동안 지구 자전 속도는 조금씩 느려지고 있어. 왜? 달 때문에. 달의 인력 때문에 지구에 밀물 썰물이 생기는 거잖아. 달이 바닷물을 끌어당겼다 놓아줬다 하는데 그때마다 바닷물하고 바다 밑바닥 사이에 마찰력이 생기는 거야. 마찰력. 김약사가 나 책 살 때마다 잔소리하는 것처럼. 바닷물과 바다 밑바닥 사이에 마찰이 생겨 지구 자전에 브레이크가 걸리고 있는 거야. 그 브레이크 때문에 지구의 자전 속도가 조금씩 느려지는 거지. 앞으로 50억 년 후에는…… 으으음, 그럼 그때는 어떻게 되는지 알아, 김약사?"

김약사는 지구만한 공을 혼자 굴리고 있는 것처럼 피곤했다. 50억 년 후는 고사하고 당장 5분 뒤의 일도 모르겠다. 김약사는 간판 조명 스위치를 탁, 소리 나게 껐다. 약국 앞 골목이 어두워졌다. 김약사는 가운을 벗어 의자 등받이에 걸었다. 비나 왕창 내려서 떠내려가버렸으면 좋겠다.

"김약사, 50억 년 후, 그때는 하루가 마흔네 시간이 되는 거야. 브레이크 때문에 말이지. 하긴, 그때까지 달이 남아 있기나 할지……"

"안 들어갈 거야?"

"와, 하루가 마흔네 시간이 되면 그땐 우리 하루 종일 뭘 하고 노냐, 김약사?"

김약사 머릿속에서 퓨즈 나가는 소리가 났다. 김약사는 급브레이크를 밟는 기분으로 벽에 붙은 스위치를 손바닥으로 쳤다. 약국 안도 깜깜해졌다.

"셔터 내리고 와."

김약사는 안채로 연결된 문을 밀고 들어가버렸다. 삼촌은 어둠 속에서 셔터 내릴 생각도 없이 밖을 바라보았다. 무엇을 기다리고 있는 것 같은데 그것이 무엇인지 자신도 알 수 없었다. 빗방울이 더 굵어졌다. 마을버스가 브레이크를 밟고 멈춰 섰다. 삼촌은 깊게 숨을 들이마셨다.

하필 작업시간이 끝날 무렵 4번 기계가 말썽을 부려 퇴근시간이 늦어졌다. 나의 엄마 데릴라는 다른 기계들을 보느라 4번 기계에 문제가 생긴 것을 알지 못했다. 6번 기계 앞에서 양말 완제품을 검사하던 사장 부인이 이상이 있다는 걸 발견했다. 검정색 무늬가 들어갈 자리마다 실이 빠져 있었다. 불량품을 두 줄이나 더 뽑고 기계가 멈춰 섰다. 핀에 검정색 실이 엉켜 뭉쳐 있었다. 실을 걷어내다 엄마는 핀셋을 기계 안으로 떨어뜨리고 말았다. 어쩔 수 없이 기계 아랫부분을 열어야 했다. 사장이 와야 했다. 사장 부인은 거래처에 나간 사장에게 전화를 넣어 호출했다. 퇴근시간이 이미 지나 있었다. 사장 부인은 퇴근하라고 했지만 엄마는 그렇게 하기 찜찜했다. 사장은 한 시간이나 지나 나타났다. 비 때문에 길이 많이 막혔다고 했다. 안에서는 비가 내리는 줄도 몰랐다.

버스에서 내린 엄마는 손바닥으로 얼굴을 감싸고 걸음을 빨리했다. 벌써 양볼이 따끔거리기 시작했다. 한국에 온 지 첫해에 엄마 얼굴에 동상이 걸렸다. 이렇게 추운 나라가 있는지 몰랐다. 아빠는 이 정도는 추운 것도 아니라며 들은 척도 안 했다. 아직도 조금만 추우면 그 자리가 따갑고 가려웠다. 엄마는 손으로 얼굴의 빗물을 쓸어내렸다. 퇴근시간이 이렇게 늦어진 적이 없었다. 엄마는 내가 잠들어버렸을지 걱정이었다. 봄비치고 너무 많이 오는 거 아냐? 조금 전 버스 뒷자리에 앉은 사내들의 말이 귀에서 맴돌았다. 엄마는 고향의 우기를 떠올렸다. 코코넛 열매만하게 떨어지던 빗방울들. 몇 시간 만에 새로운 강 하나를 만들어놓고 물러가는 우기. 이 정도 비를 '너무 많은 비'라고 하는 말에 엄마는 자신이 다른 기후대에서 살다 온 사람이라는 사실을 다시 깨달았다.

삼촌은 숨을 죽인 채 나의 엄마 데릴라를 바라보고 있었다. 모든 빗줄기가 데릴라에게 쏟아지고 있었다. 삼촌 팔뚝에 소름이 돋았다. 이 광막한 공간과 영겁의 시간 속에서 살아남은 인류는 데릴라와 자신뿐인 것 같았다. 삼촌은 카운터 아래 우산 통에서 우산 하나를 빼어들고 빗속으로 뛰어들었다. 데릴라의 활짝 커진 눈과 삼촌의 눈이 마주쳤다. 언젠가 삼수생의 가슴이 그랬던 것처럼 갑자기, 정말 너무 갑자기 삼촌의 가슴이 사정없이 뛰기 시작했다. 약국에서 마주친 적이 있지만 이렇게 가까이서 데릴라를 보는 건 처음이었다. 삼촌은 데릴라의 머리 위로 우산을 펼쳤다. 데릴라는 엉겁결에 우산 밑으로 들어왔다. 데릴라의 어깨가 삼촌 팔에 살짝 부딪쳤다. 그 반동으로 막 젖기 시작한 데릴라의 탐스러운 머리칼이 출렁였다. 향기가 빗방울 속으로 퍼졌다. 태평양약국에서 쓰는 샴푸하고는 차원이 다른 향기였다. 세상의 모든 빗방울 소리가 삼촌 귓속으로 흘러들어왔다. 삼촌 안경알이 뿌예져 향기 말고는 아무것도 보이지 않았다.

밤이 깊어갔다. 빗방울이 굵어졌다. 빗소리도 따라 굵어졌다. 지구에 내리는 봄비 소리가 태평양약국 지붕을 넘어, 세탁소를 넘어 백수들의 우주 멀리멀리 퍼져나갔다. 엄마도 자고, 나와 청진기도 엄마 품에서 자고, 우주 전체가 잠에 빠져 있었다. 딱 한 사람만 빼고.

삼촌은 밤새 뜬눈으로 빗방울 하나하나를 다 세고 있었다. 샴푸 향기 나는 빗방울을.

초록빛 잉어

밤새 샴푸 향기 가득한 비가 내렸다. 명왕3동은 점점 가벼워지

72

고 있었다. 2주일 사이에 다섯 집이 이사를 갔다. 이렇게 가벼워지다가 애드벌룬처럼 떠오를 수도 있었다. 삼촌만 아니라면 정말 그렇게 될 수 있었다. 명왕3동에 무게를 실어주는 건 삼촌이었다. 삼촌이 내쉬는 한숨이 너무 무거워 명왕3동은 떠오를 수 없었다.

알고 싶지 않아도 알게 되는 것이 있다. 그런 것들은 대부분 불길한 예감을 동반한다. 텔레비전과 지붕에서 배운 대로라면 삼촌은 우리 엄마, 아니, 데릴라를 사랑하게 되었다. 왜 사랑하게 되었는지는 텔레비전도 모르고 지붕도 모르고 삼촌도 모르고 나도 몰랐다. 텔레비전과 지붕도 모르는 것이 있다는 걸 그때 처음 알았다.

며칠 사이에 삼촌 얼굴에서는 명왕성 근처에서 노는 인간만이 지닐 수 있는 해맑은 기운이 싹 사라져버렸다. 데릴라의 얼굴이 예고 없이 떠올라 삼촌을 괴롭게 했다. 박카스 상자를 정리하다가, 은행에 잔돈 바꾸러 가다가, 『코스모스』를 읽다가 눈앞에 나타난 데릴라 때문에 삼촌은 아무것도 할 수 없었다. 너무 많이 생각해 데릴라의 얼굴이 어떻게 생겼는지 기억이 나지 않을 정도였다. 나중에는 우산도, 빗물도, 데릴라도 사라지고 샴푸 향기만 생각났다. 오른쪽 팔에 살짝 스친 머리칼이 뿌려주고 간 그 향기가 삼촌을 잠 못 들게 했다. 데릴라와 어깨를 스친 순간 뭔가 스며들어온 게 틀림없었다. 라이터돌처럼 가슴 안쪽에서 뭔가 팟, 팟, 팟 소리를 내며 터졌다. 김약사는 삼촌이 봄을 타는 거라고 생각했다. 남들 하는 건 다 따라해? 라며 한마디해줬다. 하지만 딱히 봄 때문만도 아닌 것 같았다. 김약사는 삼촌 뱃속에 회충이 들어 있는 건 아닐까 하는 생각에 구충제를 먹게 했다. 구충제가 혹시 모를 회충을 처리했을지는 모르지만 삼촌의 밝은 기운을 되돌려놓지는 못했다. 쌍둥이의 육감으로도 김약사는 삼촌이 왜 밤잠을 못 이루는지 알지 못했다. 어제 슈퍼에 갔다가 우연히 정육점 여자 말을 듣기 전까지는.

정육점 여자와 엘지슈퍼 여자는 김약사가 들어온 줄도 모르고 음료수대 앞에서 수다를 떨고 있었다.

"음맘마, 우산 좀 같이 썼다고 좋아하면 나는 애인이 백 명도 넘어. 데릴라도 사람 보는 눈이 있는데 삼촌 뭘 보고?"

"그래도 모르지. 삼촌이 돈을 못 벌어 그렇지 착하고……"

"으이구, 이 아줌씨야, 어설프게 착한 게 더 사람 잡어. 우리한테 표시는 안 해도 김약사 얼굴 좀 봐. 그게 아가씨 얼굴 맞어? 맘고생 그거 사람 잡는 거야."

"그렇긴 해도…… 사실 김약사도 이번 기회에 데릴라한테 떠넘기면 좋잖아."

"음마, 데릴라가 뭔 죄야?"

김약사는 사러 갔던 커피는 사지 않고 일부러 진열대 위에 있던 과자 봉지 하나를 떨어뜨리고 나왔다.

김약사는 삼촌 때문에, 삼촌은 샴푸 향기 때문에, 나는 불길한 예감 때문에 밤잠을 설치든 말든 봄날은 자기 식대로 굴러갔다. 정육점 아줌마는 냉동차가 막 내려놓고 간 고기를 손질하고 팽할머니는 카트를 밀고 내려오고, 비보이는 학교 근처 공터에서 헤드스

핀 연습에 빠져 있었다. 우리 기분 아는지 모르는지 환한 봄날이었다. 환한 봄날과 상관없는 사람이 우리 말고 또 있었다. 우포순댓국집 샌드백 아줌마. 남편의 주먹을 받아내느라 몸에서 샌드백 소리가 나 샌드백이었다.

샌드백 아줌마의 얼굴에는 표정이 없었다. 너무 뚱뚱해서 표정이 살갗을 뚫고 나오지 못한 것이다. 아줌마의 턱, 어깨, 팔뚝, 엉덩이에는 진흙 덩어리를 투덕투덕 붙여놓은 것처럼 살이 붙어 있었다. 허리 부분에 커다란 튜브를 두르고 있는 것처럼 살은 허리에서 정점을 이루었다. 거기에 비하면 허벅지 아래는 나무젓가락이었다. 누구든 골목에서 샌드백 아줌마와 맞닥뜨리면 방법이 없었다. 무조건 후진해서 길을 비켜주는 수밖에 없었다. 아줌마가 걷는 골목길은 어디든 일방통행이었다. 샌드백 아줌마가 가게 앞으로 지나갈 때마다 세탁소 아저씨는 다리미 아래에서 바지가 눌어붙는 것도 모르고 한마디했다.

"허릿살을 빼든지, 다릿살을 찌우든지. 아니면 물구나무서기로 걸으라고 혀. 불안해서 더는 못 보겠어. 저러다 저 아줌씨 쓰러지면 누가 떠메고 가? 119대원들은 뭔 죄여?"

그러거나 말거나 샌드백 아줌마와 남편 깔따구는 줄기차게 싸웠다. 샌드백의 반의 반도 안 되는 덩치에, 참외씨만한 눈, 빗물이란 빗물은 다 들어가게 위로 뚫린 코, 숟가락 하나 간신히 들이갈 만한 입. 얼마나 말랐는지 지나가던 개가 뼈다귀인 줄 알고 물고 가다 내려놓았다는 깔따구는 왜 싸웠느냐고 물으면 이렇게 대답했다.

"보기만 해도 숨이 턱 막혀. 혼자 살았으면 살았지 저렇게 큰 여자랑은 죽어도 못 살겠어."

명왕3동 주민 모두가 원하는 바였다. 제발 깔따구와 샌드백이 함께 못 살았으면 했다. 하지만 샌드백 아줌마한테 빌붙어 사는 게 깔따구의 유일한 능력이었다. 점심 무렵에 일어나 샌드백 아줌마가 전날 번 돈을 수금하는 일이 깔따구의 직업이었다. 수금한 돈은 모두 술병 속으로 쪽 빨려 들어간다. 술병 앞에 한 번 밑자리를 내려놓고 앉으면 끝을 본다. 깔따구가 술을 이기지 못하는 것이 아니라 술이 깔따구를 이기지 못할 때까지 마셨다. 깔따구는 술을 때려눕히고 온 반동을 이용해 샌드백 아줌마를 덮친다. 꼭 아줌마의 귓불을 먼저 물어뜯는다. 어젯밤에도 그랬다.

아침에 일어나자마자 나는 샌드백 아줌마를 떠올렸다. 엄마가 차려놓은 밥을 두 번만 떠먹고 밖으로 나왔다. 골목에 팽할머니와 정육점 아줌마가 있었다. 팽할머니 수레에는 벌써 반 넘게 폐지와 빈 병이 차 있었다. 정육점 아줌마가 신경 쓰였다. 아줌마는 지치지도 않고 내 청진기를 욕심냈다. 나는 고개를 숙이고 두 사람 곁을 지나쳤다. 눈치 없이 팽할머니가 뒤에서 나를 불렀다. 할머니는 함석지붕 위의 도둑고양이가 나였다는 걸 아직도 모르고 있었다. 알면 긴 막대기를 구해와 또 나를 쑤셔댈 거였다. 할머니가 불쌍해 보이는 표정으로 무릎을 만지작거렸다. 나는 다른 건 다 참아도 불쌍한 건 참을 수 없다. 할머니 앞에 쪼그리고 앉아 청진기를 무릎에 대주었다. 청진기가 닿으면 아픈 것이 좀 낫는다고 했다. 편두통 때문에 고생하는 쌍용슈퍼 아줌마도 내 청진기 치료를 받는다. 청진기가 아줌마 머리를 만져주면 깨질 듯하던 게 멈춘다고 했다. 나는 사람들의 말에는 얼마간의 거짓말이 섞여 있다는 것을 알고 있으므로 쌍용슈퍼 아줌마가 청진기 치료를 받고도 약국에서 편두통약을 구입하는 것에 실망하지 않는다. 세탁소 아저씨의 어깨도 나의 청진기가 가끔 방문하는 곳이다. 하지만 정육점 아줌마만은 안 된다. 저 아줌마는 나를 볼 때마다 꼭 태평양약국 삼촌하고 비교했다.

"음마, 그렇게 눈만 뙤록뙤록 굴리지 말고 얼른 말을 해. 안 그러면 너도 약국 삼촌처럼 돼."

내가 삼촌의 어디를 닮았다는 건지 알 수 없었다. 그렇게 말해놓고 아줌마는 자기 말이 김약사 귀에 들어갈까봐 겁냈다. 김약사 귀에 들어가면 약을 조제해줄 때 '메이커' 아닌 다른 약을 넣어줄지도 모르기 때문이었다. 정육점 아줌마는 텔레비전에서 광고하는 약만 믿었다. 그 약이 무조건 메이커였다. 두통 치통 생리통에는 게보린, 청심환은 솔표, 잇몸에는 인사돌. 게보린 대신 다른 진통제를 먹으면 안 낫고 솔표 청심환 대신 다른 회사 제품을 먹으면 큰일 나는 줄 알았다. 소화제 물약은 꼭 까스명수, 피로회복에는 반드시 박카스. 하루에 박카스를 꼭 두 병씩 마시면서도 정육점 아줌마는 찌뿌둥하다는 말을 입에 달고 살았다. 그런 아줌마를 보면 내가 더 찌뿌둥했다. 내 청진기는 한 번도 아줌마의 어깨를 만져주지 않았다. 그냥 눈을 더 크게 뜨고 눈알만 뙤록뙤록 굴려주었다.

골목에는 겨우내 집 안에 박혀 있던 화분들이 모두 나와 있었다. 세탁소와 정육점은 경쟁하듯 화초를 길렀다. 나는 팽할머니 무릎과 어깨를 청진기로 만져주고 일어섰다. 정육점 아줌마가 조금 전 팽할머니와 똑같은 표정으로 청진기를 바라보았다. 칫. 나는 정육점 앞에 늘어선 화분은 건너뛰고 세탁소 앞에 늘어선 화분들에만 청진기를 갖다 대주었다.

순댓국집이 있는 골목으로 접어들었다. 가게 문이 닫혀 있었다. 이런 적이 없었다. 밤새 싸워도 우포순댓국집은 늘 아침 일찍 문을 열었다. 선지가 들어간 해장국은 이 근처에서 유명했다. 하긴 어젯밤에는 다른 날보다 싸움이 길었다. 나는 닫힌 문에 청진기를 가져다 댔다. 가게 안집에서 샌드백 아줌마 뒤척거리는 소리가 났다. 나와 청진기는 한참 앉아 있다가 일어섰다. 문 앞에서 깔따구를 만나면 곤란해진다. 깔따구도 청진기를 노리고 있었다.

우리는 골목을 내려왔다. 약국 근처에서 기다리는 것이 더 나을 것 같았다. 샌드백 아줌마는 안티푸라민을 사러 분명 약국에 올 거였다.

김약사는 카운터 너머에서 신문을 읽고 있었다. 삼촌은 보이지 않았다. 엄마 심부름으로 약국에 우산을 가져다준 후 약국에 선뜻 들어가기가 좀 그랬다. 약국은 지붕 다음으로 내가 즐겨 찾던 곳이었다. 하지만 이제 아니었다. 샌드백 아줌마만 아니라면 여기에 오지도 않았을 것이다. 나는 약국 앞 귀퉁이에 앉았다. 드링크제 상자가 쌓여 있는 쪽이라 안에서는 보이지 않는 자리였다.

샌드백 아줌마는 점심때가 되어서야 나타났다. 반가운 마음에 얼른 일어섰다. 나와 눈이 마주쳤는데도 샌드백 아줌마는 쌍용슈퍼에서 파는 두부처럼 아무런 표정이 없었다. 오른쪽 눈 주위에만 표정이 나타나 있었다. 멍이 들어 푸르스름했다. 나는 샌드백 아줌마 뒤에 달라붙어 약국으로 들어갔다.

"안티푸라민 하나 줘봐요."

샌드백 아줌마가 카운터 위에 5천 원짜리를 올려놓으며 말했다. 김약사는 신문을 접어 한쪽으로 밀쳐놓고 샌드백 아줌마와 나를 번갈아 쳐다보았다. 김약사 표정이 잠깐 복잡해졌다. 우산에 관해 김약사도 나랑 똑같은 생각을 하고 있는 것 같았다.

"어머, 저 귀 좀 봐. 또예요?"

"……"

김약사가 카운터 옆에 달린 문을 열어주며 샌드백 아줌마를 잡아끌었다.

"안으로 좀 들어오세요."

샌드백 아줌마는 김약사에게 몇 번 몸에 난 멍을 보여준 적이 있었다. 하지만 김약사에게 이런 모습을 더이상 보여주고 싶지 않았다. 김약사가 다시 잡아끌었다. 샌드백 아줌마는 간신히, 정말 아주 간신히 카운터 문을 통과해 들어갔다. 나도 얼른 아줌마 뒤로 따라붙었다.

"넌 잠깐 여기 있어."

김약사는 샌드백 아줌마만 조제실로 데려갔다. 삼촌은 며칠 동안 얼굴도 보여주질 않고 김약사는 조금 쌀쌀해졌다.

"어머, 정말 미쳐."

나는 카운터 아래 놓인 박카스 상자를 딛고 올라섰다. 김약사가 샌드백의 등을 쳐다보며 얼굴을 찌푸리고 있었다. 샌드백 아줌마의 넓적한 등과 굵은 팔뚝에 멍이 박혀 있었다. 언 자두처럼 기분 나쁜 자줏빛이었다. 나는 청진기를 꼭 움켜쥐었다. 아줌마 몸에 그렇게 많은 멍 자국이 있는 건 처음 봤다. 김약사가 멍 자국 위로 안티푸라민을 바르기 시작했다. 그럴 때 보면 김약사한테 노처녀 히스테리만 있는 건 아니었다. 하긴 삼촌하고 살면 달라이 라마도 히스테리를 부렸을 것이다. 약국 안에 박하 냄새가 퍼졌다. 샌드백 아줌마 등짝이 번들번들해졌다. 이제 막 경기를 마치고 링에서 내려온 권투선수 등짝 같았다. 김약사가 샌드백 아줌마의 어깨까지 말려올라간 옷을 내려주었다.

몇 발짝 뒤에서 아줌마를 따라 걸었다. 세탁소 아저씨랑 슈퍼 아줌마가 알은체했지만 아줌마도 나도 그냥 고개를 숙이고 걸었다. 순댓국집 유리문을 열자 연두색 주렴이 나타났다. 샌드백 아줌마는 주렴을 걷지도 않고 그냥 들어갔다. 주렴이 서로 부딪치며 유리구슬 소리를 냈다. 불을 켜지 않아 식당 안은 늪지처럼 어둑했다. 아줌마는 의자 하나를 끌어당기고 거기에 앉았다. 의자가 삐걱거렸다. 나는 샌드백 아줌마 옆에 앉았다. 그러고는 아줌마의 팔뚝에 난 멍에다 청진기를 가져다 대주었다. 샌드백 아줌마는 멍하니 앉아 청진기에게 자줏빛 멍을 맡겼다. 한참 동안 그렇게 있다가 나는 청진기의 이어폰을 한쪽은 내 귀에, 다른 한쪽은 샌드백 아줌마 귀에 꽂았다.

'아줌마, 이 소리 들려요?'

청진기 속에서 희미하게 물결 소리가 들렸다. 나는 샌드백 아줌마의 눈을 쳐다보며 물었다. 샌드백 아줌마는 우리 엄마처럼 내 말을 알아들을 수 있는 귀를 가지고 있었다. 샌드백 아줌마가 큰 눈을 껌벅이며 고개를 끄덕였다. 소리는 조금씩 다가오고 있었다. 잉어 한 마리가 부드럽게 물살을 가르는 소리였다. 샌드백 아줌마 꿈 속으로 가끔씩 찾아오는 초록빛 잉어였다. 잉어는 융단 같은 수초를 헤치고 샌드백 아줌마를 향해 헤엄쳐 왔다.

샌드백 아줌마의 멍 속에는 초록 잉어 한 마리가 살고 있었다.

저한테 왜 이러시는 거예요

밤마다 초록빛 잉어는 샌드백 아줌마 꿈속으로 찾아오고, 밤마다 샴푸의 요정은 삼촌 꿈속으로 찾아왔다.

삼촌은 요 며칠 동안 약국에 나오지 않았다. 나와 만나지도 않았다. 녹두장군에게도 가지 않았다. 뻑뻑한 셔터를 올리고 내리는 일을 김약사 혼자 했다. 삼촌은 안채에만 틀어박혀 있다가 김약사가 약국 일을 마치고 오면 연구를 핑계로 방에 틀어박혔다. 삼촌 입안에 혓바늘이 돋았다.

복잡한 건 김약사도 마찬가지고 나도 마찬가지였다. 세탁소 뒤 공터 허수아비가 사랑에 빠졌으면 빠졌지 삼촌이 빠질 줄은 정말 몰랐다. 우주만 상대하는 삼촌에게 사랑은 어쩐지 어울리지 않았다. 그래도 삼촌이 누군가를 사랑하게 된다면 기꺼이 축하해줄 수 있었다. 정육점 아줌마처럼 생긴 외계인과 사랑에 빠졌다 해도 축하해줄 수 있었다. 우리는 친구 사이니까. 하지만 왜 하필 우리 엄마냔 말이다. 나는 깔따구한테 사랑 고백을 받은 것처럼 기분이 그랬다.

내 기분과 상관없이 약국 안채에서 삼촌은 설거지를 하다 말고 멍하니 서 있었다. 개수대 속 빈 그릇처럼 마음이 달그락거려 설거지도 할 수 없었다. 삼촌은 어디선가 들은 말을 떠올렸다. 사랑의 기술은 훈련과 학습을 필요로 한다고. 그렇다면 학습 안 되고 훈련받은 적 없는 이 낯선 감정의 실체가 일명 사랑이라는 걸까? 학습이 안 돼서 이러는 걸까?

데릴라. 삼촌은 지금까지 아무렇지도 않았던 사람이 어떻게 이렇게 다른 존재로 다가오는지 알 수 없었다. 갑자기 이래도 되는 건지 알 수 없었다. 그전에는 팽할머니나 세탁소 아줌마나 정육점 아줌마나 데릴라나 아무런 차이가 없었다. 하지만 우산. 아, 우산, 우산. 우산을 건네줄 때 데릴라에게서 무언가 달콤하고, 야릇하고, 가슴 뛰고, 설레게 하는 것이 건너온 게 틀림없었다. 동시에 빗물에 섞여 다른 것도 흘러들어왔다. 무언가 애틋하고, 쓸쓸하고, 고

82

통스럽고, 모른 체하고 싶고, 아리고, 외롭게 하는 것. 삼촌은 되돌릴 수만 있다면 평화롭던 며칠 전으로 돌아가고 싶었다. 데릴라에게 우산을 건네주기 전으로.

설거지를 끝내지도 못하고 삼촌은 마루에 걸터앉았다. 데릴라와 스쳤던 어깨에 새 심장이 돋아났는지 두근두근거리는 기운이 느껴졌다. 삼촌은 복잡한 감정을 떨쳐내기 위해 머리를 흔들었다. 평화. 오, 오직 평화.

민들레 한 송이가 마당 구석 시멘트 깨진 틈새에 피어 있었다. 삼촌은 일사병 환자처럼 걸어가 꽃 옆에 납작하게 앉았다. 꽃은 시멘트를 간신히 뚫고 나와 있었다. 삼촌은 자신도 간신히 버티고 있는 거라고 생각했다. 꽃을 들여다보았다. 꽃 속에서 데릴라가 웃고 있었다. 삼촌은 고개를 푹 꺾었다. 평화, 오, 오직 평화! 이 광막한 우주에 이렇게 복잡한 감정의 회오리가 들끓고 있는 줄 몰랐다. 다른 사람들은 이런 지옥에서 어떻게 살고 있었을까. 지금껏 평화롭게 살아온 자신에게 왜 이런 일이 생겼는지 이해하기 어려웠다. 어떻게든 다시 평화롭고 싶었다. 이 순간 자신의 괴로움을 알아줄 존재는 민들레뿐이었다. 자기와 민들레가 너무도 고독한 전쟁을 치르고 있었다. 삼촌은 긴 가방끈답게 입술을 깨물며 생각했다. 그래, 모든 게 싸움이야. 새싹이 올라오는 것도…… 꽃이 피는 것도, 훈련 안 된 이 감정도 모두 싸움이야.

삼촌은 무릎 사이에 머리를 박고 눈을 감았다. 두 시간이 흘렀다. 민들레 꽃잎이 살짝 더 벌어졌다. 삼촌은 편안해진 표정으로 고개를 들었다. 마침내 평화를 찾을 방법을 알아냈다. 의외로 간단했다. 데릴라를 떠올리지 않기. 어떻게? 죽어도. 삼촌은 가벼운 기분으로 일어서며 하늘을 우러러보았다. 하지만, 하늘 한가운데서 데릴라가 활짝 웃으며 삼촌을 내려다보고 있었다. 삼촌은 머리를 움켜쥐며 주저앉았다.

"아우, 데릴라, 도대체 저한테 왜 이러시는 거예요."

우렁각시 놀이

삼촌, 도대체 나한테 왜 이러는 건데요.

나는 삼촌을 상대로 결별을 선언했다. 쉬운 결정은 아니었다. 그냥 쿨하게 삼촌의 사랑을 인정해줄 수도 있었다. 왜? 그동안 엄마를 관찰한 결과 엄마가 삼촌에게 관심 없다는 걸 알았으니까. 역시 엄마는 현명했다. 실수는 아빠 한 번으로 족했다. 삼촌과 내가 친구 사이라고 엄마와 삼촌까지 친구 사이가 되어야 하는 것은 아니었다. 엄마 마음을 알고 나자 삼촌이 불쌍해졌다. 나는 불쌍한 것에 약했다. 다시 삼촌의 친구가 되어주기로 했다. 하지만 삼촌은 며칠째 얼굴을 보여주지 않았다. 이런 적이 없었다. 약국 안채에 들어가볼까 하다가 그만두었다. 자존심이 걸린 문제였다. 삼촌 말고도 나에게는 녹두장군 아저씨, 공작나무, 샌드백 아줌마가 있었다. 거기다 나의 영원한 친구 청진기까지.

결별을 선언하고 나자 마땅히 갈 데가 없었다. 나는 괜찮은데 청진기가 심심해하는 것 같았다. 세탁소 담벼락에 기대 있다가 돌멩이 하나를 세게 걷어찼다. 나는 괜찮은데 청진기가 여전히 심심해하는 것 같았다. 골목을 내려왔다. 공작나무 뒤에 숨어서 약국을 바라보았다. 삼촌은 보이지 않고 김약사만 의자에 앉아 있었다. 나는 괜찮은데, 진짜 진짜 괜찮은데 청진기가 심심해하는 것 같았다. 성신설비에 갔다.

녹두장군은 통장 아저씨의 스쿠터를 손보고 있었다. 스쿠터는 다시 스쿠터가 될 수 있을까 걱정될 만큼 분해되어 있었다. 장군은 블랙박스를 들여다보는 것보다 더 진지한 표정으로 엔진 부분을 들여다보고 있었다. 아무도 나에게 말을 걸지 않았다. 나는 장군의 기름 묻은 손을 쳐다보고 있다가 일어섰다. 술을 마시지 않은 장군은 장군이 아니었다. 나는 괜찮은데, 정말 괜찮은데 청진기가 심심해하는 것 같았다.

순댓국집 부엌에서는 새로 들어온 순대를 삶는지 김이 자욱했다. 샌드백 아줌마 대파 다지는 소리가 기분 좋게 울려퍼졌다. 나는 청진기와 함께 순댓국집 앞에 놓인 평상에 앉았다. 아직 손님이 없어서 샌드백 아줌마랑 놀 수도 있었다. 하지만 우리가 앉자마자 아저씨 둘이 주렴을 헤치고 들어갔다. 파를 썰다 나온 샌드백 아줌마가 주문을 받고 내 입에 순대 하나를 넣어주고 갔다. 아줌마힌데서 아직도 안티푸라민 냄새가 났다. 더이상 어디로 갈 기분도 아니었다. 나와 청진기는 우렁각시 놀이를 하기로 했다.

나는 평상에서 내려와 바닥에 커다란 동그라미를 그렸다. 늪이었다. 샌드백 아줌마 고향에 있다는 바다만큼 넓은 늪. 늪 한가운데에는 샌드백 아줌마의 엄마인 우렁각시를 그렸다. 우렁각시 덩치는 샌드백 아줌마만큼 컸다. 흘러가는 뭉게구름만할 때도 있었다. 우렁각시 남편은 그러니까 샌드백 아줌마의 아버지는 깔따구처럼 놀고먹었다. 우렁각시 혼자 농사를 짓고 늪에서 우렁이를 잡았다. 나는 특별히 우렁각시 손가락 끝에 눈을 달아주었다. 물속에 들어앉아 손으로 늪 바닥을 쓸어 우렁이를 잡으려면 손가락 끝에 눈이 달려 있어야 했다. 물 바깥으로 나오면 눈은 손톱 밑으로 쏙 숨어버린다. 그림이 완성되었다. 청진기는 내 귀에 대고 우렁각시 목소리를 흉내내 이야기를 시작했다.

사람 손, 그걸로 몬 할 게 뭐 있나. 가야금을 뜯든 비단 수를 놓든, 소를 잡든, 붓을 잡든, 다 그 손 팔자 아니겠노. 어떻게 된 놈의 것이 물 밑바닥을 훑으라고 만들어진 손도 있다 아이가. 내 손이 그랬데이. 물가에 흐드러진 억새를 물리도록 봐서 그런가, 내 팔자가 참 억세기도 억셌지러. 덩치가 산만해서 늘 몸을 요렇게 옹송그리고 살았다 아이가. 내 덩치가 커서 그런가 작은 남자가 그렇게 좋아 뵀다. 작은 거넌 작은 대로 다 이유가 있데이. 그기 그때 눈에 뵈겠노. 우리 집 남자 늘 골골골했데이. 우짤 끼고. 나라도 일을 해야 안 카겠나.

나락 심고 우렁 잡고, 나락 베고 우렁 잡고, 양파 심고 우렁 잡고,

양파 캐고 우렁 잡고.

멀리서 보모 검정 고무 옷에 모가지만 내놓고 동동 떠 있는 내가 오리맹키 보이기도 했을 끼다. 날아가던 오리 떼가 제 동무인 줄 알고 내려앉은 적도 안 있었나.

물속이 흐리니 바닥이 보여야제. 바닥 안 보이는 물속에 들어갈 때만큼 섬뜩한 것도 없데이. 모르니까 무섭데이. 알면 무서울 것 없제. 남들 다 들어가는 물속 나라고 못 들어갈까 안 싶었나. 고무 다라이에 끈을 달아 허리에 묶고 늪에 아랫도리를 가만히 담그고 앉는데이. 그라모 끝도 없이 넓은 그 물이 출렁, 하는 기라.

허리 구부리고 손바닥으로 물속을 더듬더듬하면서 나갔제. 그 카모 뭔가 다른 것이 만져진데이. 손안에 쏙 들어오는 그거. 내가 일 욕심이 좀 많나. 한 다라이 채울 때까지는 물 밖으로 나오지도 않았데이. 밖으로 나오모 안 그래도 큰 몸이 물에 불어 더 커져 있는 기라.

우리 집 작은 남자, 내 몸에 까시가 달렸는지 내 근처에는 얼씬도 안 했다. 그래도 사내라고 언 날 밤에 내 몸 위에 도둑괭이만치로 올라타는 기라. 내가 잠든 줄 알았던 모양이제. 온종일 물속을 헤집고 댕기는 거이 보통 일은 아잉 기라. 잠도 그냥은 안 온다 아이가. 온몸을 누가 자근자근 밟아대는 것 같아 몇 번을 뒹굴어야 간신히 잠이 들제. 잠결에도 버릇이 돼서 손가락으로 방비닥을 훑는다.

우리 집 남자 올라타는 바람에 설핏 들었던 잠이 안 달아났나.

방 안은 깜깜해도 사람 눈알은 보이는 기라. 눈이 딱 마주쳤다. 주변머리 없는 인종, 무안했는지 말을 이래 돌리더라.

"저짝으로 좀 건너갈라꼬……"

나도 한마디했다.

"올라온 짐에 쪼매 쉬었다 가시소."

그렇게 해서 생긴 것이 우리 딸, 샌드백이다.

우리 딸 낳던 얘기 좀 들어볼라나? 아 낳던 날도 물속에 들어앉아 안 있었나. 배가 살살 아파오기 시작허는데 꾹 참았데이. 어른들 말씀이 하늘인지 땅인지 천지사방 분간이 안 되게 잡아돌아야 애기가 나오는 거라꼬. 하늘인지 땅인지 물속인지 분간이 서가 아직 멀었겠지 싶었데이. 내사 똑 그런 줄 알았는데 아랫도리가 점점 벌어지더라 카이. 이러다 물속에 낳아 놓으면 어떻게 주워올리나 싶어 겁이 덜컥 났데이. 저쪽에 있는 동무들한테 잠깐 댕기온다고 말하고는 물속에서 나왔데이. 집에까지 갈 시간이 안 되겠다 싶은 기라. 그래 제일 가까운 집에 어그적거리고 들어갔데이. 그 집 성님 놀라 안 자빠졌나.

마당에서는 일꾼들이 새참을 먹는 중이라 소리도 몬 지르고 이를 악물었데이. 탯줄 끊고 태반 자리까지 다 쏟아놓고 나와도 일꾼들은 국수 가닥을 빨아올리느라 정신이 없더라. 딸인지 아들인지 묻도 안 하고 나왔데이. 이따 저녁때 찾아간다꼬. 그냥 우렁이 더 잡을 욕심에. 다시 물속에 들어앉았더니 아랫도리보다 턱이 더 덜덜덜 떨리더라. 그때 잇몸이란 잇몸이 전부 들떠버렸다.

우리 집 작은 남자보다 더 징하게 날 괴롭힌 것은 이빨이었데이. 일은 하나도 안 무서운데 이빨은 무서, 참말 무서. 내 팔자에 그냥은 없데이. 뭐든 나한테만 오모 나를 몬살게 했지. 덤으로 온 것맹키 속 썩이지 말고 있다가, 모른드키 빠져주모 누가 뭐라 카겠나. 우리 딸 낳던 해부터 차례로 하나씩 뽑아내 입속에 암것도 안 남을 때까지 쑤셔댔다 아이가. 사람들 시키는 대로 콩기름 펄펄 끓여 썩은 자리에 떨궈도 보고, 새까맣게 태운 우렁을 밤새도록 물고 있어도 봤데이. 뜨거운 콩기름에 애먼 쎗바닥만 데쳐뿟다 아이가. 어금니 빠지자 남은 이빨들이 기다렸다는 듯이 드러누워버렸다. 큰물 끝에 몽땅 쓰러진 나락들맨치. 징헌 것들. 드러누운 채로 또 안 썩어들어가나. 흔들어볼 것도 없이 뻰찌만 갖다 대모 숭덩숭덩 뽑혀 나왔데이. 위아래 앞니를 마지막으로 다 빼주고 나자 아픈 것도 끝나더라. 흐이그, 징헌 것들.

그래, 그 이빨들 없애고 안 아파 좋기는 해도 한 30년을 그냥 앉은 채로 홀라당 먹어버렸다 아이가. 입이 합죽하니 하루아침에 노인이 돼버리더라. 우리 집 남자, 나를 자기 어무니 보드키 안 하나. 그전에도 그랬지만 그뒤로는 뭐 함께 들판에도 안 나갔데이. 어딜 가도 멀찍이 떨어져서 걸었다카이.

옘병할 이빨 싹 빠지고 나니 이제는 몸속 뼈들이 지랄을 안 하드나. 뼈들이 얽히고 주저앉고 내려앉아 엉뚱한 데로 툭툭 불거졌다. 불거진 뼈들이 또 쑤셔대기 시작허는데 이빨은 아무것도 아잉 기라. 쇠무릎, 질경이, 애기똥풀, 엄나무, 명아줏대, 안 삶아 먹어본

것이 없데이. 괭이, 지네, 오리…… 참말로 징글징글하고로. 아프다
고 일 안 할 수 있나. 그래도 이상허게 물속에 들어가 손바닥으로
바닥 쓸고 댕길 때는 덜 아픈 기라. 팔자지. 그러라는 팔자.

몸이 벌어 나를 멕여야 하는데 내가 벌어 몸 아픈 것 막느라 정
신이 하나도 없었다. 그래도 사리돈, 그것 먹고 나면 잠깐은 괜찮
았다. 처음에는 한 알로 되던 것이 두 알 되고 세 알 되고. 속은 또
얼매나 쓰리나. 그래도 안 먹고는 못 견디니 한 주먹 주서 먹고.

이렇게 죽었어도 미련은 없데이. 우리 딸 시집가는 것 못 보고
죽은 것 빼고는. 죽고 나니 그렇게 무겁던 몸도 이렇게 가뿐 안 하
나. 빈 우렁 껍질 맹키로 가뿐해 좋다.

물속 더듬으며 산 팔자, 죽었다고 바뀌나. 죽어도 어차피 물 언
저리지. 이렇게 죽은 몸, 가뿐한데도 아직 그때 버릇이 남아 있다
카이. 맨땅에서도 발을 내디딜라모 더듬더듬 더듬게 된데이.

다시 태어나모 잉어로나 태어났으모 싶다. 잉어. 지금까지 아무
한테도 안 한 이야기데이. 우리 딸 태몽으로 잉어 꿈을 안 꾸었드
나. 커다란 잉어 한 마리가 내 품으로 쏙 들어왔다. 그래, 우렁이 주
우러 물속 들어갈 때마다 행여 잠자고 있는 잉어 지느러미라도 밟
을까 조심했데이.

다시 태어나모 잉어로나 나고 싶다아. 이왕이모 초록빛 비늘이
아조 이쁜 놈으루다가.

어느새 탁자마다 손님들이 앉아 있었다. 사람들은 순댓국을 먹

90

으러 멀리서부터 찾아왔다. 쟁반에 뚝배기를 올린 샌드백 아줌마가 주방과 홀을 바쁘게 왔다갔다했다. 뚝배기에서 올라온 뜨거운 김에 아줌마 얼굴이 흐릿하게 보였다.

언제 와 있었는지 순댓국집 앞에 영업용 택시 한 대가 서 있었다. 용만 아저씨 택시였다. 용만 아저씨는 식당 안을 힐끗 들여다보고는 곧장 골목을 내려갔다. 이가 잘 맞지 않는 펜치처럼 엉덩이를 쑥 빼고 두 다리를 워그적거리며 걸었다. 다른 때 같으면 어이, 좆만이 놀러 나왔어? 하며 나한테 말을 걸 텐데 그냥 갔다. 오늘은 나한테 아무도 말을 걸지 않는다. 나는 청진기와 함께 평상에 누웠다. 하늘에 뭉게구름 한 덩어리가 흘러가고 있었다. 구름은 우렁각시 모양이 되었다가 잉어 모양으로 변해갔다.

'삼촌은 지금 뭘 하고 있을까? 삼촌만 좋다면 다 용서해줄 수 있는데. 엄마 문제만 빼고……'

인생은 엔조이

"삼촌은 요새 뭐해? 통 안 보이네."

정육점 아줌마가 약국 안으로 들어왔다. 염색을 했는지 머리에 포도주를 엎질러놓은 것처럼 머리칼이 붉었다. 작은 키를 어떻게든 숨기려고 정수리 부분을 한껏 세운 스타일은 여전했다.

컴퓨터 앞에 앉아 있던 김약사는 중요한 일을 처리중인 것처럼 일부러 천천히 일어나 아줌마는 쳐다보지도 않고 냉장고에서 박카스를 꺼내왔다. 정육점 아줌마는 하루에 박카스 두 병을 마셔야 산다. 땅으로 꺼질 것처럼 착 까라지다가도 박카스를 마시고 나면 기운이 좀 난다. 커피는 한 모금만 마셔도 밤에 잠이 안 오는데 박카스는 그렇게 마셔도 끄떡없다. 이번에도 김약사는 박카스를 건네주며 덧붙였다.

"커피 마시면 잠이 안 온다면서요. 박카스는 커피보다 훨씬 더하는데……"

정육점 여자를 조금이라도 괴롭게 하는 것이 김약사의 작은 기쁨이었다. 태평양약국에 관한 소문의 진원지를 찾아 올라가보면 맨 처음에 정육점 아줌마가 있었다. 아줌마는 자신의 단춧구멍만 한 눈이 본 것과 관자놀이 쪽으로 올라붙은 귀가 들은 것을 조합해 강력한 소문으로 개발해내는 재주가 있었다. 정육점은 가방끈 길이에 유난히 집착했다. 자신의 가방끈이 조금만 길었어도 이 산동네에서 천엽이나 씻고 있진 않았을 거라는 거였다. 그걸로 끝이 아니었다. 김약사가 제도권 안의 약사라면 정육점 아줌마는 광야의 약사였다. 온갖 근거 없는 민간요법과 동종요법을 꿰고 있었다.

눈이 나빠지면 생선 눈알 먹기, 간 나쁜 데는 굼벵이, 신경통에는 지네, 밥맛 돌아오게 하는 데는 오소리 쓸개즙, 충치에는 백반……

정육점 아줌마 콧등에 있는 팥알만한 흉터도 민간요법 때문에 생긴 거였다. 곪은 자리를 거미 똥으로 치료하려다 덧이 난 것이다. 그 치료법들을 광야에서만 쓰면 좋은데 태평양약국에 와서도 사용해 문제였다.

"음맘마, 약사가 그것도 몰랐다니? 그 연고 가지고 무좀이 잡혀? 무좀에는 빙초산에 정로환이 제일이야. 발바닥 껍질을 확 벗겨놔 야 한다니까."

문제는 김약사 말보다 정육점 아줌마 말이 먹힐 때가 많다는 것이다. 그때마다 아줌마는 다시 한번 자신의 짧은 가방끈을 한탄하며 다른 사람의 가방끈을 공격하러 나섰다. 자기보다 가방끈이 긴 사람들은 모두 아줌마의 잠정적인 적이었다. 대학까지 나왔으면서도 일 없이 노는 삼촌은 아주 좋은 먹잇감이었다.

정육점 아줌마는 박카스를 다 마시고도 가지 않았다. 입이 근질 근질한 표정이었다. 김약사는 일부러 관심 없는 척했다. 오늘만은 정말 정육점 아줌마의 수다를 듣고 싶지 않았다. 남는 것도 없는 박카스 한 병 팔고 수다까지 들어줘야 하는 건 너무 불공평했다. 하지만 정육점 아줌마는 벌써 시작하고 있었다. 김약사는 카운터 위에 낭창하게 늘어진 아스파라거스 줄기에서 이파리 하나를 쥐어 뜯었다.

별 줄거리 없는 정육점의 수다가 별 줄거리 없이 흘러가고 있을 때 약국 문 위에 달린 종이 딸랑, 소리를 냈다. 김약사와 정육점 아줌마의 시선이 동시에 문으로 향했다. 용만 아저씨였다. 나이 서른 아홉(언뜻 보면 쉰 정도로 보인다. 최대 환갑까지 본 사람도 있었다)의 총각, 영업용 택시기사 최용만씨가 카운터 너머에 서 있었다. 용만 아저씨는 우포순댓국집 골목 끝집에서 아버지와 살고 있었다. 용만 아저씨 아버지는 명왕3동에서 소문난 구두쇠였다. 자기 아들에게 방 한 칸을 주고 월세를 받았다. 월세가 하루만 늦어도 골목이 시끄러웠다.

"노인네 몽니 부리는 데는 당할 재간이 없슈. 사납금은 밀려도 방세는 밀리면 안 된다니께."

정육점 아줌마는 아쉽다는 듯 김약사를 용만 아저씨에게 넘기고 나갔다. 아줌마의 머리칼이 햇빛 속에서 더 붉어졌다. 정육점과 용만 아저씨는 사이가 별로 좋지 않았다. 용만 아저씨에 관한 소문 몇 가지가 정육점 도마 위에서 태어나 골목에 유포된 적이 있기 때문이었다. 우리 엄마와 관련된 소문도 있었다. 용만 아저씨의 택시가 엄마가 다니는 공장 앞에서 몇 번 눈에 띈 것이다. 손님 태워다 주고 오는 길이었다고 하지만 이상하게 꼭 엄마 일 끝나는 시간과 맞아떨어졌다. 용만 아저씨는 차 유리를 내리고 바삐 걸어가는 엄마를 불러세웠다. 저기, 타유. 가는 길에 태워다줄게유. 엄마는 용만 아저씨를 알지 못했다. 당연히 탑승을 거부했다. 용만 아저씨는 승차 거부는 해봤어도 탑승 거부는 처음이라 당황했다. 사람들이 흘낏거리며 지나갔다. 마침 거래처에 다녀오던 공장 사장 눈에 용만 아저씨의 택시가 띄었다. 하필 사장이 정육점 아저씨와 친구 사이였다. 정육점이 알면 명왕3동 전체가 아는 건 시간 문제였다.

정육점 아줌마가 사라진 뒤 골목에 사람 그림자라고는 없었다. 콧물 약을 먹은 것처럼 명왕3동 전체가 졸고 있었다. 하늘 정중앙에서 조금 비껴 앉은 해가 혼자 통장 집 옥상에 걸린 빨래를 말리고 있었다. 김약사는 한숨을 내쉬며 발등을 내려다보았다. 바닥에 떨어진 아스파라거스 이파리가 한주먹이나 되었다. 정신 바짝 차려야 했다. 죄 없는 아스파라거스가 또 그만큼 뜯길 수 있었다. 용만 아저씨는 구원투수가 아니라 정육점 못지않은 공격수였다. 한번 입을 열었다 하면 어지간한 아줌마보다 더했다. 김약사는 아줌마들 수다야 어쩔 수 없이 참고 견딘다지만 용만 아저씨 수다는 좀 힘들었다. 간간이 욕이 섞이기 때문이었다.

"약사님, 술 깨는 약 한 봉다리만 줘유. 한 바퀴 돌고 왔는디도 여적 안 깨네유."

속이 안 좋은지 용만 아저씨가 잔뜩 인상을 쓰며 말했다. 푸석푸석한 얼굴에 눈알이 늙은 별처럼 불그스름했다. 술을 많이 마신 다음날, 용만 아저씨 눈은 꼭 그랬다. 부기 때문에 얼굴 윤곽선도 무너졌다. 원래 용만 아저씨 얼굴은 정육각형이었다. 육각형 속의 이목구비는 대단한 응집력을 가지고 있었다. 눈코입 다섯 개의 구멍이 반경 5센티 안에 모두 모여 있었다. 다섯 개의 구멍을 뺀 나머지는 허허벌판이었다. 텐트를 쳐도 될 정도였다. 다섯 구멍 중 제일 아래, 입에서 나오는 말은 일단 욕으로 시작했다. 명왕3동에서 용만이 아저씨보다 나이가 적은 남자는 모두 좆만이로 통했다. 중학생 비보이 형도, 나도, 내 청진기도, 녹두장군이란 별명을 붙인 삼수생도 모두 좆만이였다.

"어이, 좆만이, 삼수가 뭔 죄짓는 거여? 힘내자고."

"어이, 좆만이 물구나무서서 돌믄 안 어지러워?"

"어이, 좆만이, 나 여기 어깨 좀 청진기루다 한번 지져줘. 어깨가 아작이 난 거 같어."

자기보다 나이가 많은 여자는 누님, 남자는 형님, 그보다 더 많으면 어르신. 예외적으로 김약사님이 있고 삼촌이 있었다. 누님, 형님, 어르신, 김약사님, 삼촌을 뺀 나머지는 모두 '좆만이'였다. 좆만이는 범위가 아주 넓었다. 지나가는 똥개, 깜빡이도 켜지 않고 끼어드는 차, 더디게 바뀌는 신호등, 교통경찰, 장관, 국회의원, 독도가 자기네 땅이라고 우기는 놈들, 택시회사 사장, 벌금 딱지, 업그레이드 안 된 내비게이션, 월급 통장, 4대 강 살리기…… 모두 다 좆만이들이었다.

김약사가 물약 한 병과 약포지에 싼 약을 건넸다. 용만 아저씨는 얼굴을 찡그리며 약을 털어넣었다. 그럴 때는 얼굴의 다섯 개 구멍이 더 놀라운 응집력을 보여주었다. 용만 아저씨는 약을 다 먹고도 일어날 생각을 하지 않았다. 김약사는 제약회사 거래 장부를 펴들고 계산기를 꾹꾹 눌렀다. 김약사가 계산기만 눌러대자 용만 아저씨도 어쩔 수 없는지 일어섰다. 고맙다. 이렇게 끝내주어서. 김약사는 계산기를 살짝 밀쳐두고 미소를 띠며 일어섰다. 용만 아저씨가 만 원짜리 한 장을 카운터 위에 올려놓으며 쭈뼛거렸다.

"저기…… 그 연고도 하나 줘봐유."

"……?"

"그 있잖유, 나 쓰는 연고요."

"……네에."

용만 아저씨는 두툼한 손바닥으로 얼굴을 쓸어내렸다. 김약사는 여전히 용만 아저씨와 눈을 마주치지 않은 채 약장에서 푸레파레 숀 에치 연고를 집어왔다.

"심하면 수술받는 게 좋을 텐데…… 이렇게 연고만 쓰지 마시구 요."

아뿔싸, 김약사는 그만 용만 아저씨와 눈이 마주치고 말았다. 용만 아저씨가 그 기회를 놓칠 리 없었다. 연고를 바지 주머니에 찔러넣으며 의자에 슬그머니 엉덩이를 걸쳤다. 치질이 심해져 함부로 앉을 수도 없었다. 한쪽 엉덩이를 댄 다음 다른 쪽 엉덩이를 살짝 내렸다. 김약사가 이렇게 친절하게 걱정을 해주니 용만 아저씨는 도저히 그냥 갈 수 없었다.

"약사님 말대로 그래야 헐 것 같어유. 그래도 병원에 갈 땐 가더라도 우선은 이 연고가 있어야 안심이 되니께. 며칠 바르면 낫는 것 같다가 스트레스만 받으면 그냥 여지없이…… 어제는 아주 뭐 스트레스를 연발탄으로 받아버렸으니께.

첫 손님으로 나이 좀 들어 뵈는 여자를 태웠슈. 택시를 잡아준 놈은 젊은 제비놈이었고유. 한눈에 봐도 저 사이는 어떤 사이겠구 나, 딱 답이 나와유. 제비는 택시 문을 닫아주고 여자한테 손까지 흔들어주고, 잘 봐주면 조카에 이모뻘 되겠더민 서로 손을 흔들어 쌌고. 나 참, 혼자 보기 아깝데유. 차를 출발시키고 한참 가다 살짝 살짝 손님을 쳐다보면서 말을 걸어봤슈. 뭐 별다른 뜻이 있어 그런 건 아니고 나는 누구랑 단둘이 아무 말도 않고 있는 것이 세상에서 제일 힘들어유. 아무 말도 않고 있으면 막 죄를 짓고 있는 기분유.

그 여자 손님 참 도도하데유. 아무리 말을 붙여도 꿈쩍 않는 규. 눈 내리깔고 목 쭉 빼고 내숭 떨고 앉아 있는데 한 마리 학이었슈, 학. 나는 그런 손님이 제일 싫어유. 실컷 엔조이할 걸 다 하고는 뭐 그렇게 내숭을 떨고 앉아 있는 거냐구유. 인생 어차피 엔조이 아녀유? 아주 똥구멍에다 탈곡기 한 대를 달고 있더구만유. 호박씨 까느라구. 호박씨처럼 욕이 톡톡 튀어나오려고 하는 것을 갠신히 참았슈.

그 손님 내려주고 30분 동안 한 사람도 못 태웠슈. 재수가 영 없었던 거지, 뭐. 기분도 그렇고 해서 편의점 앞에 차를 세워두고 담배를 사러 들어갔쥬. 담배만 사갖고 나올 수 있나. 그 자리서 즉석 복권 몇 장 긁었쥬, 뭐. 다 꽝이었슈. 약사님, 내가 제일 부러워하는 인간이 누군지 알아유? 공부 잘허는 놈? 안 부러워. 잘생긴 놈? 안 부러워. 부잣집에서 태어난 놈? 조금 부러워. 그래도 제일 부러운 건 재수 좋은 놈이어유. 공부 잘헌 놈, 잘생긴 놈, 부잣집 아들놈, 한꺼번에 덤벼도 재수 좋은 놈한티는 못 당해유.

어렸을 때부터 나는 재수하고는 거리가 멀었슈. 멀어도 너어무 멀었지. 우리 동네에서 한 시간 넘게 걸어가면 해수욕장이 나왔슈. 서해안에서 제일 큰 해수욕장인디 여름 내내 거기서 살았쥬, 뭐. 그러다가 찬바람 불고 해수욕장이 폐장을 하면 나랑 친구들 네 놈이, 일렬횡대로 서서 모래사장을 더듬어 나갔슈. 일명, 사금 채취라고, 사람들이 백사장에 떨어뜨리고 간 반지나 목걸이, 동전을 줍는 거쥬. 헌디 정말 이상해유. 다른 놈들은 실반지 하나라도 건지는디 어떻게 된 게 나는 10원짜리 하나 못 주웠슈. 나는 내 인생이 그때부터 꼬이기 시작했다고 봐유. 그나저나 우리 김약사님은 철 지난 바닷가에 뒹구는 찢어진 파라솔 본 적 있으신가? 그 파라솔보다 더 불쌍한 신세가 나였슈."

김약사는 어디쯤에서 용만씨의 말을 잘라야 할지 난감했다.

"지난번에는 손님 찾아 빙글빙글 돌고 있는데 라디오에서 그러대유. 해외토픽이래유. 호주 어디 바닷가에서 백사장을 산책하던 남자가 용연향을 주웠다는 거유. 향유고래가 토해놓은 것이 용연향이라대유. 아주 비싼 향수를 만드는 데 쓰는디 그날 남자가 주운 게 9억 원어치라는 겨. 9억 원이란 말을 듣는 순간 사고 낼 뻔 했슈. 빨간불인지도 모르고 그냥 달려버렸거든유. 여기저기서 빵빵거리고 욕만 바가지로 먹었슈. 사금 채취 백 년을 해봐유. 그 돈이 나오겠슈? 그놈의 고래는 왜 하필 거기 가서 토해놔, 토해놓길. 아무튼 재수 있는 놈은 팔자 좋게 바닷가를 산책하다가도 몇억을 줍고 재수 없는 놈은 뭐 욕만 바가지로 먹고. 용연향 한 덩어리면 인생은 기냥 엔조이 아녀유?

그런데 그 순간 아차 싶은 규. 사금 채취하던 시절이 생각난 거쥬. 백사장이 끝나는 지점에 녹슨 철조망이 있었거든유. 그 철조망에 말랑말랑하고 투명한 해파리들이 쫙 걸려 있었슈. 바닷물에 떠밀려왔다가 미처 빠져나가지 못하고 철조망에 걸린 것들이쥬. 근디 라디오에서 나오는 용연향 설명을 들어보니께 내가 봤던 해파리랑 비슷하더라구유. 아주 똑같어. 그렇다면 철조망에 걸린 것 중하나가 해파리가 아니라, 향유고래가 토해놓은 용연향이었을 수도 있다는 얘기 아녀유? 환장허겄더라고유. 나랑 친구놈들은 그것도 모르고 햇빛에 축 늘어져 있는 그것들한테 재수 없다고 침만 뱉어주고 돌아섰으니께. 어째 징그럽게 보였거든유."

김약사는 조제실 벽에 붙어 있는 전화기를 흘끗 쳐다보았다. 흰색 전화기는 밀랍 덩어리처럼 잠잠했다. 전화는 이럴 때 울리라고 있는 거 아닌가? 김약사는 아스파라거스 이파리를 하나씩 따 손가락 끝에서 뭉갰다.

"허긴 뭐, 이 자리서 용연향하고 해파리를 구분해봐라 해도 못허쥬. 모르니께. 뭐 눈에 뭐만 보인다고 다 보일 만한 사람 눈에 보이는 거쥬. 알면서도 괜히 억울혀유. 내 눈에는 제발 재수 좋은 놈 좀 안 띄었으면 좋겠슈. 택시 잡을라고 손 흔드는 사람만 보였으면 좋겠슈. 헌디 어째 억세게 재수 좋은 놈들만 눈에 띄어. 유독 눈에 띄어. 괴롭지 뭐. 아주 눈을 딱 감고 싶다니께유.

갈수록 손님이 줄어유. 경기도 뭐 워낙 안 좋고. 자가용 없는 집 있슈? 대리운전까지 난리지, 뭐. 승객이 택시를 기다리는 것이 아니라 택시가 승객을 기다리는 세상유. 대한민국에서 택시는 애저녁에 끝났다고 봐유. 하루 사납금 채우기도 빠듯허쥬. 택시 경기 안 좋은데 다른 경기라고 나을 것 있겠슈? 경기 좋고 나쁘고는 뭘 보면 되는 줄 알어유? 김약사님도 알쥬? 그 기준이 바로 택시잖유.

택시 경기랑, 술집 경기랑, 약국 경기랑은 늘 함께 간다고 보면 돼유. 약사님도 혹시 시내에 있는 '아라비안 성인 나이트'라고, 그 클럽에 가보신 적 있나 모르겠네. 거기만 딱 가보면 지금 경기가 어떤지 대번에 나와유. 삼 년 전만 해도 그 앞에서는 택시를 잡을 수가 없었슈. 사람들이 나래비를 서서 택시를 기다렸슈. 지금은 어쩐 줄 알아유? 손님 기다리느라고 택시들이 나래비를 섰슈. 그만큼 손님이 없다는 얘기쥬. 택시 손님이 줄었다는 것은 술집 경기가 떨어졌다는 얘기거든유. 술 안 마시니 약 먹을 일 있슈? 술, 택시, 약국은 세트로다 3박자지, 뭐."

그 자주 찾아오던 제약회사 직원들이 오늘은 코끝도 안 비친다. 김약사는 이미 포기한 상태였다. 오늘 안으로는 끝이 나겠지.

"어젯밤에는 젊은 놈 두 놈을 태웠슈. 할증도 붙고 해서 꽤 나왔슈. 짭짤했지. 헌디 한 놈이 내리고 다른 한 놈이 호주머니를 뒤지는 척하더니 그대로 튀어버리더라고유. 미리 짰는지 서로 반대방향으로 튀는데, 안전벨트 풀랴, 차 시동 끄랴, 그때부터 뛰기 시작했는디 어떻게 따라가겠슈. 나중에 내린 놈 쫓아가다 놓치고 말았슈. 얼마나 열딱지가 나던지. 바로 아랫배에서 신호가 오더라고유. 장이 별나게 예민허니께.

천변에 차를 세우고 풀숲에 쪼그리고 앉았슈. 밤하늘에는 내 맘도 모르고 별이 쏟아지고 있었슈. 별빛은 팍팍 쏟아지고, 뒤는 무즐근하고. 인생은 좆도, 아이구 이것 참, 워낙 습관이 돼놔서유. 아무튼 인생은 엔조이쥬우."

휴대폰이 울리지 않았으면 용만 아저씨는 아마 계속했을 것이다. 드디어 용만 아저씨는 입을 다물었다. 충분히 엔조이했다는 표정이었다. 휴대폰을 귀에 댄 용만 아저씨는 의자에서 한쪽 엉덩이를 먼저 뗀 다음 천천히 일어섰다. 김약사는 너무 늦게 걸려온 용만 아저씨의 휴대폰에게 감사해야 할지 미워해야 할지 알 수 없었다. 그냥 가기 미안했는지 용만 아저씨는 수화기를 막고 한마디했다.

"요새 삼촌은 통 안 보이네유. 어디 아픈가?"

김약사, 문을 밀고 나가는 용만씨의 엉덩이를 힐끗 쳐다보며 한마디했다.

"꼭 좌욕하세요."

용만 아저씨, 반쯤 몸을 돌려 고개를 까딱했다. 좌욕. 용만 아저씨 욕이 또 하나 늘겠다.

카운터 위의 아스파라거스는 대공만 남았다.

성신설비

또 꿈을 꾸었다. 밤하늘을 날아 집 하나가 멀어져갔다. 비보이 형네 아랫집이었다. 그 집 대문 앞 스티로폼 상자에는 1년 내내 채송화가 피어 있었다. 플라스틱으로 만든 채송화였다. 꽃잎에 청진기를 가져다 대면 채송화는 채송화만한 소리로 속삭였다. 심심해. 너무 심심해. 채송화도 나처럼 열한 살인 게 틀림없었다. 나는 청

진기와 함께 밤하늘을 향해 손을 흔들어주었다. 집은 비보이처럼
물구나무를 서서 날아갔다. 지붕에 있던 안테나가 뱅글뱅글 바람
개비처럼 돌며 따라갔다. 채송화도 함께 날아갔다.

안녕, 안테나.

안녕. 채송화.

하루하루 명왕3동은 조금씩 가벼워지고 있었다. 명왕3동 상공
위에 뭉쳐 있던 구름들이 비로 쏟아져내렸다. 그 비에 삼촌도 떠내
려가버린 것 같았다. 나는 아직도 삼촌을 만나지 못하고 있었다.

짐칸에 잔뜩 짐을 올린 트럭 한 대가 골목을 내려오고 있었다.
트럭은 금방이라도 앞으로 고꾸라질 것만 같았다. 나는 얼른 한쪽
으로 비켜섰다. 이삿짐을 묶은 밧줄 사이로 채송화 화분이 보였다.
후줄근한 짐 사이에서 채송화만 알록달록한 색깔을 띠고 있었다.
트럭이 점점 멀어져갔다.

안녕, 채송화.

트럭이 채송화만하게 보일 때까지 서 있다가 골목을 내려왔다.
우포순댓국집 앞에서 멈춰 안을 들여다보았다. 샌드백 아줌마는
주방에서 칼질을 하고 있었다. 도마에서 나는 소리가 다른 때와 달
랐다. 탭댄스 구두 밑창에서 나는 소리처럼 똑똑 떨어졌다. 백 킬
로그램이 넘는 샌드백 아줌마가 코코넛 열매만한 구두를 신고 춤
추는 모습을 상상해보았다. 어쩌면 정말 도마 밑에서 아줌마의 슬
리퍼가 따다닥다닥 딱딱, 부딪치고 있는지도 몰랐다. 그렇게 싸우면

서도 샌드백 아줌마는 깔따구만 있으면 그런 도마 소리를 냈다. 반바지에 메리야스 차림의 깔따구는 의자에 앉아 리모컨을 눌러대고 있었다. 우포순댓국집이 연출하는 최대의 목가적인 풍경이었다. 깔따구가 시키는 대로 하는 리모컨이나, 탭댄스 리듬으로 도마질하는 샌드백 아줌마나 모두 바보 같았다. 샌드백 아줌마의 평화를 진심으로 원하지만 그 평화가 깔따구와 함께하는 평화일 때는 배신감이 느껴졌다. 배신감은 취학통지서만큼이나 골치 아픈 거였다. 나는 돌멩이 하나를 세게 걷어찼다. 돌멩이 대신 슬리퍼 한 짝이 날아갔다. 깨금발로 슬리퍼가 있는 데까지 가 다시 또 슬리퍼를 찼다. 나와 청진기처럼 배신감과 깨금발도 멋진 커플이었다. 우리는 어느새 약국 앞에 서 있었다. 카운터 너머로 김약사만 보였다.

그 시간, 며칠 만에 외출한 삼촌은 성신설비에 있었다. 마음이 심란하다는 얘기였다. 발 디딜 틈 없이 어지러운 성신설비 실내는 심란한 마음을 가라앉히는 데 효과가 있었다. 아무리 심란하다 해도 성신설비만큼 심란할 수는 없으니까. 촉수 낮은 백열등이 천장에서 내려와 대롱거리는 실내에는 연장과 기계, 특수 약품을 담은 용기들이 아무렇게나 널려 있었다. 한가운데에는 합판과 슬레이트로 이루어진 어설픈 지붕을 떠받치기 위해 나무 기둥이 서 있었다. 기둥에는 나팔꽃 넝쿨처럼 나선형으로 돌아 올라가며 연장들이 걸려 있었다.

철 브러시, 몽키, 스패너, 펜치, 끌, 50센티 쇠자, 먼지떨이, 껌

쇠, 줄칼……

기둥 옆에는 포마이카 얼룩을 잔뜩 뒤집어쓴 탁자, 그 위에 먼지가 잔뜩 낀 전화기, 작은 물레, 마른 오징어처럼 뒤틀린 사포 두 장. 귀퉁이에는 칠이 벗겨진 캐비닛, 프로펠러에 먼지가 잔뜩 앉은 선풍기, 용도를 알 수 없는 기계들과 녹슬어가는 보일러 부품들, 석회 가루가 담긴 비닐 포대, 녹슨 양팔저울, 딱딱하게 굳은 시멘트 덩어리……

녹두장군은 성신설비 한가운데에 쓸모없는 것들의 제왕처럼 앉아 술잔을 기울이고 있었다. 통장 스쿠터 손 좀 봐주고 쌍용슈퍼 보일러 에어 좀 빼준 것 말고는 요즈음 일이 없었다. 장군은 맞은편의 삼촌을 쓰윽 쳐다보았다. 며칠 새 삼촌 얼굴이 좀 빠진 것 같았다. 검은 뿔테 안경 속의 두 눈도 움푹 들어갔다. 뭔가 고민이 생긴 것 같은데…… 하지만 수척해진 삼촌의 몸 전체에서 달콤한 열기가 전해져왔다. 눈자위만 뒤로 물러났을 뿐 눈에서도 생기가 돌았다. 장군은 삼촌의 고민이 고통스러우면서도 달콤한 성질의 것이라는 걸 알아챘다. 고통과 달콤을 동시에 느끼게 하는 고민이라면 뻔했다. 보일러 터진 건 막아도 마음 한 번 터진 건 강력 실리콘으로도 막을 수 없었다.

"저어기, 그게…… 그러니까……"

삼촌은 조금 전부터 무슨 말인가를 하려고 했다.

"……"

"……"

장군은 관심 없는 척하며 종이컵에 다시 술을 채웠다.

"저어기, 그게…… 그러니까 샴푸 향기만 가지고도 사랑에 빠질 수 있을까요?"

장군은 종이컵에 든 술을 한 모금 마셨다. 그런 다음 혼잣말처럼 중얼거렸다.

"삼촌이 솔로몬 왕보다 한 수 위고만…… 솔로몬은 나비의 말을 알아들었다던데…… 삼촌은 샴푸가 하는 말을 알아들었으니."

나와 청진기는 성신설비 몇 발짝 앞에서 주춤했다. 압출기 돌아가는 소리도, 환풍기 소리도, 스프레이 뿌리는 소리도 들리지 않았다. 뒤꿈치를 들어 유리문 안을 들여다보았다. 삼촌과 장군이 함께 있었다. 며칠이나 보이지 않더니 삼촌은 여기 와 있었다. 두 사람은 우포순댓국집만큼이나 목가적인 풍경을 연출하고 있었다. 순댓국집 앞에서 느꼈던 배신감이 다시 살아났다.

'돌아갈까?'

청진기에게 물었다. 청진기는 한참 망설이더니 들어가보자고 했다. 나는 가만히 가게 문을 열었다. 장군과 삼촌이 동시에 우리를 쳐다보았다. 장군의 눈빛은 술이 스며 촉촉한데 삼촌은 좀 당황하는 것 같았다. 분명 당황했다. 내 눈을 피했다. 나는 일부러 삼촌과 떨어져 연장통 옆에 앉았다. 삼촌 쪽으로는 눈길도 주지 않았다. 간신히 유지되고 있던 삼촌의 평화는 내가 들어온 순간 깨지고 말았다. 나에게서 어렴풋이 엄마의 샴푸 향기를 맡은 것이다. 가족이란 같은 샴푸를 쓰는 사람들이니까. 삼촌은 가슴 근처로 올라오는 달콤하고도 고통스러운 기운을 참기 위해 치통 환자처럼 볼 안쪽을 깨물어야 했다. 팽할머니가 조금만 늦게 들어왔더라면 삼촌은 장군과 나에게 고백을 하고 말았을 것이다.

"술 공장 멕여살리느라고 애쓴다."

팽할머니가 성신설비 안을 둘러보며 혀를 찼다. 녹두장군까지 포함해서 성신설비를 통째로 폐품처리장에 실어가버린다 해도 문제될 것은 없었다. 하지만 녹두장군은 구석에 처박힌 보일러통에 손만 대도 싫어했다. 할머니가 건질 만한 것은 신문지 몇 장하고 빈 병 두어 개뿐이었다. 할머니는 그것들을 집어들며 한마디 했다.

"내가 이렇게라도 치워주니 이만헌 줄 알어!"

장군이 팽할머니 뒤에 대고 대답했다.

"그럼요. 다 할머니 덕분이지. 여기 있는 거 나중에는 다 할머니 차지가 될 건데요 뭐. 천천히 가져가세요."

"다른 것보다 니놈부터 내다버려야 돼."

녹두장군을 향해 삿대질을 한 할머니가 밖으로 나가려다 나를 쳐다보았다.

"너 이눔, 여기는 왜 들락거려? 여기 들락거려봤자 좋을 것 하나도 읎어. 술 마시는 걸 배울래, 이야기를 배울래? 이야기 좋아하면 너도 저 아자씨처럼 돼. 배울 것이 없어 이야기를 배워?"

팽할머니는 삼촌에게도 한마디하고 싶었지만 한마디로는 해결이 날 것 같지 않아 그냥 나갔다. 성신설비 안은 다시 조용해졌다. 팽할머니 덕분에 고백의 위기를 넘긴 삼촌이 쭈뼛거리며 나를 바라보았다.

"민수야……"

삼촌은 불러만 놓고 아무 말이 없었다. 영화배우들이 많이 쓰는 수법이었다. 분위기 잡고 이름 불러주면 이심전심으로 내가 다 이해할 줄 알았나보다. 그런 건 멜로 장르에서나 통했다. 삼촌은 자기가 찍고 있는 영화가 초특급 엽기 공상 코미디라는 걸 모르고 있었다. 나는 삼촌의 애절한 눈빛을 무시하며 장군에게 눈을 돌렸다. 어느새 소주병을 다 비운 장군은 마을을 찾아 떠돌고 있었다.

코끼리 콩콩

일행이 다 떠나고 막상 수수밭에 혼자 누워 있자니 막막했어. 내가 몰던 말 울음소리가 귀에서 맴돌았어. 그렇게 컴컴한 밤하늘은 처음이었지. 당장 이 밤을 어디서 지내야 할지, 수숫잎에 베인 상처는 쓰려오고 이제나저제나 나만 기다리고 있을 식구들 얼굴이 떠오르고. 그래도 어떻게 잠들었는지 모르게 잠이 들었어.

수숫잎 사이로 비쳐들어오는 아침 햇살에 눈을 떴어. 일어나지도 못하고 땅바닥에 딱 붙어 그대로 누워 있었지. 겁이 더럭 났거든. 사방이 어두웠을 때는 혼자라는 사실이 보이지 않았지. 환해지니 혼자라는 사실이 보이는 거야. 나는 그 너른 들판에 떨어진 수수 알갱이 한 알보다 더 작았지.

무작정 걷기 시작했어. 가도 가도 수수밭은 끝없이 이어졌어. 마을 하나만 만나면 그걸 꼬투리로 길을 따라잡을 수 있을 것 같은데 천지가 그냥 확 트인 들판이었어. 천지사방이 확 트여 오히려 천지 사방 꽉 막힌 벽처럼 보였어. 어디로든 가도 되는데 어디로도 갈 수가 없었어. 풍뎅이처럼 제자리에서 맴맴거리다 또 무작정 걸었지.

하루는 터벅터벅 걷다가 길동무를 만났어. 서로 몰골이 비슷한데다 어름더듬 서로 말도 통해 함께 길을 가게 됐지. 길 떠나온 사연이야 저마다 있을 테고 그런 건 피차 묻지 않았어. 가다보면 어름더듬한 말 속에 사연이 나오게 마련이니까. 그 사람하고 사흘 밤낮을 함께 보냈어. 마지막 날에는 다 쓰러져가는 원두막에서 밤을 지냈지. 이야기 좋아하는 버릇이 집 떠나와 있다고 달라지나. 재미난 이야기 하나만 해달라고 졸랐어. 서로 말은 안 했지만 다음날이면 헤어지게 되리라는 것을 알고 있어 그냥 자기도 서운했거든. 그 친구도 심사가 그랬는지 한참 짬짬하더니 얘기를 시작했어.

나는 원래 코끼리 조련사였다네. 큰 곡마단에서 코끼리 훈련을 맡았지. '콩콩'이라는 코끼리가 내 짝이었다네. 정말 멋지게 생긴 놈이었지. 어깨에서 꼬리까지 널찍한 등은 곧고 썽펑한데다, 넓은 이마, 크고 단단한 머리에 짧고 두꺼운 목덜미를 갖춘 놈이었어. 은빛이 도는 연회색 피부만 봐도 녀석의 혈통이 얼마나 좋은지 짐작하고도 남았어. 곡마단에서 재주나 부리고 있기에는 아까운 녀석이었다네. 콩콩을 보러 온 손님들로 천막 안은 언제나 만원이었어.

어느 날, 인근에서 제일 부자로 소문난 사람이 딸아이와 구경을 왔다네. 그 아이는 금방 콩콩에게 반해버렸지. 아이는 자기 아버지에게 콩콩을 사달라고 졸랐네. 곡마단 단장은 다른 코끼리는 팔아도 콩콩만은 안 된다고 했지. 아이는 다른 코끼리는 싫다는 거야. 꼭 콩콩이어야 한다는 거였어. 단장은 어마어마한 돈을 요구했네. 하나밖에 없는 딸이 조르니 부자는 할 수 없이 비싼 값을 치르고 콩콩을 샀어. 콩콩이 가니 조련사인 나도 따라가게 됐지.

아이는 아름다운 아가씨로 자라났어. 아가씨는 콩콩을 정성스럽게 보살폈지. 콩콩 옆에서 떠나질 않았어. 콩콩도 아가씨 곁을 떠나지 않았어. 아가씨를 코로 감아 삼나무 등걸에 앉혀주기도 하고 곡마단 시절에 배운 묘기를 보여주기도 했어. 콩콩이 제일 즐거워한 일은 아가씨와 함께 초원으로 나가는 거였다네. 아가씨를 등에 태우고 끝없이 펼쳐진 초원을 느릿느릿 걸었지. 나는 이쪽 그늘에 앉아 둘을 바라보곤 했어. 둘한테서는 은은한 빛이 흘러나왔지.

언제부턴가 아가씨는 콩콩에게 말을 가르치기 시작했어. 곡마단 시절에도 몇 마디 알아듣기는 했지만 그거야 정해진 말 몇 마디였고. 역시 영리한 녀석이라 얼마 지나지 않아 아가씨의 말을 알아들을 수 있게 되었지. 하지만 나는 조금씩 불안해지기 시작했다네. 날이 갈수록 콩콩이 아가씨를 바라보는 눈빛이 예사롭지 않았거든. 말을 알아들은 뒤로는 부쩍 달라졌어. 시무룩해 있다가도 아가씨만 보면 금세 기분이 좋아지고 아가씨가 안 보이면 어쩔 줄을 모르고. 사랑에 빠진 거야. 녀석이 내 말도 알아들으니 나는 틈만 나면 어르고 달렸지. 네가 아가씨를 사랑한다고 해도 그 사랑이 이루어질 수는 없다, 마음 돌려라, 돌려라. 귀에 박히도록 타일렀지.

어느덧 혼기가 찬 아가씨는 결혼을 하게 되었어. 빼놓을 데 없이 아름다운 아가씨라 나라 안 총각들이 모두 욕심을 냈지. 고르고 골라 어마어마한 부잣집에 인물 좋은 총각이 신랑감이 되었지.

모두들 기뻐하는데 내 속은 바짝바짝 탔네. 콩콩이 몇날 며칠을 아무것도 입에 대지 않고 눈물만 흘리고 있으니. 그것도 모르고 결혼을 며칠 앞둔 어느 날, 아가씨는 나와 콩콩을 불러 산책을 나가자고 했네. 모슬린 천으로 만든 사리를 입은 아가씨가 내 눈에도 그렇게 예쁠 수 없는데 젊은 콩콩한테는 말해 뭐하겠나. 며칠 동안 먹은 게 없어 은빛이 돌던 콩콩의 피부는 색이 죽고 하늘을 향해 뻗어난 엄니도 풀이 죽어 보였다네. 내 마음도 말할 수 없이 아팠지. 다른 때 같으면 눈치챘겠지만 들떠 있는 아가씨는 콩콩이 달라진 것을 알지 못했어.

한적한 풀밭에 다다르자 아가씨가 콩콩의 목덜미를 쓰다듬더구만. 멈추라는 신호였어. 콩콩이 풀밭 위에 무릎을 꿇자 예쁜 아가씨는 폴짝 뛰어내렸지. 나는 일부러 멀찍이 떨어져 앉아 있었네.

"콩콩, 왜 이렇게 시간이 느리게 가는 거지?"

콩콩의 마음도 모르고 아가씨는 콩콩의 다리에 기대앉아 말했어. 콩콩은 풀밭만 바라보고 있고.

"어서 빨리 그날이 왔으면 좋겠어. 콩콩, 우리 걷자. 이렇게 앉아 있으면 시간이 너무 더디게 가는 것 같아."

아가씨가 콩콩의 귀를 쓰다듬고 얼굴을 부비며 말했어. 콩콩은 마지못해 응했어. 둘은 풀밭 위를 나란히 걷기 시작했지. 아가씨가 풀밭에 난 자잘한 열매며 꽃을 따 콩콩의 입에 넣어주기도 하더군. 거기까지 보고 있다 나는 깜빡 졸았다네. 그러다 아가씨 비명 소리에 눈을 번쩍 떴지. 아가씨는 땅바닥에 주저앉아 있고 콩콩은 고개를 푹 숙이고 서 있더군. 나는 정신없이 그리로 달려갔어. 아가씨 얼굴이 새파랗더군.

콩콩이란 놈이 아가씨 가슴을 만진 거야. 모슬린 천 사이로 얼핏 보인 아가씨의 뽀얀 젖가슴을 한 번만, 딱 한 번만 만져보고 싶었다는 거야. 자기도 모르게 아가씨의 볼록한 앞가슴에 그만 코를 집어넣어버린 거지. 아가씨가 이번만은 용서하겠다고 해 그 일은 그냥 마무리되었어.

며칠 후, 집안 식구 모두가 그렇게 기다리던 혼인날이 밝아왔네. 콩콩의 심정이야 떠오르는 해를 코로 감아내려 짓뭉개고 싶었겠지만 어쩔 수 있나. 그렇게 호화로운 결혼 잔치는 처음이었다네. 앞으로도 그런 잔치는 다시 못 볼 거야. 세상에 있는 향기로운 꽃은 다 모아놓고 하늘까지 쌓은 음식에, 진귀한 선물들, 오만 가지 악기를 연주하는 악사들, 금슬 은슬 달린 옷을 차려입은 손님들, 그 중에서도 눈이 번쩍 뜨이게 빛나는 신랑과 신부.

흥겨운 잔치였어. 콩콩만 빼고 말이야. 콩콩이 그러니 나라고 흥이 나겠나. 콩콩 살피느라 흥겨울 틈이 없었네. 결혼 잔치가 무사히 끝나려면 콩콩의 역할이 아주 중요했어. 신랑 신부가 들어앉은 가마를 태우고 신랑 집까지 운반하는 역할이 콩콩에게 주어졌으니 말이네. 사람들 셋이 달라붙어 아침부터 콩콩을 꾸몄지. 나는 틈틈이 콩콩의 귀에 대고 말했네.

"만약 조금이라도 이상한 짓을 하면 바로 이 갈고리로 귀를 찔러주겠다. 알겠지?"

곡마단에서 훈련할 때 썼던 갈고리를 직접 그 녀석 눈앞에 흔들어 보이면서 말이야. 코끼리는 귀가 아주 약하다네. 쇠갈고리로 귀를 세게 찌르면 그 큰 덩치에도 꼼짝을 못 하지. 오래전부터 그 녀석과 나는 갈고리를 쓰지 않아도 될 사이였지만 어쩔 수 없었네.

결혼 잔치가 끝나고 드디어 신부가 신랑 집으로 가야 할 시간이 되었지. 영원히 그 시간이 오지 않았다면 얼마나 좋았겠나.

잔치 마당 한가운데로 몇 시간 동안 치장한 콩콩이 걸어나왔네. 여기저기서 탄성이 터져나왔지. 내가 봐도 기가 막히게 멋졌어. 금은보석으로 꾸민 노루 가죽 안장에, 머리에는 일곱 가지 보석으로 장식한 두건을 쓰고, 비단에 금술 은술을 단 목가리개를 둘렀지. 은빛이 도는 몸에서는 빛이 나고 그윽한 미색의 상아는 날렵하게 솟아 있었어. 등에는 금박을 입힌 가마가 빨간 휘장을 늘어뜨리고 얹혀 있었지. 하지만 콩콩의 두 눈에서는 금방이라도 눈물이 흘러내릴 것 같았네. 다른 사람들이 알 리가 있나. 나는 녀석 목덜미를 쓰다듬어주면서 조용히 말했네. 이번 일만 무사히 마치면 아가씨보다 더 예쁜 짝을 찾아주겠다고 말이지. 후, 내 말을 듣기나 했는지…… 그 녀석은 여전히 슬픈 눈을 하고 있었지.

신랑 신부가 가마 속으로 들어가자 행렬이 시작되었네. 길 양편으로 늘어선 구경꾼들 때문에 행진이 어려울 정도였어. 나는 콩콩 옆에 바짝 붙어 걸어갔네. 계속 목덜미를 쓸어주면서 말이야. 마을을 벗어났는데도 구경꾼들은 떼를 지어 따라왔어. 콩콩만 아니라면 그 얼마나 좋은 날인가. 해는 빛나고 바람은 살랑 불어오고 향기로운 꽃향기는 넘실대고 새는 노래하고 신랑신부는 아름답고.

얼마를 더 가자 신랑이 가마의 휘장을 내리더구만. 그 녀석 목에 건 줄을 잡고 있던 내 손에 힘이 들어갔네. 다른 손에 쥔 갈고리도 더 세게 움켜쥐었지. 젊은 사람들이라…… 신랑신부가 그 가마 속에서 첫날밤을 치르는 것 같았네. 콩콩의 등 위에서 말이야. 휘장 바깥으로 아가씨의 가느다란 숨소리가 새어나왔지. 한데, 그 녀석 표정이 아무렇지도 않더구만. 그냥 타박타박 앞만 보고 걸어갔네. 하필 그때 결혼 행렬은 아가씨와 자주 산책 나왔던 그 초원을 지나가게 되었어. 그 녀석이 아가씨의 젖가슴으로 코를 집어넣었던 그 풀밭 말일세. 눈앞으로 지난번 일이 스쳐지나갔네. 그 순간 가마가 크게 흔들렸지. 그때라도 바로 갈고리를 녀석 귀에다 찔러넣었어야 했는데…… 하지만 이미 모든 게 늦어버렸지.

그다음 일은 그저 까마득하네. 너무 생생하기도 하고, 너무 흐릿하기도 하고. 녀석이 갑자기 코를 치켜들면서 앞발을 공중으로 들어올려버렸네. 목줄을 쥐고 있던 나도 공중으로 따라 올라갔지. 녀석 등에 있던 가마가 뒤로 쏠렸네. 순간 녀석은 앞발을 쿵, 내려버렸지. 가마가 다시 앞으로 쏠렸어. 녀석이 다시 앞발을 치켜올리고, 내리고. 순식간에 일어난 일이라 아무도 손을 쓰지 못했네. 갈고리를 찔러넣을 순간을 노렸지만 공중으로 몇 번 휘둘린 나도 정신을 못 차리고 있었네. 소나기 만난 개미 떼처럼 구경꾼들은 사방팔방으로 흩어졌어. 행렬을 돕고 있던 일행들도 비명을 지르며 도망치고 있었네. 녀석이 다시 한번 심하게 요동치자 가마가 공중으로 붕 떠올랐어. 빨간 휘장이 날리는 것을 아주 오래오래 바라본 것만 같네. 거기서라도 시간이 멈추어버렸어야 했는데.

정신을 차리고 보니 신랑 머리가 그놈 발밑에 들어가 있더구만. 신랑을 내리누르기 전 그놈이 아가씨를 쳐다보았지. 얼굴이 새파래진 아가씨는 부들부들 떨며 그놈을 노려보았네. 곧이어 그 녀석 발밑에서 뼈 으스러지는 소리가 들리고 피가 튀었네. 아가씨는 그대로 정신을 잃어버렸지. 나는 어느새 그놈 목에 올라타 있었네. 팔뚝이 부러지도록 힘을 주어 그놈 귀에다 갈고리를 박아넣었지. 그놈 눈에서 불꽃이 튀더구만. 길길이 날뛰더니 나를 내던져버렸네. 그러고는 땅바닥에 쓰러져 있는 아가씨를 코로 말아올려 등에 태우고는 내달리기 시작했어. 이미 정신을 놓아버린 아가씨는 그놈 등에 축 늘어져 있었어. 정신이 돌아온 일행들이 그놈 뒤를 쫓기 시작했네. 나도 뼈가 부러진 것도 잊고 따라붙었네.

녀석은 이웃 마을의 절벽 아래에서 발견되었어. 아가씨를 태운 채 절벽에서 뛰어내린 거야.

어수선한 틈을 타 나는 무작정 도망쳐나왔네. 목숨이 남아날 수가 없었지. 평생 이렇게 도망다녀야 할 신세가 돼버린 거네. 아마 지금쯤 그놈의 널찍한 귀는 부잣집 탁자가 되었을 것이고 그 잘생긴 두 다리는 탁자 받침으로 서 있을 걸세. 멋지게 치솟았던 상아는 요목조목 쪼개져 당구공이 되었겠지. 아니면 어느 마나님 보석상자가 되었든가.

그놈 귀가 사람의 말을 알아들은 게 잘못이었어. 아가씨가 그놈 귀에 속삭인 사랑의 맹세, 그 말 알아듣지 못했으면 아무 일도 없었지. 그 예쁜 아가씨, 결혼식 날 그렇게 죽으려고 그놈 귀에 말을 가르쳤던 거야.

모든 게 다 말 때문이었지.

분명 잠이 들 때까지 그 코끼리 조련사는 내 옆에 누워 있었어. 한데 어라, 아침에 눈뜨고 보니 사라지고 없는 거야. 내가 깨기 전에 길을 떠난 거지. 이리저리 도망 다니는 신세이니 늦잠 잘 형편도 아니었겠지. 그제야 아차, 싶었어. 이야기 속 그 마을이 어딘가 물었어야 했는데…… 넓은 초원에다, 온갖 꽃에다, 보석에다, 내가 찾아가는 마을이 딱 그 마을 같았는데……

이걸 어쩌나. 그제야 아차, 싶었다니까.

메추리알 같은 밤

솔로몬은 나비의 말을 알아듣고, 삼촌은 샴푸의 말을 알아듣고, 콩콩은 아가씨의 말을 알아듣고, 나는 엄마의 마음속 말을 알아듣고.

며칠 동안 나와 청진기는 다시 엄마를 주의 깊게 관찰했다. 엄마는 긴 머리칼을 조금 다듬었고 출근시간이 한 시간 빨라졌고 블라우스를 하나 샀다. 하지만 모두 삼촌과 상관없는 일이었다. 엄마는 여전히 로즈마리향 샴푸를 썼고 양배추 소시지 볶음을 해주었고 퇴근하자마자 나에게 달려왔다. 나에게는 너뿐이야. 엄마가 말하지 않아도 엄마 마음속의 그 말을 나는 알아들었다.

메추리알 조리는 냄새가 어두운 골목에 퍼졌다. 태평양약국 안채에서 흘러나오는 냄새였다. 내일 아침 태평양약국 반찬은 김약사가 좋아하는 메추리알조림이다. 냄비는 끓어오르면서 메추라기 소리를 냈다. 삼촌은 메추리알을 먹지 않는다. 메추리알을 먹으면 꼭 새 알을 훔쳐 먹는 기분이 든다고 했다. 진한 갈색으로 변해가던 메추리알은 어미 메추리가 찾아온대도 알아보지 못할 만큼 까매졌다.

메추리알처럼 명왕3동의 밤도 점점 짙어갔다. 김약사는 식탁 의자에 앉아 요리중인 삼촌의 뒷모습을 쳐다보았다. 간장 보글거리는 소리에 삼촌의 콧노래가 간간이 섞였다. 조금 전부터 김약사는 삼촌의 콧노래가 거슬렸다. 며칠 전까지만 해도 삼촌은 커피를 양동이로 들이켠 사람처럼 가만히 있지를 못했다. 의자에 앉았다 일어섰다. 얼굴이 환한 빛을 내며 반짝이다가 금세 침울한 표정이 되었다가, 쉬지 않고 떠들어대다가 하루 종일 한마디도 안 할 때도 있었다. 하지만 오늘 밤, 삼촌의 표정은 일관되게 환했다.

메추리알조림을 마친 삼촌은 딸기를 씻어 김약사에게 가져왔다. 오늘 먼저 김약사에게 알리고 내일 데릴라에게 고백할 계획이었다. 지금까지 너무 괴로웠다. 사랑, 그거 대단한 거였다. 천당과 지옥을 미리 가불해 경험하는 것 같았다. 고승들이 몇 년 면벽 수도 끝에 터득할 것을 삼촌은 짝사랑 몇 주 만에 터득했다. 천당이 지옥이고 지옥이 천당이었다. 이 고통의 바다에서 건져만 주신다면 무엇이든 하겠다고 난생처음 기도했다. 그러자 어디선가 목소리가 들려왔다. 네 마음이 하자는 대로 하거라. 삼촌은 그 목소리가 시키는 대로 했다. 오늘 하루 데릴라 얼굴을 365번 떠올렸고 사랑 고백을 하는 자신의 모습을 108번 상상했다.

막상 김약사와 마주 앉자 입이 떨어지지 않았다. 김약사한테 사랑 고백을 하는 것도 아닌데 왜 그렇게 부끄러운지 알 수 없었다. 삼촌은 딸기만 쳐다보고 있다가 용기를 내어 입을 열었다.

"김약사, 딸기는 왜 씨앗을 바깥에 달고 있을까? 다른 과일들은 안에다 감추고 있는데 말이지."

말해놓고 삼촌도 썰렁했다. 삼촌의 많고 많은 문제점 중 하나는 속으로 생각한 것이 그대로 튀어나와버린다는 것이었다. 어떻게 얘기할까 고민하다 잠깐 딸기씨 생각을 했는데 바로 튀어나와버렸다. 김약사는 말없이 포크로 딸기만 찍어 먹었다. 딸기가 바닥날 때까지 김약사는 삼촌과 눈을 마주치지 않았다. 눈을 쳐다봐주면 무슨 얘기를 할 것 같았다. 느낌이 좋지 않았다. 아주 강력하게 속을 뒤집어놓는 얘기일 것 같았다. 김약사는 포크를 내려놓고 선하품을 해 보이며 욕실로 들어갔다. 삼촌은 김약사 뒷모습만 바라보았다.

"김약사, 자?"

벌써 세번째였다. 삼촌이 문 앞에 와서 늙은 고양이처럼 가르랑거렸다.

"김약사, 안 자는 것 다 알아."

도저히 이승 개념으로는 설명이 안 되는 관계였다. 그래, 내가 전생에 당신한테 못할짓 무지 많이 했다, 중얼거리며 김약사는 거실로 나왔다.

"거기 좀 앉아봐."

삼촌이 맞은편 의자를 가리키며 김약사를 쳐다보았다. 표정이 애처로울 지경이었다.

"김약사, 인간이란 게 도대체 뭘까?"

딸기씨처럼 또 생각하고 있던 게 튀어나와버렸다. 김약사는 벽이라도 한 대 치고 싶었다. 삼촌은 말 나온 김에 계속했다.

"인간은 레이서일 뿐이야. 다음 세대에게 우리의 유진자를 넘겨주기 위한 레이서 말이지. 유전자라는 바톤을 꼭 쥐고 다음 주자가 있는 곳까지 죽어라 달려가는 고독한 레이서. 바톤을 전달하는 것이 유전자 덩어리인 우리의 의무니까. 생명체가 만들어진 순간부터 레이스는 시작된 거야. 우리는 그저 유전자를 품은 채 앞만 보고 달리는 거야. 헉헉. 달리다보면 샛길로 빠진 놈도 있고 힘에 부쳐 헐떡거리다 사라져버린 놈도 있겠지. 나는 어디에도 없어. 유전자로 만든 바톤일 뿐이야."

레이서, 레이서, 할 때마다 김약사는 복서, 복서로 변해버리고 싶었다.

"할 얘기가 그거야? 나는 내일도 일해야 하거든. 삼촌이야 하루 종일 레이스를 해도 되지만."

"그런데, 그런데 말이야, 김약사."

"김약사라는 말은 좀 빼줘. 나 김약사인 거 세상이 다 알아."

"요즈음 내 마음의 유전자가 몽땅 한곳으로 쏠린다. 이런 기분 처음이야."

김약사는 조금 전 뱃속으로 들어온 딸기씨가 몽땅 거꾸로 쏠리는 기분이었다.

"……"

"……"

"아니, 백수들은 왜 그렇게 빙빙 돌려서 말을 해? 시간이 그렇게 남아돌아? 나 데릴라 좋아한다, 그렇게 말하면 될 걸 가지고."

"헉, 어떻게 알았어?"

"내 유전자가 알려줬어."

"김약사, 정말 머리 좋다."

"머리랑 상관없는 거거든."

"김약사가 아는 줄 알았으면 진작 털어놓을걸. 지금까지 정말 괴로웠어."

삼촌은 청양고추를 씹은 것처럼 머리를 절레절레 흔들었다. 김약사는 그런 삼촌을 물끄러미 바라보았다. 저 나이에 저렇게 해맑기도 어렵겠다 싶었다. 김약사는 기미가 내려앉은 자신의 얼굴을 떠올렸다. 억울했다. 한 사람은 이렇게 기미투성이고 한 사람은 저렇게 해맑아도 되는 걸까? 기껏 3분 차이로.

"사랑이 눈물의 씨앗이라는데 오죽하시겠어. 오늘 밤은 어째 딸기씨, 눈물씨, 씨앗투성이네."

"한데 이젠 편해졌어. 내 마음이 하자는 대로 하기로 했거든."

"늘 그랬잖아. 나도 죽기 전에 한번 그래봤으면 좋겠어. 내 마음이 하잔 대로 해보는 거. 약국 폐업신고 할 거야. 여기 뜰 때까지만 참어."

"폐업?"

"어차피 다 정리하게 되어 있잖아. 몇 달 빨리 정리한다고 달라질 건 없지."

"그럼, 데릴라랑 민수는?"

"지금 무슨 영화 찍고 있어?"

"……"

"……"

정말 냄비 속 메추리알처럼 깜깜한 5월의 밤이었다.

데릴라

"앞날이 깜깜하다니까. 양말 장사도 다 끝났어. 5월 한 달 벌어 일 년을 먹고살아야 하니 원."

엄마가 일하는 공장의 사장은 출근시간을 앞당긴 것이 미안해서 인지 평소보다 말이 많았다. 5월 한 달 동안 엄마 출근시간이 한 시간 당겨졌다. 불황이야 끝도 보이지 않지만 그래도 5월은 숨쉬기가 낫다고 했다. 어린이날, 어버이날, 스승의 날이 있어 선물용 양말 이 나가는 편이었다. 기계 한 대가 뽑아내는 물량은 빤한데 주문받 은 수량을 대려면 시간을 늘리는 수밖에 없었다.

사장이 큰 상자 세 개를 포개 들고 가파른 계단을 올라갔다. 엄 마와 사장 부인도 하나씩 안고 사장 뒤를 따랐다. 사장의 구두 뒤 축이 눈에 띄게 닳았다. 사장 부부는 20년 넘게 이쪽 일을 해왔지 만 갈수록 사정이 나빠졌다. 중국산하고는 게임이 되지 않았다. 대 형 할인매장도 문제였다. 그런 것 하나가 들어서면 근처 작은 가게 들은 고엽제가 투하된 것처럼 시들시들 문을 닫았다. 지난달에도 거래처가 네 군데나 끊어졌다.

"도둑놈들."

싼 중국산에 맛을 들인 대형마트들은 공급단가를 말도 안 되게 후려쳤다. 그나마도 뚫고 들어가기가 하늘의 별 따기였다.

봉고차 짐칸이 상자로 가득 찼다. 싣고 나가보지만 반절이나 넘 기면 다행이었다. 배달은 다른 사람을 썼지만 일이 줄면서 사장이 직접 도매상과 가게를 찾아다녔다. 공장에는 커다란 기계 여섯 대가 전부였다. 일하는 사람은 엄마와 사장 부인뿐이었다. 두 사람은 좁은 통로를 오가며 기계에 실이 제대로 들어가는지, 무늬가 제대로 찍히는지 살폈다. 지하 공장이라 먼지가 밖으로 빠지질 않았다. 기계 여섯 대가 한꺼번에 내는 소음도 밖으로 빠져나가질 못했다. 얘기를 나누려면 목청을 높여야 했다. 한참 일하다보면 기계의 리듬에 맞춰 몸이 자동으로 움직였다. 철컥, 철컥, 철컥…… 그 리듬이 다른 생각을 잊게 해주었다. 기계는 점심시간까지 쉬지 않고 돌아갔다.

사장 부인이 환풍기 밑에 붙은 스위치를 내렸다. 점심시간이었다. 기계는 멈추었는데 귀에서는 철컥, 철컥 소리가 한참 이어졌다. 엄마와 사장 부인은 도시락을 꺼내 들고 색색의 원사 뭉치 옆에 앉았다. 엄마보다 다섯 살 위인 사장 부인은 깡마른 겉모습과 달리 농담도 잘하고 엄마하고도 잘 맞았다. 둘은 도시락을 꺼내 말없이 밥을 떴다. 사장 부인은 몇 숟갈 뜨지 않고 금방 숟가락을 내려놓았다.

"조금 더 먹지 그래요?"

엄마 말에 사장 부인은 원사 뭉치에 등을 기대며 고개를 저었다.

"봄 타는 거 아녜요?"

"어이구, 그런 말도 알아? 이제 한국 사람 다 됐네."

"그럼요. 여기 나온 지 십 년이 넘었는데. 이젠 정말 한국 사람이 다 됐나봐요. 길 가다가 외국인 지나가면 어머, 외국인이다, 하고 쳐다보게 된다니까요."

엄마도 몇 숟갈 뜨다 말았다. 감기가 오려고 그러는지 아침부터 으슬으슬했다. 기계가 돌아가면 거기에 정신을 뺏겨 잠시 나를 잊다가 점심시간이면 혼자 밥 먹을 내 생각에 마음이 무겁다.

사장 부인이 정수기에서 물을 받아 커피믹스 두 잔을 타왔다.

"이렇게 커피 한잔 마시면서 쉴 때가 제일 행복하더라."

사장 부인이 커피를 건네주면서 말했다.

"속 쓰리다면서 커피는 괜찮아요?"

"커피 땜에 쓰린 건가 뭐. 잘난 신랑 때문이지."

"아유, 그래도 사장님처럼 좋은 분이 어딨어요?"

"사람만 좋으믄 뭐해? 실속이 없는데…… 그나저나 민수 엄마는 좋은 사람 없어?"

"갑자기 왜요?"

"언제까지 혼자 살 거야?"

"좋은 사람 만날 시간이나 있어요? 이렇게 하루 종일 부려먹는데……"

"하긴, 정말 그러네."

사장 부인이 힘없이 웃었다. 형광등 불빛에 사장 부인의 잇몸이 푸르스름한 빛을 띠었다.

"으이구, 농담이에요, 농담. 비 오는 날 우산 갖다주는 사람은 있어요."

"어마야, 정말?"

"왜요? 인제 밥맛이 좀 돌 것 같아요?"

"뭐하는 사람인데?"

"뭐하는 사람? 글쎄에, 뭐하는 걸 못 봤는데……"

"그래? 그래도 뭐, 사람만 착하면 그만이지 뭐."

"저번이랑 말이 다르네요. 사람 착한 거 다 소용없다면서요. 사장님 착한 거 하나 보고 결혼해서 지금까지 이렇게 산다고 해놓고선."

"하긴 그래…… 요즘엔 돈 많은 게 착한 거라더라."

"이젠 한국 남자 싫어요. 돈만 좀 모으면 돌아갈 거예요."

"남들은 한국에 나오려고 난리라는데, 아니, 왜 그쪽은 거꾸로야?"

예전에는 엄마도 그랬다. 필리핀에 있는 이모들을 불러들일 생각이었다. 초청 형식으로 하면 따로 브로커를 통하지 않아도 되었다. 아빠와 헤어진 뒤에도 자리만 잡으면 이모들을 불러들일 생각이었다. 하지만 이제 그럴 필요가 없어졌다.

"아유, 필리핀 남자랑 자보고 싶어서 그래요. 됐어요?"

엄마는 일어서며 대충 말을 돌렸다. 사장 부인이 따라 일어서며 눈을 흘겼다.

"에고오, 나도 데릴라 따라서 필리핀 남자나 만나러 갔으면 좋겠다아. 이 먼지 구덩이도 지겨워."

"5월인데 그렇게 힘 빠지면 안 되죠."

엄마는 크게 숨을 한번 들이쉬고 벽에 붙은 스위치를 올렸다. 으슬으슬한 기운이 점점 심해졌다. 목이 따끔거렸다. 부겐빌레아 꽃 그늘 아래서 놀 때는 이런 날을 상상도 하지 못했다. 해먹 위에서 잠깐 낮잠을 즐기던 가족들이 쓰나미가 다가오고 있는 것을 상상할 수 없었던 것처럼.

기계들이 일제히 소리를 내며 돌아가기 시작했다.

부겐빌레아꽃이 담장에 환하게 피었다. 길게 뻗은 꽃가지가 이웃집 담장과 터널을 이루고 있다. 자매들은 부겐빌레아꽃을 머리에 꽂고 소꿉놀이를 하고 있다. 꽃그늘이 비쳐 자매들 얼굴이 모두 발갛다. 마호가니나무에 걸어둔 해먹에서는 아버지가 낮잠을 자고 있다. 아버지는 오후에 또 바다로 나갈 것이다. 어머니는 자매들에게 삼파귀타꽃을 실에 꿰어 목걸이를 만들어주고 대나무 채반이 있는 곳으로 걸어간다. 대나무 채반은 해변까지 죽 늘어서 있다. 채반 위에는 아버지가 잡아온 멸치가 가득 펼쳐져 있다. 어머니는 펼쳐놓은 멸치를 꼼꼼하게 닦는다. 은색 비늘들이 물결처럼 반짝인다.

"언니, 저기 좀 봐."

꽃목걸이에 폭 파묻힌 막내동생이 바다 한가운데를 가리키며 말한다. 수면 위로 햇빛이 부서져 눈이 부시다. 데릴라는 눈을 가늘게 뜨고 동생이 가리킨 부분을 바라본다. 먼 바다 한가운데가 불룩하게 솟아 있다. 조금 전까지 없던 섬이 새로 생겨난 것 같다. 데릴라는 훅, 숨을 들이쉰다. 바닷속에서 엄청난 지진이 발생했다는 표시다. 바람도 없는데 부겐빌레아 꽃잎이 후들거린다. 물새들이 바다로부터 빠르게 날아와 숲으로 숨어든다.

'얼른 아버지를 깨워야 하는데…… 깨워야 하는데.'

아버지이, 어엄마아, 목이 터지게 부르지만 목소리가 나오지 않는다. 커다란 손이 꽃줄기를 사정없이 훑어버린 것처럼 부겐빌레아 꽃잎이 순식간에 떨어진다. 꽃잎들이 육지 쪽으로 흩어진다. 바다에서 들리는 굉음이 점점 가까워진다.

'아버지를 깨워야 하는데……'

엄마는 벌떡 일어나 앉았다. 또 그 꿈이었다. 등이 축축했다. 창문으로 들어온 가로등 불빛이 싱크대 아래에 네모나게 모여 있었다. 이불을 걷어찬 나는 장롱 앞까지 굴러갔고 청진기는 내 배 밑에 깔려 있었다. 엄마는 나를 끌어다 바로 눕히고 청진기를 머리맡에 놓아주었다. 벽시계가 5시 10분을 가리키고 있었다.

엄마는 이주민 보호센터에 머무를 때 텔레비전으로 거대한 쓰나미를 보았다. 사람들이 겁에 질린 표정으로 달아나다 물결에 휩쓸려갔다. 처음에는 연출된 프로그램인 줄 알았다. 형체를 알아볼 수 없게 부서진 건물의 잔해가 수면을 가득 채우고 흔들렸다. 무얼 건지겠다는 것인지 그 위에서 잔해를 뒤지던 사람들이 순식간에 물속으로 사라져버렸다. 낯익은 트럭 한 대가 화면에 비쳤다. 갑자기 쉼터 바닥이 푹 꺼지는 것처럼 깜깜했다. 엄마의 결혼 대가로 받은 돈으로 외할아버지가 구입한 트럭과 같은 종류였다. 트럭 옆에서 찍은 가족사진을 막내이모가 보내주었었다. 트럭은 뒤집혀 있었고 보트 한 대가 반만 남은 집 벽을 뚫고 박혀 있었다. 엄마는 화면 속의 뒤집힌 트럭을 파내오고 싶어 손톱을 세워 텔레비전 앞으로 다가갔다. 국제전화를 걸었지만 아무도 받지 않았다. 코코넛 지붕에서 인생의 첫번째 태풍을 이겨냈던 외할아버지는 두번째 바람은 이기지 못했다. 나는 외할아버지가 올라앉아 있던 지붕을 볼 기회를 영영 잃어버렸다.

어느새 창밖이 환해졌다. 골목을 내려가는 발소리가 많아졌다. 엄마는 손으로 이마를 훔쳤다. 식은땀이 나는데 입술은 말라붙었다. 숨 쉴 때마다 뜨거운 기운이 올라왔다. 엄마는 내 이마를 한 번 쓸어주고는 몸을 일으켰다. 머리가 쏟아질 것 같았다. 방바닥이 핑 돌았다.

170에 100

정말이지 김약사 머리가 핑 돌았다. 셔터가 또 말썽이었다. 중간쯤에서 멈춰 서버린 것이다. 처마에 연결된 물받이통이 새면서 셔터 홈에 녹이 많이 슬었다. 다른 때 같으면 삼촌을 깨우겠지만 김약사는 메추리알 같은 밤 이후로 삼촌에게 말을 걸지 않았다. 효과가 있었다. 당장 데릴라에게 달려가 프러포즈라도 할 것 같던 삼촌은 며칠째 나오지 않고 있었다.

김약사는 역도선수처럼 다시 한번 힘을 주며 셔터를 밀어올렸다. 셔터는 새된 소리를 내면서 간신히, 아주 간신히 올라갔다. 김약사는 뒤꿈치를 들고 손이 닿는 데까지 최대한 밀어올렸다. 그다음에는 쇠꼬챙이가 필요했다. 쇠꼬챙이는 두 개가 있었지만 지금은 하나만 남았다. 바깥 기둥 옆에 세워두었는데 없어졌다. 팽할머니가 집어갔을 것이다. 골목에 나와 있는 것은 일단 팽할머니 차지니까.

셔터 때문에라도 얼른 정리해야겠어. 김약사는 투덜거리며 약국으로 들어왔다. 이렇게 아침부터 힘을 빼고 나면 하루가 힘들었다. 김약사는 조제실 위쪽에 걸린 면허증을 보며 한숨을 쉬었다. 면허증에 붙은 자신의 증명사진이 딴사람처럼 보였다. 저때만 해도 변두리 약국에서 개선의 여지없는 백수를 책임지며 살 거라고는 생각도 못 했다. 더군다나 그 백수가 아이 딸린 필리핀 여자를 좋아하게 될 줄은. 김약사는 다시 한숨을 폭 내쉬었다.

한 무리의 사람들이 골목을 빠져나갔다. 잠깐 반짝했던 약국이 한산해졌다. 고개를 푹 숙인 비보이가 터덜터덜 지나갔다. 김약사는 시계를 보았다. 9시 반. 1교시가 진작 시작되었을 시간이었다. 조만간 비보이네 집이 또 시끄러워지겠다. 노랑 가방을 멘 아이들이 하나둘 약국 앞으로 모여들었다. 잠시 후면 도매상에서 전화가 걸려온다. 김약사는 약장을 살펴보며 주문할 약품 목록을 적어나갔다.

나는 열려 있는 문 안으로 조용히 들어섰다. 김약사는 약장 쪽으로 뒤돌아 있어 내가 온 줄 알지 못했다. 나는 드링크제 상자가 쌓여 있는 쪽에 섰다. 카운터 위에 놓인 온장고에 가려 안에서는 보이지 않는 위치였다. 얼른 엄마 감기약을 사가야 하는데 김약사 앞에 나서기가 어려웠다. 전에는 그렇지 않았는데 요즈음 김약사는 날 봐도 웃지 않았다.

'김약사가 많이 화난 것 같아.'

나는 청진기에게 속삭이고 엄마가 적어준 쪽지만 만지작거렸다. 차를 기다리던 유치원생 세 명이 유리문에 붙어 약국 안을 들여다보고 있었다. 가운데 있는 저 겁쟁이 녀석. 저 녀석을 어제 우포순댓국집 앞에서 만났다. 나는 청진기와 함께 평상에 앉아 비둘기를 감상하고 있었다. 비둘기들은 평상 주변에 모여들어 내가 뿌려준 빵 부스러기를 쪼아먹고 있었다. 골목 아래서 올라오던 녀석이 갑자기 걸음을 멈추더니 훌쩍이기 시작했다. 나와 비둘기가 녀석한테 아무 짓도 하지 않았는데 말이다. 순댓국집만 지나면 바로 자기네 집인데 녀석은 비둘기가 무섭다며 지나가질 못하는 거였다. 세상에. 나는 쥐고 있던 옥수수빵을 잘게 부숴 골고루 뿌렸다. 명왕3동의 비둘기들이 다 모여들었다.

녀석들 셋이 한꺼번에 나를 쳐다보고 있었지만 나는 겁쟁이를 끝으로 아무하고도 눈을 마주치지 않았다. 노랑 가방에 노랑 원복을 입은 저 샛노란 유치함이라니. 내 키가 작다고 자기들 또래로 아는데, 어림없었다. 그 무식하게 생긴 귀 내시경이 목과 귓속을 더듬거렸다면 녀석들은 울고불고 난리였을 것이다. 걸핏하면 빽빽거리며 울기나 하고 금붕어처럼 엄마 꽁무니를 졸졸 따라다니는 녀석들.

유치원 차가 늙은 오리처럼 뒤뚱거리며 약국 앞에 섰다. 유치원 차량 노선표에는 '태평양약국: 9시 40'이라고 적혀 있었다. 주문할 약품 파악을 끝낸 김약사는 팔짱을 끼고 차를 바라보았다. 유치원 차만 보았다 하면 김약사는 일단 스트레스를 받았다. 나는 한 발짝도 움직이지 못하고 그대로 서 있었다. 아이들이 차례차례 차에 올랐다. 예전보다 아이들이 반 넘게 줄었다. 아랫배가 불룩 나온 기사 아저씨가 시동을 켜둔 채 내렸다.

김약사는 한숨을 내쉬며 혈압계를 카운터 위에 올려놓았다. 지겹지도 않은지 기사 아저씨는 아침마다 약국에서 혈압을 쟀다. 김약사도 포기했다. 아저씨는 혈압만 재기 미안해서 그런지 꼭 천 원짜리를 카운터 위에 소리 나게 붙이면서 큰 소리로 말한다.

"제일 쎈 걸로 주십쇼, 피로가 화아악 풀리는 걸로. 우루사 한 알 끼워서."

아저씨는 고무 커프스가 부풀어오르는 동안 혈압계와 맞선이라도 보는 것처럼 긴장한 표정이었다. 얼마나 긴장했는지 박스 옆에 서 있는 나를 보고도 한마디도 못 했다. 아저씨의 양볼이 씰룩거렸다. 양볼은 유난히 붉었다. 남성호르몬 수치가 많이 떨어졌다는 표시였다. 텔레비전에서는 그런 것도 가르쳐주었다. 나는 웃음이 나오려는 걸 꾹 참았다. 아저씨 모습이 털 다 빠진 늙은 칠면조 같았다.

"170에 100. 어제랑 같아요. 병원에 한번 가보셔야 한다니까요."

어제 아침에도 김약사는 그렇게 말했다. 그저께도, 그그저께도,

1년 전에도.

"이상하네. 우리 집에서는 정상인데, 약국에서만 재면 이러네."

어저께도, 그저께도, 1년 전에도 아저씨는 그렇게 말했다. 김약사는 아랫입술을 깨문 채 우루사와 비타500 한 병을 카운터 위에 올려놓았다. 아저씨가 나가자 김약사는 눈을 감았다. 더이상 보고 싶지 않은 거였다. 차가 출발하자 김약사는 눈을 떴다.

"아으, 지겨워. 그럴 걸 왜 날마다 여기 와서 재달라고 하냐고."

차가 뒤뚱거리며 달려갔다. 뒤뚱뒤뚱. 김약사는 멀어져가는 유치원차 뒤꽁무니에 똥침을 날렸다.

"털털털털. 시동도 안 끄고 아침마다 남의 약국 앞에 차를 대면서."

김약사는 혈압계를 보관함에 구겨넣었다. 김약사 기분 나아지는 걸 기다리려면 오늘 안에 엄마 약을 살 수 없을 것 같았다. 나는 한 발짝 앞으로 나섰다.

"어머, 깜짝이야. 너 언제부터 거기 서 있었어? 왔으면 말을 해야지!"

나는 김약사 눈을 피해 쪽지를 카운터 위에 올려놓았다.

"엄마 많이 아프셔?"

쪽지를 본 김약사가 물었다. 나는 고개를 끄덕였다. 김약사는 더 묻지 않고 약장에서 종합감기약 한 통을 꺼내왔다.

'한 번에 두 알씩, 하루에 세 번 드세요.'

김약사는 엄마 글씨 아래에 그렇게 적고 볼펜을 또각거리며 한참 나를 쳐다보았다. 뭔가 할 말이 있는 것 같은데 쳐다보기만 했다. 삼촌과 엄마에 관한 문제라면 우리는 한편이라고 말해주고 싶었지만 참았다. 서로 쳐다보고만 있기 어색해 나는 뒤돌아섰다.

"민수야."

김약사가 나를 불러세웠다. 쌍둥이라 삼촌과 김약사는 통하는 게 있나보다. 지난번 성신설비에서는 삼촌이 그러더니 이번에는 김약사가 영화 분위기를 연출했다. 나는 멋있게 몸을 틀어 김약사를 바라보았다. 김약사가 온장고에서 쌍화탕 두 병을 꺼내 봉투에 담아주었다. 기사아저씨 혈압을 잴 때처럼 복잡한 표정이었다. 나는 밖으로 나와 유치원생 녀석들처럼 유리창에 손자국을 내며 안을 들여다보았다. 약국 분위기가 예전과 다른 건 틀림없었다. 김약사는 나와 시선이 부딪치자 조제실로 들어가버렸다. 아무튼 김약사도 뭔가 혼란스러운 모양이었다. 나는 청진기 귀에 대고 속삭였다.

'오늘 태평양약국 혈압은 170에 100이야.'

싱잉, 인 더 레인

요즈음은 날씨까지 170에 100이다. 지난주에는 때늦은 황사가 오더니 이번 주는 계속 비가 내렸다. 이러다 명왕3동이 우렁각시가 사는 늪으로 변해버릴지도 모르겠다. 엄마는 이틀 동안 끙끙 앓았다. 약 기운이 떨어지면 다시 열이 올랐다. 나는 엄마 옆에 앉아 물수건으로 이마를 닦아주었다. 엄마가 아픈 게 나쁜 것만은 아니었다. 엄마랑 하루 종일 같이 있을 수 있었다.

엄마는 사흘째 되는 날 출근했다. 다 나은 건 아니지만 더 쉴 수 없었다. 엄마는 출근하면서 나에게 다짐을 받았다. 나는 비를 맞고 돌아다니지 않기로 약속했다. 하지만 약속을 지킬 수 없었다. 며칠 동안 집에만 있어 청진기가 너무 따분해했다. 엄마를 태운 버스가 출발하는 소리를 듣자마자 우리는 밖으로 나왔다.

명왕3동 옆 유리궁전은 빗속에서도 황금색으로 빛나고 있었다. 우리 편이 아니지만 멋지긴 했다. 명왕3동의 집들은 시멘트 포대로 만들어놓은 것처럼 금방이라도 무너져내릴 것 같았다. 골목에는 아무도 없었다. 태평양약국 간판도 비에 젖어 풀이 죽어 있었다.

"날씨까지 왜 이래."

김약사는 비를 바라보며 투덜거렸다. 날도 꿀꿀한데 라디오 DJ들까지 꿀꿀하게 굴었다. 자갈자갈, 자기네들끼리 수다 떨고 숨이 넘어가게 웃어댔다. 김약사는 라디오를 꺼버렸다. 오랜만에 약국에 나온 삼촌은 카운터에 턱을 괴고 서서 비를 처음 본 사람처럼 바라보고 있었다. 삼촌 눈에는 내리는 비가 연두색으로 보였다. 오늘 밤에는 고백을 하러 가자. 마음이 그렇게 하자고 했다.

"약국도 한가한데 들어가. 혼자 있고 싶거든."

김약사는 삼촌을 흘깃 쳐다보며 말했다. 메추리알 같은 밤 이후 김약사는 노골적인 적대감을 감추지 않았다. 그럼에도 불구하고 삼촌은 얼굴 저 안쪽에서부터 뿜어져나오는 기쁨을 주체하지 못했다. 삼촌은 김약사의 심정을 백 번 이해할 수 있었다. 김약사에게도 데릴라를 받아들일 시간이 필요할 것이다. 당사자인 자기도 데릴라를 받아들이는 데 이렇게 시간이 걸렸는데.

"김약사, 너무 그러지 마. 내 마음을 내 마음대로 할 수 있는 것도 아니고. 이렇게 돼버린 걸 어떡해."

"뭐가 어떻게 됐는데?"

"그러니까 저기……"

"……"

"김약사 나 때문에 고생하잖아. 내가 얼른 독립해야지……"

"얼른 독립? 남들 같으면 자식 독립시킬 나이야."

"그러니까, 그게. 아무튼 그 사람이랑 잘해서 김약사 짐 좀 덜어줘야지."

"그 사람? 김칫국부터 마시지 마. 데릴라가 그래주겠대?"

마을버스가 물살을 가르며 지나갔다. 김약사는 무작정 저 버스를 잡아타고 어디로든 가버리고 싶었다.

봄비는 밤비가 되어 계속 내렸다. 일을 마치고 들어온 김약사는 들어오자마자 맥주 한 병과 전화기를 들고 방으로 들어갔다. 누구한테든 삼촌 욕을 해주어야 분이 풀릴 것 같았다. 친구 셋에게 차례차례 전화를 걸어 똑같은 설명을 세 번 반복했나. 셋의 반응은 대체로 비슷했다. 첫마디는 공통적으로 어머머, 웬일이니? 였다. 다행히 사랑은 국경을 뛰어넘는 거야, 사랑은 뭐든 이겨낼 수 있어, 라는 말은 나오지 않았다. 첫번째 친구는 이런 말을 남기고 전화를 끊었다.

"그냥 골칫덩어리 아들 하나 키운다고 생각해. 니가 아직 애를 안 키워봐서 그러는데, 그 정도면 애, 아들이 속 썩이는 거하곤 비교도 안 돼, 애."

두번째 친구는,

"잘 생각해. 죽을 때까지 니가 삼촌 책임질 거야? 이런 기회 쉽게 오는 거 아니다, 너."

세번째 친구는,

"내 말 오해하지 말고 들어. 둘이 어찌어찌해서 결혼한다고 치자. 그럼 살아가면서 더 각별한 의지와 각오가 필요한 쪽이 어느 쪽일까? 그 필리핀 여자일까, 아님 삼촌일까? 김약사가 겪어봐서 잘 알잖아. 김약사, 손해 보는 거 없어."

전화를 끊고 나자 김약사는 삼촌에게 더 화가 났다. 어떻게 이런 대우밖에 못 받나 싶었다. 친구들도 그렇다. 아무리 그래도 그렇지. 김약사는 전화기를 향해 소리쳤다.

"니들도 진짜 웃긴다, 야. 니들이 삼촌을 얼마나 겪어봤다고 그래. 돈 좀 못 벌어서 그렇지 얼마나 착한데⋯⋯"

맥주 한 잔을 들이켠 다음 김약사는 입가에 묻은 거품을 닦으며 씩씩거렸다.

"⋯⋯그래도 안 되는 건 안 되는 거지."

그 시각, 안 되는 건 안 되는 거라고 또박또박 말하는 사람이 또 있었다. 나의 엄마, 데릴라였다.

비 내리는 밤, 삼촌은 한 시간 넘게 우리 집 창문 근처에서 서성이고 있었다. 몇 번이나 창문에 삼촌 손이 비쳤지만 창문을 두드리지 못하고 돌아갔다. 손은 삼촌과 상관없는 독립기관처럼 말을 듣지 않았다. 지나가던 사람들이 삼촌을 흘깃거리며 지나갔다. 삼촌은 우산을 푹 내려 써 얼굴을 가렸다. 머릿속으로 엄마에게 할 말을 수십 번도 더 정리했다. 너무 많이 외워서 헷갈릴 지경이었다.

'그동안 정말 힘들었습니다. 처음 느끼는 감정이라 뭐가 뭔지 알 수 없었습니다. 하지만 이제 평화롭습니다. 데릴라씨를 좋아합니다.'

나와 청진기는 밖으로 나가 삼촌의 일방적인 짝사랑을 위로해준 뒤 돌려보내고 싶었지만 너무 졸려 일어날 수가 없었다. 빗소리에 수면제가 묻어 있는지 빗소리를 듣고 있으면 잠이 왔다. 나와 청진기는 깜빡 잠이 들었다.

골목집들에 불이 꺼지자 가로등 불빛은 더 도드라졌다. 주황 불빛이 빗물을 따라 흘러내렸다. 엄마는 잠깐 창문 쪽을 바라보다 스위치를 눌렀다. 빗물에 젖은 것처럼 소리 없이 불이 꺼졌다. 그 순간만 기다리고 있었던 것처럼 삼촌의 손이 창문을 두드렸다.

똑, 똑, 똑.

자기 손이 저지른 일에 당황해 삼촌은 가슴이 벌렁거렸다. 엄마는 꼼짝도 하지 않았다. 빗물처럼 시간이 흘러갔다. 삼촌은 다시 한번 자신의 손이 하는 대로 내버려두었다.

똑, 똑, 똑.

막상 엄마와 마주 서자 삼촌은 아무 생각도 떠오르지 않았다. 눈앞으로 평화, 유전자, 민수, 일구사오, 김약사 같은 단어들이 뒤죽박죽 지나갔다. 엄마는 말없이 발등만 내려다보고 있었다.

"저어기…… 민수는 자나요?"

"……네."

두 사람은 빗소리를 듣기 위해 만난 것처럼 한참 동안 말없이 서서 빗소리만 듣고 있었다.

"……"

"……"

"무슨 일이시죠?"

빗소리를 배경으로 밀어내며 엄마가 물었다. 삼촌은 슬리퍼 바깥으로 나온 엄마 발가락을 내려다보며 용기를 냈다.

"저어기요…… 저기……"

"……"

빗물이 온통 귓속으로 흘러들어오는 것 같아 삼촌은 자꾸 침을 삼켰다.

"저어기요……저기……"

그뒤로도 삼촌은 저어기요, 저기를 일곱 번 더 찾았다.

"민수가 이제 막 잠들었어요. 미안합니다."

엄마는 그렇게 말하고 돌아섰다. 삼촌은 고개도 들지 못하고 엄마의 뒤꿈치만 바라보았다. 뒤꿈치는 간장으로 졸인 메추리알처럼 동그랗고 까무잡잡했다. 얼떨결에 삼촌의 입에서 사랑합니다, 라는 말이 튀어나왔다. 너무 순식간의 일이라 삼촌은 그 말이 자신의 입에서 나온 말인지, 엄마에게서 나온 말인지, 빗방울 중의 하나가 한 말인지 알 수 없었다. 순간 삼촌과 엄마는 그 자리에 얼어붙었다. 수억 개의 빗방울도 그대로 공중에 멈춰버렸다.

제일 먼저 골목으로 돌아온 건 엄마였다.

"미안합니다."

엄마는 정중하게 말하고 계단을 내려왔다. 주문이 풀리듯 삼촌의 몸이 풀리고 공중에 머물렀던 빗방울들이 다시 떨어지기 시작했다. 삼촌 귓속에서 엄마의 미안합니다, 가 윙윙거렸다. 계단을 내려가는 엄마의 슬리퍼 소리가 지구 반대편으로 돌아가는 것처럼 아득하게 들렸다. 힘이 쭉 빠졌다. 삼촌은 우산을 내려놓고 쭈그려 앉았다. 골목 위쪽에서 내려오는 빗물이 삼촌을 쓸어가기 위해 구두 속으로 흘러넘쳐왔다. 구두가 젖고 바지가 젖고 온몸이 젖었다.

이대로 빗물에 녹아 사라져버리면 데릴라가 마음 아파할까?

도대체 데릴라는 뭐가 미안하다는 걸까?

삼촌은 빗물에 실려 어디로든 떠내려가고 싶었다. 정말이지 이 광막한 우주에 자기 혼자뿐이었다. 삼촌은 고개를 푹 떨구었다. 그때 착지점을 찾고 있던 굵은 빗방울 하나가 정확히 삼촌의 정수리로 떨어졌다. 충격으로 삼촌의 몸이 휘청했다. 그 순간 삼촌 가슴속에서 진하고 뜨겁고 아리고 달콤한 것이 솟구쳐올라왔다.

맞아, 데릴라한테도 시간이 필요한 거야. 김약사가 그랬던 것처럼. 나도 그랬으니까.

삼촌은 벌떡 일어섰다. 자기도 모르게 양팔이 활짝 벌어졌다. 우산도 활짝 펼쳐졌다. 갑자기 몸이 공중으로 튀어오르더니 캐스터네츠처럼 두 발이 딱딱 부딪쳤다. 가만히 서 있던 가로등이 룸살롱 조명처럼 빙글빙글 돌아가며 골목을 비추었다. 골목에 있던 통장의 스쿠터, 정육점 처마 밑 화분들, 슈퍼 앞 파라솔이 몸을 흔들기 시작했다. 줄을 맞춘 빗방울들은 왈츠를 추며 샴푸 향기를 퍼뜨렸다.

따딱, 따딱, 따다닥……딱딱, 따닥, 따닥, 따다닥……

우산을 타고 세탁소 지붕 위로 날아오른 삼촌은 공중에서도 춤을 멈출 수 없었다. 코코넛 열매만한 빗방울들이 삼촌을 향해 전속력으로 내려오고 있었다. 삼촌은 빗소리에 맞춰 노래했다.

내일도 와야지, 모레도 와야지.

다음날에도, 그 다음날에도.

데릴라를 만나러 나는 와야지.

소문

밤새 내린 빗물에 실려 삼촌의 '저어기요…… 저기'가 집집마다 흘러들어갔다. 엄마와 삼촌의 대화를 엿들은 사람은 없었다. 깜빡 잠이 들어 나의 청진기도 듣지 못했다. 주황 불빛을 흘리던 가로등과 굵은 빗방울이 귀를 기울였을 뿐.

소문은 발목도 없이 명왕3동 구석구석을 방문했다.

삼촌과 데릴라가 사랑에 빠졌다아!

삼촌과 데릴라가 사랑에 빠졌다아!

킬리만자로의 표범

밤새, 나는 또 꿈을 꾸었다. 집 두 채가 나란히 날아갔다. 용만이 아저씨네 앞집과 그 맞은편 집이었다. 두 집은 나란히 어깨동무하고 날아갔다. 장독, 세발자전거, 대문 앞의 빨래 건조대도 날아갔다. 빨래 건조대는 새의 날개처럼 접혔다, 펼쳐졌다 하면서 날아갔다. 세발자전거는 비둘기를 무서워하는 겁쟁이 녀석 거였다. 자전거도 겁쟁이인지 맨 뒤에 붙어서 날아갔다. 따르릉 소리가 점점 멀어져갔다. 나와 청진기는 오래도록 손을 흔들어주었다.

안녕, 세발자전거.

안녕, 겁쟁이.

밤새, 삼촌은 끙끙 앓았다. 열이 오르고 온몸이 쑤셨다. 양쪽 복사뼈가 많이 부어올랐다. 움직일 때마다 복사뼈에서 따닥, 따닥,

따다닥, 딱딱 소리가 났다. 너무 아파 내일 또 데릴라를 만나러 가야지, 하는 다짐을 지키지 못했다. 김약사는 삼촌이 미워 어디가 아픈지 묻지도 않았다. 타이레놀과 쌍화탕 한 병을 방에 넣어주고 나가버렸다. 쌍화탕은 알맞게 뜨거웠다. 삼촌은 김약사 등에 대고 중얼거렸다. 고마워, 김약사.

드디어 태평양약국이 골목 뉴스의 중심으로 떠올랐다. 사람들은 잊을 만하면 떠오르는 일구사오를 잊기 위해 관심을 돌릴 데가 필요했다. 역시 사람들 심란한 마음 치료해주는 데는 약국밖에 없었다. 골목에 활기가 돌았다. 약국에는 약보다 소문의 진위와 경과가 궁금해 오는 사람이 더 많았다. 김약사는 스캔들이 이렇게 골치 아픈 건 줄 몰랐다. 당사자인 삼촌은 몸살 기운을 핑계로 안채에 잠적해버리면 그만이었지만 김약사는 그럴 수 없었다. 백수의 가장 큰 장점은 잠적하고 싶으면 아무 때나 잠적할 수 있다는 거였다.

명왕3동에 김약사만큼이나 속 시끄러운 사람이 또 있었다. '킬리만자로의 표범'이었다. 하나뿐인 아들, 재키유찬 때문에 '표범'의 심정도 말이 아니었다. 비보이 소년 재키유찬은 명왕3동에서 나와 청진기만큼이나 유명했다. 제대로 학교를 다니고 있으면 명왕중학교 3학년 최유찬.

형은 조용한 학생이었다. 너무 조용해 골목 사람들은 그런 중학생이 있는 줄도 몰랐다. 다른 아이들과 똑같은 교복에 비슷한 머리 모양, 비슷한 가방을 메고 다녔고 너무 뚱뚱하거나 마르지도, 너무 키가 크거나 작지도 않았다. 과산화수소수로 탈색한 노랑머리도 아니었고 멍게처럼 여드름이 붉어진 것도, 치아 교정기를 끼고 있는 것도, 보조개나 흉터가 있는 것도 아니었다. 골목 사람 누구도 최유찬을 눈여겨본 적이 없었다. 형이 비보잉을 시작하기 전까지는.

형은 농구, 축구 가리지 않고 좋아했지만 학원을 빼먹을 만큼은 아니었다. 어느 날 형은 쉬는 시간에 친구가 하는 이상한 동작에 감전되었다. 친구는 한 손으로 물구나무를 선 채 두 발을 가위처럼 엇갈려 한참 동안 멈춰 있었다. 몸에 돌고 있던 피가 일시에 머리로 치솟는 느낌이었다. 그땐 그것이 '비보잉'이라는 것도 몰랐다. 그 친구에게 가르쳐달라고 달라붙었다. 쉬는 시간엔 복도에서, 점심시간엔 교실 한편에서, 학원 로비 1층 대리석 바닥에서 구르고 물구나무서며 춤 연습을 했다. 머리를 바닥에 박고 팽이처럼 돌다 경비원에게 쫓겨나기도 했다. 추운 겨울날에는 언 손을 녹여가며 골목의 반들반들한 자리를 찾아서, 밤늦은 시간에는 가로등 아래서 춤 연습을 했다. 춤 실력은 늘어가고 성적은 곤두박질쳤다.

어느 날 부모 몰래 오디션을 본 최유찬은 비보잉 그룹에 들어갔다. 자기가 존경하는 캐나다의 비보이 '재키'의 이름을 따서 재키 유찬이라고 닉네임도 정했다. 학원에 간다고 거짓말하고 새벽까지 춤 연습을 했다. 국내 최대의 비보잉 대회가 다가오고 있었다. 거기서 뽑히면 캐나다에서 열리는 세계 대회에 나갈 수 있었다. 하지만 대회 바로 전날, 모든 것이 들통나버렸다.

"미친 놈!"

비보이의 아버지는 뒤늦게 얻은 아들 하나가 이상한 동작에 빠진 것을 도저히 이해할 수 없었다. 관절을 꺾고, 한 손으로 물구나무서서 경중거리고, 뼈라고는 없는 것처럼 움직이는 동작을 춤이라고 할 수 없었다. 백 번 양보해서 마이클 잭슨의 문 워크까지는 어떻게 이해해보겠다. 하지만 비보잉은 춤도 뭣도 아니었다. 머리는 공부하고, 공부하고, 공부하라고 만들어진 거지, 땅바닥에 박고 팽이 돌리듯 돌리라고 있는 게 아니다. 늘 비보이 편이었던 어머니도 이번에는 아버지 편이었다. 형의 어머니는 대회에 입고 나갈 유니폼을 가위로 잘라버렸다. 아버지는 대회가 끝나는 시간까지 비보이를 방에 가두어버렸다.

자신의 마음을 너무 몰라주므로 비보이형도 부모의 마음을 너무 몰라주기로 했다. 순찰 나온 파출소 순경이 오토바이를 세워두고 잠깐 자리를 비운 사이, 비보이는 그 오토바이를 타고 그냥 달려버렸다. 시내를 관통하여 다리 세 개를 건너고 산 하나를 넘어 달리다 이웃 도시 4차선 도로 한가운데에서 무쏘 자동차를 뛰어넘었다. 그리고 붙잡혔다.

비보이가 오토바이와 함께 고난도의 공중회전을 한 다음 착지한 순간 비보이의 무용담은 벌써 골목의 화제가 되어 있었다. 명왕3동 주민들은 비보이가 오토바이를 타고 날았다는 소식에 한 번 놀랐고, 그 오토바이가 경찰서 소속이라는 사실에 두 번 놀랐고, 10미터를 날아가 떨어졌는데 머리통 대신 발목뼈가 조금 깨지고 말았다는 사실에 세 번 놀랐고, 마지막으로 그런 재키유찬을 모르고 지내온 자신들에게 놀랐다. 세탁소 아저씨는 사람들을 이렇게 네 번이

나 놀래켰으니 뭐가 돼도 크게 될 놈이고, 안 돼도 크게 안 될 놈이라고, 하나마나한 소리를 했다.

비보이는 문병온 비보잉 친구들에게 이렇게 말했다.

"오토바이에 올라타자 풍선 오십 개를 한꺼번에 불고 난 느낌인 거야. 머릿속이 그냥 떵했어. 아무리 세게 밟아도 속도감이 느껴지질 않는 거야…… 오토바이는 가만히 서 있는데 바퀴 밑으로 아스팔트가 빨려들어오는 느낌 있잖아. 희한하더라. 뺨이 얼얼할 정도로 바람이 부는데, 도대체 바람 소리도 들리지 않고. 그래서 더 밟았지 뭐. 모두 길을 비켜주는데 그 무쏘 자식은 끝까지 비켜주질 않는 거야. 그냥 넘어버렸지 뭐."

오토바이에 비하면 비보이가 다친 건 아무것도 아니었다. 자기보다 더 멀리 날아가는 오토바이를 바라보다 착지할 타이밍을 조금 놓쳤고, 그것 때문에 약간의 부상을 입은 것이다. 비보잉 훈련 덕분이었다. 오토바이 전체와 비보이의 발목뼈 일부분이 폐차되었다. 비보이는 입원해 있는 동안에도 연습을 게을리하지 않았다. 깁스한 다리를 천장에서 내려온 끈에 매단 채 한 손으로 물구나무서기를 하고 헤드스핀도 했다.

우울증은 퇴원한 뒤에 찾아왔다. 깁스를 풀면 철심을 박아넣은 발목뼈가 사고 전으로 감쪽같이 돌아갈 줄 알았다. 하지만 어딘가 달랐다. 한 발 뗄 때마다 철심이 벌어지는 느낌이었다. 발목뼈에서부터 종아리까지 나 있는 흉터 부분을 열고 발목뼈를 다시 맞추고 싶었다. 비보이는 집에 틀어박혔다. 겨울 가고 봄 오고, 학기가 시작되었는데도 비보이는 꿈쩍하지 않았다. 말도 한마디 하지 않았다.

비보이 아버지는 차라리 경찰서에 불려다닐 때가 좋았다는 생각이 들었다. 하나뿐인 아들이 철심처럼 방에만 박혀 있는 것이다. 비보이 친구들은 모두 중3이 되었다. 교복 입은 남학생만 보면 비보이 아버지는 알레르기 증세를 보였다. 가슴이 쓰리고 등짝이 벌어질 것처럼 아려 교복이 사라질 때까지 눈을 감고 있어야 했다. 자기가 오토바이를 타고 달려버리고 싶은 지경이었다. 어느 날, 술한잔 걸친 그는 안주로 먹은 양파 냄새를 풍기며 아들에게 물었다.

"오토바이 한 대 사주랴?"

"……"

비보이 아버지는 살짝 술기운이 올라오는 것을 느꼈다.

"한 대 사줘?"

"……춤추게 해주세요."

"춤은 안 된다."

"……"

왜 오토바이는 되고 춤은 안 되는지 자신도 알 수 없었다. 아무튼 춤은 안 되었다. 비보이는 고개를 숙인 채 오른쪽 다리에 S자 모양으로 생긴 흉터 자국만 들여다보고 있었다. 비보이 아버지는 술기운이 더 올라오는 것을 누르며 다시 한번 물었다. 비보이는 대답하지 않았다. 비보이 아버지는 부글부글 끓기 시작한 술기운을 참지 못하고 폭발해버렸다. 내가 너만 했을 때는 이눔의 자식아, 로 시작한 사설은 몇 번 더 이눔의 자식아, 를 찾다가 조용필의 〈킬리만자로의 표범〉으로 옮겨붙었다.

먹이를 찾아 산기슭을 어슬렁거리는
하이에나를 본 일이 있는가
짐승의 썩은 고기만을 찾아다니는 산기슭의 하이에나
나는 하이에나가 아니라 표범이고 싶다
산정 높이 올라가 굶어서 얼어 죽는
눈 덮인 킬리만자로의 그 표범이고 싶다……

〈킬리만자로의 표범〉을 처음 들었을 때 비보이 아버지는 이 노래는 무조건 자기를 위해 만들어진 노래라고 생각했다. 킬리만자로가 어디 붙어 있는지 모르지만 자신의 인생을 완벽하게 표절한 노래는 그것뿐이었다. 그는 가사를 한 자도 틀리지 않고 부를 수 있었다.

바람처럼 왔다가 이슬처럼 갈 순 없잖아
내가 산 흔적일랑 남겨둬야지
한줄기 연기처럼 가뭇없이 사라져도
빛나는 불꽃으로 타올라야지

문제는 노래를 부르다가 정말 타올라버린다는 것이었다. 너무 타올라 노래가 끝나면 표범으로 돌변할 수도 있었다. 자기 꼬리를 물고 뱅뱅 도는 표범처럼 자신의 머리를 쥐어뜯고, 장롱에 몸을 던지고, 손바닥으로 시멘트 벽에 기합을 넣는다. 노래가 끝나기 전에 누군가 얼른 다른 데로 주의를 돌려야 한다.

사랑이 외로운 건
운명을 걸기 때문이지
모든 것을 거니까 외로운 거야
사랑도 이상도 모두를 요구하는 것
모두를 건다는 건 외로운 거야……

노래 끝 부분이 다가올수록 비보이 마음이 서늘해졌다. 다른 때 같았으면 진즉 말렸다. 지금은 달랐다. 손으로 시멘트를 깨든, 시멘트로 손을 깨든 갈 때까지 가보자는 심정이었다. 하지만 싱크대 앞에 서서 어쩔 줄 모르고 있는 엄마를 보자 마음이 달라졌다. 요즘 비보이 엄마는 타이레놀과 위염 치료제 잔탁으로 버티고 있었다. 비보이 엄마의 미간에는 전에 없던 굵은 세로 주름이 생겨났다. 비보잉 전까지 비보이와 엄마는 사이가 좋았다.

아무리 깊은 밤일지라도 한 가닥 불빛으로 나는 남으리
메마르고 타버린 땅일지라도
한줄기 맑은 물소리로 나는 남으리
거센 폭풍우 초목을 휩쓸어도

꺾이지 않는 한 그루 나무 되리
내가 지금 이 세상을 살고 있는 것은
21세기가 간절히 나를 원했기 때문이야

"아버지이."
'21세기가 간절히 나를 원했기 때문이야'에서 비보이는 간절히
아버지를 불렀다. 막 대사를 마치고 노래 부분으로 진입하려던 킬
리만자로의 표범이 비보이를 바라보았다. 막상 아버지이, 하고 불
렀지만 비보이는 할 말이 없었다. 한참 뜸을 들였다. 그래도 할 말
이 떠오르지 않았다. 킬리만자로의 표범은 다시 노래로 진입했다.
한 대목도 빠뜨리지 않고 처음부터 다시.

용각산처럼 소리 없이 저녁 안개가 피어올랐다. 나와 청진기는
공작나무에 걸터앉아 명왕3동을 내려다보고 있었다. 마을버스에
서 내린 킬리만자로의 표범이 어깨를 늘어뜨리고 태평양약국으로
들어갔다. 김약사는 아무 말도 묻지 못하고 킬리만자로의 표범을
쳐다보았다. 지난주에 비보이는 자퇴서를 냈다. 쓸데없이 학교에
서 시간 낭비를 할 필요가 없었다. 여름에 나이키 주최 세계 비보
잉 대회가 열린다. 하루 종일 연습을 해도 부족하다. 오늘 자퇴서
가 처리되었다. 비보이형 부모가 학교에 세 차례나 찾아갔지만 어
쩔 수 없었다.
"용, 각, 산, 하나만 주쇼."

킬리만자로의 표범은 목이 꽉 잠겨 간신히 말을 했다. 도라지 냄새 나는 용각산이 그의 목을 위로해줄 수 있을까.

구름인가 눈인가, 저 높은 곳 킬리만자로
오늘도 나는 가리, 배낭을 메고

용각산을 쥔 늙은 표범이 킬리만자로의 골목을 올라갔다. 그의 목에서 나온 갈라진 노래는 안개가 되어 골목에 내려앉았다.

오늘 밤 또 명왕3동에 킬리만자로의 표범 한 마리가 찾아오겠다. 목이 잔뜩 쉰 표범 한 마리가.

비아그라는 나의 힘

목이 잔뜩 쉰 표범 한 마리가 밤마다 울부짖는 동안 나무 이파리는 점점 짙어져갔다. 세탁소 뒤 텃밭의 고추 줄기에는 고추씨처럼 흰 꽃이 달렸고, 가지 줄기에는 가지처럼 보랏빛 꽃이 달렸다. 꽃이 떨어진 자리에 조그맣게 고추와 가지가 맺혔다. 골목에 떠도는 소문처럼 열매들이 조금씩 굵어져갔다.

골목은 삼촌과 데릴라에 대한 소문으로 비보이의 무쏘 활강 이후 가장 활기를 띠었다. 정육점 아줌마는 하루가 다르게 한산해지는 골목 분위기를 다시 한번 왁자하게 만들고 싶다는 갸륵한 소명

의식에 몸을 떨었다. 고무 대야에 담긴 천엽과 곱창을 일찌감치 등장한 파리에게 넘겨주고 소문 내기에 여념이 없었다. 어지간히 좀 해둬. 불룩하게 솟은 가슴팍을 문지르며 정육점 아저씨가 한마디 했지만 그 말은 아줌마의 귓등을 가볍게 타고 넘어버렸다. 아줌마는 커버가 찢어져 나달나달한 비닐 의자를 가게 앞에 내놓았다. 거기에 검문관처럼 앉아 지나가는 사람을 붙잡고 의견을 물었다.

엄마도 정육점 아줌마에게 검문을 당했다. 어제 저녁 퇴근하고 오는 엄마를 정육점 아줌마가 불러세웠다. 아줌마는 단도직입적으로 묻겠다고 하더니 단도직입적으로 물었다.

"민수 엄마, 약국 삼촌을 어떻게 생각해?"

집으로 돌아온 엄마는 나에게도 똑같은 질문을 했다. 나는 엄마가 그랬던 것처럼 아무 대답도 하지 않았다.

명왕성을 향해 날아가던 탐사선 '뉴호라이즌스호'가 토성의 고리들을 막 스치고 지나가던 새벽, 나는 오줌 때문에 잠에서 깼다. 딸기를 먹고 자면 새벽에 꼭 오줌이 마려웠다. 다시 자리에 누웠지만 잠이 오지 않았다. 삼촌의 짝사랑이 어떻게 될지 사실 걱정이 되기도 했다. 5월 한 달 내내 바빴던 엄마는 잠들어 있었다. 엄마는 다 예쁜데 잠잘 때 모습은 사실 좀 그랬다. 삼촌이 계속 엄마를 포기하지 않는다면 이 모습을 찍어 보여주는 수밖에 없었다.

밖에서 무슨 소리가 들리는 것 같았다. 나는 머리맡에 둔 청진기를 목에 걸었다. 새벽 3시. 3차까지 마친 깔따구가 골목을 올라오고 있었다.

깔따구는 아무리 술을 마셔도 얼굴색에 변화가 없었다. 얼굴이 붉어지지도, 창백해지지도 않고 그대로였다. 눈이 풀리고 다리가 풀리지만 어지간히 마실 때까지는 어림없었다. 깔따구가 취했다는 결정적인 증거는 물어대는 것이었다. 뭐든지 물어뜯었다. 소주병, 오징어, 옆에 앉아 있던 술집 여주인, 노래방 마이크, 샌드백 아줌마의 귓불…… 통장 막내딸이 애지중지 안고 다니던 애완견을 물어버린 적도 있었다. 술에 취하면 위아래, 인종, 남녀, 장소, 시간, 대소, 장단, 고저, 강약 모든 것의 구분이 사라졌다. 동식물도 구분하지 않았고 동물 중에서도 사람과 사람 아닌 것을 구분하지 않았다. 그러다가 나와 나 아닌 것의 경계를 넘어 만물이 하나라는 경지에 다다랐다. 술 좋아하는 녹두장군도 아직까지 이르지 못한 경지였다.

술버릇이 그런데도 깔따구는 늘 술친구가 있었다. 술친구들은 깔따구에게 물리지 않으려고 조심하면서 술을 마셨다. 개를 물어버리는 술버릇에도 불구하고 깔따구가 명왕3동에서 버티는 것은 순전히 비아그라의 힘 때문이었다.

비아그라에 그런 힘이 있다는 것을 깔따구도 처음에는 알지 못했다. 소문으로만 듣던 약을 종로에서 한 병 구했다. 진짜보다 더 진짜같이 만들어진 중국산이었다. 자기가 직접 먹어보기는 찜찜했다. 샌드백 아줌마한테 먹이기도 찜찜했다. 순대를 대주는 총각한테 한 알 줘봤다. 순대를 주문한 것도 아닌데 다음날 총각이 또 찾아왔다.

깔따구가 비아그라 공급책이라는 건 명왕3동 남자들 사이에서 공공연한 비밀이었다. 처음에는 광고 차원에서 한 알씩 그냥 돌렸다. 처음이 어렵지 일단 먹어보면 다시 찾게 되어 있었다. 모든 일에 의심이 많은 쌍용슈퍼 아저씨도 지금은 깔따구의 단골이 되었다. 쌍용슈퍼가 단골이 될 정도면 삼촌과 나 빼고 명왕3동의 남자들이 모두 넘어갔다는 말이었다. 깔따구는 고객들의 의견을 받아들여 중국산 '비야구라' 대신 정품 비아그라를 쓰기로 했다. 값이 몇 배 뛴 대신 안심하고 쓸 수 있었다. 깔따구는 시내로 나가 의원 몇 군데를 돌며 처방전을 받은 다음 약을 사모았다. 태평양약국으로는 절대 사러 오지 않았다. 아무리 깔따구라지만 그 정도의 상도덕은 지킬 줄 알았다. 사모은 비아그라는 두 배를 받고 팔았다. 한번에 두 알 이상은 주지 않았다. 요즈음에는 한 단계 더 발전했다. 비아그라는 50밀리그램짜리와 100밀리그램짜리가 있다. 50짜리 두 알을 사는 것보다 100짜리 한 알을 사는 것이 싸다. 깔따구는 100짜리 비아그라를 사모은 뒤 부엌칼로 반으로 잘랐다. 칼질 한 번으로 깔따구는 50짜리 때보다 짤짤하게 남겼다. 깔따구의 비아그라가 명왕3동의 밤을 위해서만 쓰이는 것은 아니었다. 우포순댓국 건물 주인남자한테 뇌물용으로 건네지기도 했다. 깔따구는 두 달 전부터 월세를 전달할 때 비아그라도 끼워서 주었다. 깔따구는 그것을 '약을 쳐둔다'라고 표현했다. 다 그럴 필요가 있다는 거였다.

오늘 깔따구는 세탁소 아저씨랑 한잔했다. 순대 한 접시에 소주로 1차, 2차는 치킨집에서, 3차는 자리를 옮겨 두 정거장 떨어진 꼼장엇집에서 했다. 1차에서 비아그라와 돈이 교환되었고, 2차에서 비아그라 판 돈이 다시 나갔고, 3차에서 샌드백 아줌마한테 뜯어간 돈이 모두 나갔다. 세탁소랑 술을 마시면 완벽하게 주머니 세탁이 되었다.

비틀거리며 돌아오는 길, 소주와 맥주와 다시 소주가 깔따구를 경지에 올려놓았다. 세탁소는 깔따구한테 물리지 않으려고 두 발짝 떨어진 곳에서 비틀거리며 따라왔다. 오줌을 눌 때도 꼭 두 발짝을 유지했다. 세탁소와 깔따구는 쌍용슈퍼 담벼락에 나란히 서서 볼일을 봤다. 세탁소는 곁눈으로 깔따구의 아랫도리를 훔쳐보았다. 순대꽁지만한 물건에서 오줌 몇 방울이 끊겼다 이어졌다 했다. 정말 깔따구 거시기는 깔따구만하구나, 세탁소는 웃음이 터지려고 해 헛기침을 했다. 비아그라가 아니라 비아그라 할아버지가 오신대도 어찌해볼 수 없는 물건이었다. 마지막 한 방울까지 알뜰히 떨어낸 세탁소는 깔따구 물건이랑 자기 물건이랑 바뀔까봐 얼른 지퍼를 올렸다. 그러고는 잠귀 밝은 골목 사람이면 누구나 들을 정도로 크게 떠들었다.

"근디 형님, 나는 쌍용슈퍼 김가를 이해할 수가 읎어. 갸는 뭐 할라고 약을 먹는데? 왜 비싼 약 먹고 마누라한테 힘을 쓰냐고. 마누라한티 힘쓸 거면 뭐하러 먹어. 도다지 이해할 수가 읎어."

여기까지가 새벽 3시 10분 전.

이번 싸움은 새벽 3시에 시작되었다. 정확히 말하자면 싸움도 아니었다. 3차까지 마치고 온 깔따구가 더듬거리다 샌드백 아줌마 발에 걸려 넘어졌다. 습관대로 말보다 발이 먼저 튀어나갔다. 샌드백 아줌마는 누운 채로 이리저리 몸을 돌려가며 몇 대 맞아주었다. 이제는 일어나 앉는 것도 귀찮았다. 아줌마가 반응을 보이지 않자 깔따구는 아줌마 위에 털썩 엎어져 이빨을 들이댔다. 3차 때문에 이빨에 힘이 들어가지 않았다. 이빨은 샌드백 아줌마의 살은 물지도 못하고 메리야스만 물었다 놓았다 했다. 그러고는 그대로 꼬꾸라졌다.

샌드백 아줌마는 메리야스에 달라붙은 깔따구를 털어내고 일어나 앉았다. 깔따구는 벌써 코를 골고 있었다. 한참 동안 깔따구의 얼굴을 내려다보다가 샌드백 아줌마는 소리를 죽이고 비디오를 틀었다. 아줌마의 유일한 취미는 권투경기 시청이었다. 채플린 비디오가게에 부탁해 권투경기가 나오는 비디오는 거의 다 보았다. 실제 권투경기도 녹화할 수 있는 것은 부탁해 구했다. 아마추어, 프로, 남녀, 체급 가리지 않고 다 좋았다. 손님이 없으면 낮에도 식당 구석에 있는 비디오기에 테이프를 넣고 돌렸다.

1965년 5월 25일.

그러니까 45년 전 오늘, 비디오 속에서 알리와 그의 라이벌, 핵펀치 소니 리스턴이 한판 벌이고 있다. 흰 팬즈를 입은 알리, 링 주변을 둘러싼 사진기자들, 터지는 플래시, 일어서는 관중들. 화면 속의 알리는 젊고 아름답다. 잽, 잽, 알리의 오른손 주먹이 소니 리스턴의 얼굴을 향해 나간다. 소니 리스턴이 살짝 고개를 틀어 피한다. 뻗어나간 팔과 뒤로 물러서며 피하는 얼굴 모두 매혹적이다. 링 위에서의 시간은 물 흐르듯 부드럽게 흘러간다. 알리와 라이벌의 스텝은 발레리노의 그것처럼 가볍다. 둘은 남자의 스텝이 그렇게 우아할 수 있다는 것을 완벽하게 보여주었다. 알리는 춤추듯 다가가 주먹 한 방으로 라이벌을 깨끗하게 눕힌다.

샌드백 아줌마는 사람의 주먹이 그렇게 우아하게 뻗어나갈 수 있다는 걸 알리와 소니 리스턴의 경기를 볼 때마다 느꼈다. 목표물을 향한 정확한 잽과 지구라도 부숴버릴 것처럼 밑으로부터 파고드는 어퍼컷. 거기에 비하면 1986년 11월에 붙은 마이크 타이슨과 트레버 버빅은 주먹의 우아함을 보여주지 못했다. 주먹이 얼마나 센가만 보여주었다.

깔따구가 몇 번 뒤척이다 다시 잠잠해졌다. 깔따구가 깰까봐 샌드백 아줌마는 브라운관을 손바닥으로 가렸다. 손가락 사이로 빠져나온 빛이 깔따구의 얼굴을 푸르스름하게 만들었다. 아줌마는 알리가 소니 리스턴의 얼굴에 날렸던 것처럼 깔따구 얼굴 위로 훅을 날리는 시늉을 해보았다. 샌드백 아줌마의 왼손은 깔따구의 턱을 완전히 부수어버릴 수도 있었다. 깔따구가 뒤척였다. 샌드백 아줌마는 얼른 비디오를 껐다.

그 밤, 뉴호라이즌스호는 목성의 아름다운 달 유로파를 스쳐지나, 토성의 고리를 지나, 명왕성을 향해 날아가는 중이었다. 샌드백 아줌마는 탐사선이 그리는 궤도처럼 우아하게 다시 한번 레프

트 훅을 날렸다.

그 밤, 우주에서 가장 우아한 주먹, 샌드백 아줌마의 왼손.

아줌마의 주먹이 대기권을 뚫고 날아올라 깜깜한 우주 멀리 포물선을 그리며 날아갔다.

비보잉, 그 참을 수 없는

밤새, 샌드백 아줌마의 우아한 주먹은 깜깜한 우주를 날고 밤새, 명왕3동 골짜기에서는 표범이 울었다. 사람들은 자주 뒤척였다. 우리 집 창가에서 서성이다 돌아가는 삼촌도 킬리만자로의 표범처럼 울고 싶었다. 김약사는 새벽마다 삼촌의 기척에 설핏 잠에서 깨었다가 다시 잠이 들었다. 나는 또 집 한 채가 날아가는 꿈을 꾸었고 언제부턴가 잠귀가 밝아진 엄마는 골목을 내려가는 삼촌의 발소리가 들리지 않을 때까지 귀를 기울였다. 발소리만으로도 삼촌에 대해 알 것 같다가 돌아누우면 하나도 아는 게 없었다.

삼촌과 나는 다시 친구가 되었다. 그러니까 나는…… 삼촌의 애정 문제와 나와의 우정을 분리해서 볼 수 있는 정도의 판단력은 지니고 있었다. 삼촌이 누구를 사랑하든 그건 삼촌의 사생활이었다. 그 대상이 우리 엄마여서 문제가 복잡한 건 사실이다. 삼촌과 엄마가 사랑하면 그건 삼촌의 사생활이자 곧 나의 사생활이기도 하니까. 하지만 현명한 엄마는 삼촌의 짝사랑이 짝사랑이게 해주었다.

짝사랑도 서러운데 나까지 삼촌을 서럽게 하고 싶지 않았다. 나는 다시 삼촌과 만나주었다. 내가 김약사를 짝사랑한다면 삼촌도 나처럼 해주었을 것이다.

삼촌과 나는 우정을 회복했지만 오늘도 비보이와 킬리만자로의 표범은 대치중이었다. 킬리만자로의 표범은 자신의 아들을 단군 탄생 이래 제일 쓸데없는 인간으로 결론지었다. 김약사가 말했었다. 사람의 연골의 양은 태어날 때 이미 정해져 있다고. 그걸 평생 나누어 써야 하는데 저렇게 꺾고, 돌리고, 물구나무서느라 몇 년 사이에 다 써버리겠다고 작정한 아들을 킬리만자로의 표범은 이해할 수 없었다. 그 연골을 좋은 데나 쓴다면 어떻게든 이해해보겠다. 하지만 아무리 생각하고 생각해도 그건 춤이 아니었다.

"자퇴서 낸 건 니 마음대로 했잖냐. 니가 사람 자식이라면 이제는 부모 말도 들어라."

킬리만자로의 표범은 그렇게 못을 박았다. 그렇다고 울화가 가라앉는 건 아니었다. 하는 수 없이 술로 달래야 했다. 술이 사람 자식보다 천 배는 나았다. 술 마시니 노래를 부르지 않을 수 없다. 비보이의 자퇴서 이후 쭈우욱, 3일에 한 번꼴로 명왕3동에는 킬리만자로의 표범이 출몰했다. 명왕3동 주민들은 짜증을 내며 깨었다가 노래를 따라 부르며 다시 잠이 들었다. 가로등, 세탁소 뒤 텃밭 호박잎, 그 속으로 숨어드는 고양이도 따라 불렀다.

비보이 어머니의 편두통은 더 심해져갔다. 한번 편두통이 찾아오면 몇 시간 동안 계속됐다. 목구멍에 손가락을 넣어 억지로 토하고 나면 조금 가라앉았다. 비보이는 당장이라도 집을 나가고 싶었지만 엄마 때문에 참았다. 언제까지 참을 수 있을지는 알 수 없었다.

비보이 어머니의 편두통이 심해져가는 것과 보조를 맞춰 삼촌과 엄마에 대한 소문도 강력해져갔다. 삼촌의 짝사랑이 명왕3동의 마지막 짝사랑이 될지도 모른다고 암묵적으로 공유한 주민들은 소문에 더 집착했다. 아무튼 잠시라도 일구사오를 잊고 싶은 것이었다. 명왕3동은 세 패로 나뉘었다. 삼촌과 엄마의 연애가 말도 안 된다는 측에 김약사와 엄마와 나, 말이 된다는 측에 녹두장군, 샌드백, 세탁소, 슈퍼가 있었다. 정육점 아줌마는 여론 수렴에는 적극적이었지만 가방끈에 관한 묘한 감정 때문에 입장 정리를 하지 못하고 있었다. 용만 아저씨는 그저 착잡한 표정이었고 킬리만자로의 표범은 가정사 때문에 신경 쓸 여력이 없었다 .

아줌마들이 슈퍼 파라솔 아래서 수다를 떨고 있었다. 편두통 약을 사러 나온 비보이는 모자를 눌러쓰고 그 옆을 지나쳤다. 다른 때 같았으면 아줌마들 중 하나가 비보이를 불렀을 것이다. 하지만 삼촌과 데릴라 얘기에 빠져 비보이를 그냥 보내주었다.

약을 사들고 나오던 비보이는 약국 건너편 공작나무를 바라보았다. 늘 그 자리에 있는 나무라 신기할 것도 없는데 그날은 어쩐지 느낌이 달랐다. 반쪽에만 잎을 달고 서 있는 나무가 지금까지 누구도 선보인 적 없는 비보잉 자세를 하고 있는 것처럼 보였다. 머리를 땅에 박은 채 몸의 반쪽만 이용하는 고난도의 비보잉.

다음날부터 비보이는 나무 위로 올라갔다. 아침 일찍 올라가 밤이면 내려왔다. 다음날이면 또 올라갔다. 나무 중턱에 걸터앉은 비보이를 올려다보면 취학통지서를 피해 지붕 위로 올라간 내 모습이 떠올랐다. 코코넛 지붕 위로 올라간 외할아버지도 떠올랐다. 높은 곳에 올라가는 사람들끼리는 통하는 게 있다. 비보이가 친형처럼 느껴졌다.

킬리만자로의 표범은 나무 아래서 으르렁거리다 돌아갔다. 나무 위로 올라가 끌어내리고 싶지만, 자기가 나무에 발을 딛고 올라가면 비보이도 더 위로, 위로 올라갈 거라는 걸 알고 있었다. 나무 꼭대기까지 쫓겨 올라가다 더 올라갈 곳이 없으면…… 킬리만자로의 표범은 쉰 목에 용각산을 털어넣고 나무 아래를 떠날 수밖에 없었다.

비보이가 나무 위로 올라간 뒤 그에 대한 수다가 삼촌에 대한 수다를 잠시 누르고 1위로 올라섰다. 골목은 또 두 패로 나뉘었다. 비보이 패, 표범 패. 비보이는 자기 때문에 골목이 시끄러워지자 당황했다. 얼른 골목이 자기를 잊어주기를 바랐다. 비보이의 바람대로 얼마 후 골목은 나무 위의 그를 잊어버렸다. 비보이 문제는 청소년 문제였고 삼촌 문제는 연애 문제였다. 아무래도 청소년 문제보다는 연애 문제에 더 구미가 당겼다. 사람들은 비보이를 나무에 걸린 바람 빠진 풍선쯤으로 봐넘겼다. 이번에도 역시 잊지 않고 나무 위를 올려다보며 잔소리를 하는 사람은 팽할머니뿐이었다.

"내려와, 이눔아. 꿈자리 사나워."

팽할머니 눈에는 거꾸로 매달려 대롱거리는 비보이가 나뭇가지에 걸린 시체로 보였다.

"내 평생 큰물을 세 번 만났어. 나무 꼭대기까지 잠긴 것이 세 번 인디…… 물같이 무서운 것이 없어. 뭐든지 쓸어가버리잖어. 안 떠 내려오는 것이 없어. 소, 돼지, 닭, 장롱, 냉장고. 집도 떠내려온디 사람이라고 안 떠내려오겠어? 바다까지 떠내려가버린 것도 있고 중간에 어디 걸린 것도 있고. 물 빠지고 나면 큰 나무에 별의별 것 이 다 걸려 있어. 한 나무에 사람이 셋이나 거꾸로 걸려 있는 것도 봤어. 이눔아, 왜 죽은 사람 시늉을 내고 나무에 걸려 있어?"

오지랖 넓은 용만 아저씨는 나무 밑을 지날 때마다 응원의 한마 디를 잊지 않았다.

"어이, 좆만이, 내려오지 말어. 내려와봤자 더 고달퍼. 아주 거기 서 쭈우욱 살어. 보이스 비 엠비시. 알겠지?"

비보이가 나무에 걸려 대롱거리는 사이 6월이 되었다. 나무 그림 자가 물에 젖은 것처럼 짙어졌다. 여전히 삼촌은 엄마에게 저어기 요, 말고는 아무 말도 하지 못하고 있었다. 한동안 나에게 까칠했 던 김약사도 예전처럼 친절해졌다. 내가 자기 편이라는 걸 알아챈 것이다. 그렇긴 한데…… 김약사의 입장은 나와 약간 달랐다. 내가 일관되게 삼촌과 데릴라의 연애를 반대한다면 김약사는 약간 갈팡 질팡했다. 쌤봉이다 싶다가도 마음고생하는 삼촌이 불쌍했다. 아 휴, 그러길래 왜 그런 걸 시작해가지고.

두 시간 전쯤 김약사는 삼촌과 나에게 약국을 맡기고 약사회의에 갔다. 우리는 나란히 서서 카운터에 턱을 괴고 공작나무를 바라 보았다. 비보이가 나무 위에서 연습을 하고 있었다. 나뭇가지에 거 꾸로 매달렸다가 한쪽 다리는 가지에 걸고 다른 다리는 목 뒤로 꺾 는 동작을 해 보였다. 제일 멋진 동작은 공작나무처럼 한 손으로 물구나무서서 도는 거였다.

노란색 기사복 차림으로 용만 아저씨가 들어왔다. 기분이 가라 앉아 보였다.

"일 나가시는 거예요?"

"이……잉."

삼촌 물음에 용만 아저씨는 나를 힐끗 보며 기운 없이 대답했다.

"어디 아프세요?"

"아프긴, 구론산이나 한 병 줘. 알약 하나하고."

용만 아저씨는 삼촌이 꺼내온 구론산을 반절쯤 마신 다음 혼잣 말처럼 중얼거렸다.

"쩌어기, 진작에 소문 들었어. 삼촌이 누구 좋아헌다고……"

얼굴이 붉어진 삼촌이 나를 한 번 쳐다본 뒤 안경테만 만지작거 렸다.

"그러니께, 그게…… 잘해봐야지, 어차피 인생은 엔조이잖애. 내가 봐도 사람은 괜찮은 것 같더라고…… 나야 뭐, 말 한 번도 안 해봤지만……"

삼촌은 그제야 용만 아저씨가 데릴라를 좋아했었다는 소문을 들 은 것이 기억났다. 순간적으로 삼촌 머릿속이 복잡해졌다. 그러니까 지금 이 관계를 뭐라고 해야 하나. 사실 자기 처지나 용만씨 처지나 다를 게 없었다. 차라리 먼저 거절당한 용만씨 처지가 나은 건지도 몰랐다. 용만 아저씨는 천 원짜리를 카운터 위에 올려놓고 나갔다.

"잔돈 가져가세요."

삼촌 말에 용만 아저씨는 뒤도 돌아보지 않은 채 왼손을 흔들어 주었다. 그 순간 용만 아저씨는 아무리 봐도 자기가 너무 멋졌다. 사랑과 우정 사이에서 멋지게 우정을 향해 손 흔들어주는 사나이의 뒷모습. 어차피 인생은 엔조이니께.

용만 아저씨가 간 뒤 나와 삼촌은 약간 어색해졌다. 서로 아무 말 없이 밖을 바라보았다. 춤 연습을 멈춘 비보이는 배고픈 표범처럼 축 늘어진 몸을 나무둥치에 걸치고 있었다. 나뭇잎도 흔들리지 않고 나무 그림자도 움직이지 않았다. 비보이는 먼 데를 바라보고 있었다. 먼 데를 바라보기에는 역시 오후 3시가 딱이었다.

"민수야."

삼촌이 나지막이 나를 불렀다. 나는 삼촌을 올려다보았다. 삼촌 눈빛이 고요했다. 곤란한 부탁을 하면 어쩌지? 엄마에 관한 걸로 말이야.

"자, 눈을 감아봐. 그리고 푸른 바다를 떠올려봐. 지중해처럼 푸른 바다 말이야."

곤란한 부탁이 아니어서 다행이었다. 하지만 지중해를 본 적이 없어 어떤 바다를 떠올려야 할지 몰랐다. 목에 걸린 청진기가 살짝 말해주었다.

'텔레비전에서 본 거 있잖아.'

나는 눈을 감고 청진기가 말한 대로 했다.

"그렇지. 그렇게 감고 있어. 자, 지금 우리 눈앞에는 아주 새파란 바다가 펼쳐져 있어. 머리 위에서는 뜨거운 태양이 내리쬐고 있지. 너도 언젠가 지중해의 태양이 얼마나 뜨거운지 알게 될 거야. 절벽의 바위들을 하얗게 부숴뜨려버릴 정도로 뜨겁지."

나는 수면에서 반사되는 햇빛 때문에 눈이 부셔 살짝 눈을 떴다. 삼촌도 그런지 눈을 가늘게 뜨고 있었다. 비보이는 여전히 먼 데를 바라보고 있었다.

"어부를 아버지로 둔 지중해의 소년들은 학교에 가는 대신 바닷가 절벽에 올라가야 해. 바다를 바라보는 것이 그 아이들의 일이거든."

절벽으로 올라가는 아이들이 보였다. 붉은 절벽은 까마득하게 높았다. 그 아래로 펼쳐진 건 온통 짙푸른 바다뿐이었다.

"아이들은 바다에서 뭔가 나타나기를 기다리고 있어. 바로 청어 떼야. 눈이 부신 것을 참고 기다리는 건 청어 떼, 바다처럼 등이 푸른 물고기야. 한순간도 바다에서 눈을 떼면 안 돼. 일주일 동안 고생하고 허탕 칠 수도 있거든. 그때 한 아이가 무언가 발견했어. 수면 바로 아래에서 아주 커다란 그림자가 해안 쪽을 향해 빠르게 밀려오고 있었어. 바닷물이 온통 시커멓게 보일 정도야. 청어 떼였어. 아이는 눈을 비비며 목이 터져라 외치는 거야.

청어 떼다아!

그 소리를 신호로 절벽 위의 아이들은 일제히 가지고 있던 종을 정신없이 흔들어대. 마을에 이 사실을 알려야 하니까. 청어 떼가 해안에서 사라지기 전에 얼른 그물을 던져야 하거든. 정말 어마어마하게 큰 그림자야. 생각해봐. 그 푸른 지중해 전체가 커다란 청어 한 마리가 되어 헤엄쳐오는 장면을 말이야. 소년들은 마을을 향해 외쳐대지.

청어 떼다아앗!"

삼촌은 자기 이야기에 흠뻑 빠져 있었다. 내 귓속으로 지중해의 소년들이 흔들어대는 종소리가 울려퍼졌다.

청어 떼다앗!

검게 탄 어부들이 청어 떼를 향해 그물을 던진다. 등 푸른 물고기들이 파닥거리며 튀어오른다.

"그런 일로 몇 대를 내려오면, 그 후손들 중에는 시력 6.0을 가진 사람이 나오기도 한대. 나는 양쪽 다 합쳐도 1.0이 안 되는데 말이지. 햇빛을 뚫고 먼 바다를 바라보는 일을 하느라 후손들의 눈이 그렇게 진화한 거야. 멋있지 않아? 지중해가 사람의 눈을 그렇게 바꾸어놓을 수도 있다는 거 말야."

김약사가 돌아와 우리의 청어잡이는 끝이 났다. 아이를 안은 아줌마가 처방전을 들고 왔다. 분쇄기에서 분홍색 알약이 딸기향 나는 가루로 변해가는 동안 삼촌과 나는 밖으로 나왔다. 안에서 볼 때보다 햇빛이 더 쨍쨍했다. 쨍쨍한 햇빛 아래서 어쩐지 삼촌이 울

적해 보였다. 갑자기 짝사랑, 그것 참, 되게 쓸쓸한 거라는 생각이 들었다. 밤마다 삼촌이 창문 밖에서 서성여도 엄마는 깊이 잠수해 버린 청어처럼 꿈쩍도 않고……

쏟아지는 햇볕에 정수리는 뜨거운데 등에 자잘한 소름이 돋았다. 삼촌과 나는 나무 그늘로 들어섰다. 비보이는 자기가 지중해의 소년들을 흉내내고 있다는 것도 모른 채 여전히 목을 길게 빼고 있었다. 그래봤자 지중해의 푸른 물결 대신 유리궁전의 번쩍거리는 유리창들만 보일 텐데. 저러다가 언젠가는 비보이의 후손 중에서도 시력 6.0을 자랑하는 눈알이 나올 것이다.

"뭐가 좀 보여?"

삼촌이 나무 위를 올려다보며 물었다.

"……"

비보이는 아무 대답이 없었다. 푸른 돌멩이 하나가 깊은 바닷속으로 가라앉는 것 같은 한낮이었다. 바람이 나뭇잎을 건드리고 갔다. 비보이 그림자가 함께 흔들렸다.

"뭐가 좀 보여?"

삼촌이 다시 물었다. 비보이는 멀리 지중해의 수평선을 바라보며 목이 터져라 외쳤다. 킬리만자로의 표범처럼 쉬고 갈라진 목소리였다.

"아무것도 보이질 않는다고요!"

니들이 홍범도 장군을 알어?

아무것도 본 게 없다느니, 지금 보고 있지 않았냐느니 하는 실랑이로 골목이 시끄러웠다. 팽할머니가 대문 틈으로 세탁소 안집을 들여다보고 있다가 세탁소 아줌마한테 들킨 것이다.

"방금 보고 계셨잖아요."

"보긴 뭘 봤다 그래. 눈만 갖다 댔지 아무것도 안 봤어."

"그러니까 왜 남의 집을 엿보냐구요."

"엿보기는 뭘 엿봐! 먹고 죽을 엿도 없고만."

팽할머니 고함 소리에 가게 안에 있던 사람들이 골목으로 목만 빼놓았다. 바깥으로 나오는 사람은 없었다. 팽할머니한테 걸려들기 싫은 거였다. 쌍용슈퍼 아줌마가 아이스크림통에 은박돗자리를 씌우러 나온 척하면서 세탁소 아줌마에게 눈짓을 했다. 그만하라는 신호였다. 팽할머니와 붙어서 좋을 게 하나도 없었다. 팽할머니는 명왕3동에서 가장 경제적으로 욕을 하는 사람이었다. 상대방의 급소를 정확히 찌르고 빠질 줄 알았다. 일단 팽할머니의 거미줄에 걸렸다 하면 아무도 빠져나가지 못한다.

"집 안에 금 덩어리를 숨겨놨남, 왜 그렇게 벌벌 떨어?"

"떨긴 누가 떤다고 그래요. 숨겨놓을 금 덩어리라도 있었으믄 좋겠네."

쌍용슈퍼가 말렸을 때 그만했어야 하는데 세탁소 아줌마는 한마디 더 하고 말았다.

"다음부턴 그러지 마세요."

불쌍한 세탁소. 세탁소 아줌마는 팽할머니 거미줄에 걸려들고 말았다. 팽할머니는 이번에는 욕 대신 노래로 해치워버린다.

"쥐구멍 속에서 쥐 한 마리가

고양이 간장을 다 녹이는데

여어자로 태어나서

나암자 간장 하나 못 녹이누나."

팽할머니 목소리가 짜랑짜랑 울렸다. 세탁소 아저씨가 밖으로만 도는 것은 모두 다 아는 사실이었다. 세탁소 아줌마는 고개를 숙이고 가게로 들어가버렸다. 가게 밖으로 나와 있던 목들도 키득거리며 쏘옥 들어갔다.

골목에는 팽할머니와 카트와 나와 청진기만 남았다. 세탁소 담벼락에 길게 누운 카트 그림자가 4B연필로 그린 것처럼 선명했다. 팽할머니는 카트 밑에 쪼그리고 앉았다. 나도 그 옆에 앉았다. 할머니는 '헨젤과 그레텔'에 나오는 마귀할멈처럼 생겼다. 그래도 나는 할머니가 하나도 무섭지 않았다. 나의 청진기에 가끔 할머니의 울음소리가 잡히기 때문이었다. 마귀할멈이라면 그렇게 깊은 밤에 그렇게 혼자 흐느끼지는 않을 것이다. 나는 청진기로 할머니 어깨와 다리를 만져주었다.

"으이구, 시원허다."

할머니가 시커먼 입속이 다 보이게 웃었다.

"이야기 하나 해줄까? 녹두장군인지 뭔지 그 인종이 허는 거짓말 말고. 장군이라고 다 똑같은 장군이간?"

또 그 홍범도 장군 이야기일 것이다. 팽할머니가 무당이었을 때 모셨다는 홍범도 장군 말이다. 몇 번이나 들은 얘기였다. 그래도 나는 팽할머니가 무안해할까봐 고개를 끄덕였다.

"무당 노릇허고 싶은 사람이 어딨어. 나도 안 해보려고 무진 뺐지. 우리 친정어무니, 외할무니 다 그 일을 했지만 나는 죽어도 그 일만은 안 허고 싶었어. 몇 년 동안 안 아픈 데가 없이 몸이 쑤셔댔어. 작두로 자근자근 쪼아놓은 것같이 손가락, 발가락, 사지육신이 안 아픈 데가 없었어. 용하다는 데 가서 물어보면 수염 허연 노인 두 양반이 내 양쪽 어깨에 앉아 있다는 거여. 잡신이지. 두 양반이 사이가 좋으면 괜찮은데 날이면 날마다 싸워. 내 어깨 위에서. 그러니 나만 죽어났지.

어느 날, 홍범도 장군이 날 찾아왔어. 내가 홍범도가 누군지 어떻게 알아. 홍도는 들어봤어도 홍범도는 첨 들었지. 처음 보는 양반이 밤이면 밤마다 꿈속에 찾아오드라고. 와서 하는 말이,

내가 노서아의 호랑이 홍범도다!

노서아가 소련인 줄 그때는 알았간? 밤이면 밤마다 그 양반 찾아와 자기 살아온 이야기를 하는데, 꿈꾸다 말고 꿈인지 생시인지, 그렇게 울어보기는 그때가 처음이네. 울면서도 노서아가 어딘지, 연해주가 어디 붙었는지 알기나 했나. 있다니까 있는 줄 알지.

우리 장군님, 노서아에서 일본 놈 때려잡는 호랑이라고 이름을 날렸지. 연해주에서 때를 노리고 있다가 압록강, 두만강 얼어붙으

면 강을 건너와 일본 놈 부대를 작살내줬어. 얼어붙은 강을 건너왔으니 춘삼월 얼음 녹기 전에 다시 강을 건너 돌아가야 했지. 밥이 있었어, 뜨듯한 옷이 있었어, 양말 한 짝이 있었겠냐.

그렇게 싸웠으면 뭐허나. 해방이 되었어도 돌아올 길이 없었지. 말년에는 오도 가도 못 하고 노서아에 남아 극장 문지기 노릇을 했으니……

한번은 그 양반이 문지기로 있던 극장에 영화가 걸렸는데, 그 영화가 무슨 영화냐 하면 일본 놈 때려잡는 호랑이, 홍범도 장군의 일생을 그린 영화였단다. 극장 앞에 늙은 문지기가 그 장군이라고 어느 누가 생각이나 했겠어. 그때 얘기를 들으면서 밤이면 밤마다 꿈속에서 나도 울고 장군도 울고.

그래도 못 받는다고 했지. 왜 하필 나를 찾아와 그런 얘기를 허시느냐. 다른 데로 가보시라. 그 양반 불쌍한 건 불쌍해도 무당 노릇은 죽어도 싫었어. 몇 달을 누가 자근자근 밟아놓은 것처럼 온몸이 아파오더라. 장군을 안 받으면 내가 죽겠어. 어떻게 해. 죽기보단 사는 게 쉽지.

내 어깨에 올라타고 있던 잡신들은 장군 무서워 일찌감치 도망을 가버렸어. 그러니 아픈 것이 싹 가시더라고. 나 아픈 것 낫게 해줬으니 한 30년 잘 모셔드렸지. 세상 일이 다 그렇지. 내가 무당 노릇헐 줄 누가 알았겠냐. 홍범도 장군이 극장 앞 문지기 노릇헐 줄은 누가 알았겠냐.

에구, 나이 들고 나니께 그 짓도 더 못 허겠더라. 30년 넘게 어깨

위에 앉아 있던 장군, 좋은 날 잡아 보내드렸다. 얼음 안 풀린 정이
월에. 얼음 녹기 전에 얼른 강 건너가시라고."

팽할머니가 자리에서 일어섰다. 카트가 아직 반도 차지 않았다.
카트를 다 채우려면 골목을 몇 바퀴 더 돌아야 한다.

팽할머니의 카트가 시속 3백 킬로미터로 명왕3동 골목을 내려갔
다. 할머니 목소리가 메아리 되어 골목에 울렸다.

"니들이 우리 범도 장군님을 알어?"

압둘 두바이

홍범도 장군한테 비교하면 장군도 아닌 장군이 비틀거리며 올라
오고 있었다. 2보 전진에 1보 후퇴, 왼쪽으로 한 발짝에 오른쪽으
로 두 발짝. 장군 다리가 움직이는 것이 아니라 골목길이 가랑이
사이로 빠져나갔다. 술 담은 가죽 부대처럼 한 발짝 움직일 때마다
장군 몸에서 찰랑찰랑 소리가 났다. 장군이 내뿜는 술 냄새에 텃밭
의 새파랗던 방울토마토가 금세 불그스름해졌다.

장군이 골목을 올라오는 동안 삼촌은 우리 집 창문 앞에서 서성
이고 있었다. 40일째였다. 요즈음 명왕3동의 최대 관심사는 창문
이 언제 열리는가였다. 오늘 열린다, 안 열린다로 내기를 하는 사
람도 있었다. 사랑과 우정 사이에서 멋지게 우정을 선택한 용만 아
저씨는 확신에 찬 목소리로 삼촌을 위로했다.

"언젠가는 열릴 껴. 열리라고 만들었은게 문이여, 안 열리면 문이간? 벽이지."

엄마는 내가 양치질하고 잠옷으로 갈아입는 동안 방을 정리하고 이부자리를 폈다. 나는 청진기를 건 채 자리에 누웠다. 엄마는 내가 완전히 잠들 때까지 청진기를 벗기지 않는다. 조금만 손을 대도 내가 기가 막히게 알아채기 때문이었다. 엄마는 불을 끄고 옆에 누워 타갈로그어 자장가를 불러주었다. 막내이모를 재울 때도 불렀던 자장가였다. 빗소리처럼 타갈로그어에도 수면제가 묻어 있는지 나는 곧 잠이 들었다. 창문에 불이 꺼진 순간 삼촌은 저 안에 데릴라가 있다는 안도감과 오늘도 창문이 열리지 않았다는 쓸쓸함을 동시에 느꼈다. 엄마는 스케치북만한 크기로 공중에 떠 있는 창문을 바라보았다. 엄마와 삼촌 사이에 창문이 있었다.

골목 아래에서 누군가 올라오고 있었다. 삼촌은 얼른 계단 아래로 숨었다. 창문 앞에 있다 들키는 게 유쾌한 일은 아니었다. 다행히 골목을 올라오는 그림자는 녹두장군이었다. 장군이라면 괜찮았다. 삼촌은 머리를 긁적이며 장군 앞으로 나섰다. 장군은 눈에 힘을 주어 장애물을 바라보았다. 비쩍 마른 몸에 검은 뿔테 안경, 구부정한 어깨. 샴푸의 요정한테 빠진 삼촌이었다. 장군은 계면쩍어하는 삼촌과 굳게 닫힌 우리 집 창문을 번갈아 보다가 창문 앞에 주저앉았다. 삼촌도 따라 앉았다. 장군은 벌써 이야기를 시작하고 있었다. 깊이 잠든 나 대신 내 옆에 누워 있는 샴푸의 요정과 창밖의 삼촌이 이야기를 함께 들었다.

달이 구름에 걸려, 구름이 달에 걸려, 가지도 오지도 못하고, 나
타났다 사라졌다, 다시 나타나는 밤이었어. 수수밭에서부터 시작
해 산 열두 개를 넘고 물 열두 개를 건너왔어. 코끼리 조련사와 헤
어진 지도 까마득했지. 가도 가도 내가 찾는 마을은 나타나질 않았
어. 얼마를 걸으니 뽕나무 하나가 보이는 거야. 몇십 년은 됐는지
구불구불 옹이 박힌 가지에 뽕잎 몇 개 달랑거리고 있었지. 나무
아래를 살펴보니 바닥이 불그스름해. 오디가 떨어져 그런 거야. 그
나무가 그렇게 반가울 수 없었어. 열매도 열매지만 뽕나무가 있으
니 근처 어디 마을이 있다는 거 아냐. 오디로 배를 채우고 또 한참
을 걸었어. 밤이 이슥해지도록 마을은 보이지 않았지만 뽕나무만
믿었지. 그러면 그렇지, 얼마를 걸어가자 개 짖는 소리가 들려왔
어. 또 얼마를 걸어가자 저 멀리 반짝이는 불빛 덩어리가 보였어.
혹시 내가 찾는 마을인가 해서 부리나케 걸었어. 꽤 큰 유곽이 있
는 도시인지 술 냄새, 분 냄새가 멀리서부터 진동을 했어.

홍등 걸린 거리를 지나 어디 잘 만한 데를 찾아 두리번거리며 걸
었지. 얼마를 걸어가자 허름한 여인숙이 하나 나타났어. 가진 돈은
없지만 무작정 들어갔지. 운이 좋으면 합숙할 기회를 얻을 수도 있
으니까. 방이 다 찼는지 아무리 인기척을 내도 주인은 내다보지 않
는 거야. 방마다 코 고는 소리가 요란했어. 마당 귀퉁이에서리도
자고 가려고 서성이는데 방문 하나가 조용히 열리더구만.

대식국(아라비아) 사람인 거야. 흰 천으로 머리를 돌돌 감아 뒤

리를 튼 것이 대식국 사람이 분명했어. 대식국 사람들이 손님 잘 대접하는 건, 소문 들어 알고 있었지. 그래도 막상 들어오라고 손짓하는데 선뜻 들어가기가 좀 그랬지. 시커먼 눈썹과 시커먼 수염이 눈 코 입만 빼고 빼곡했어. 그 사람이 다시 안으로 들어오라는 손짓을 했어. 에이, 설마 잡아먹히기야 하겠나 싶어 들어갔지. 떠돌아다니면서 별별 사람 다 만나보았지만 대식국 사람이랑 같은 천장 아래 앉아보기는 처음이었지. 허리를 굽혀 고맙다는 표시를 하고 대충 훑어보니 그 사람 처지나 내 처지나 비슷해 보였어. 무슨 남자가 속눈썹은 또 그리 긴지…… 나한테 잡아먹혔으면 먹혔지, 잡아먹을 눈은 아니더라고.

압둘 두바이라고 그러데. 나도 내 이름을 알려주었어. 나이도 물을까 하다 그만뒀지. 나이는 알아 뭐해. 내 짐작으로는…… 종잡을 수 없었지 뭐. 워낙 얼굴을 털로 가려놓은데다 대식국 사람은 처음이라. 그 나라 사람들은 나이를 어디로 먹는지 알 수가 있어야 말이지. 그 밤중에 어디서 따뜻한 물을 구했는지 향기 나는 차 한 잔을 타 내주데. 들큰한 게 향내까지 아리아리하게 좋더라고. 뱃속이 뜨듯해졌지. 그렇게 대접받고 바로 누워버리기 뭣해 물었어. 어디에서 왔느냐고. 묻지 않았으면 어쩔 뻔했나 몰라. 차 한 잔 얻어마시고는 밤새 그 사람 얘기를 들어줘야 했다니까.

저는 서쪽으로 멀리 떨어진 도시에서 왔습죠. 떠나온 지 오래되었지만 지금도 기도시간이 되면 그쪽을 바라보며 하루에 다섯 번씩 꼭 기도를 바친답니다. 꽃무늬로 장식된 담벼락과 중앙 광장을 흘러가는 수로, 길 한가운데에 줄지어 선 대추야자나무의 시원한 그늘, 꽃으로 가장자리를 두른 직사각형의 연못, 궁정과 사원의 황금 지붕이 반짝이던 도시였죠.

저는 양탄자를 파는 장사꾼이었답니다. 제 양탄자 가게는 어마어마하게 큰 시장에 있었죠. 그 시장을 떠올리면 지금도 이렇게 가슴이 뛴답니다. 지붕이 덮인 시장은 늘 사람이 북적대고 온갖 냄새로 가득했어요. 없는 게 없었지요. 양탄자 가게와 은으로 만든 물병과 접시를 파는 가게, 가죽, 놋쇠, 나무, 짚, 금으로 만든 세공품을 파는 가게, 향로를 파는 가게, 모슬린과 비단을 파는 가게, 달걀만한 터키석과 토파즈를 진열해놓은 보석 가게, 인쇄소, 아라베스크 무늬를 새긴 도자기 상점…… 4천 개가 넘는 가게가 그 안에 있었으니 얼마나 큰 시장인지 알겠죠? 꽃가게에서 풍겨오는 향기에 머리가 어지러울 지경이었답니다.

제 친구 핫산의 꽃 가게도 그 시장에 있었어요. 저는 핫산의 가게에서 파는 튤립을 제일 좋아했답니다. 핫산은 세상에서 제일 아름다운 튤립을 고를 수 있는 특별한 눈을 가진 친구였죠.

시장의 아치가 끝나는 지점에는 웅장한 사원이 서 있었습죠. 여섯 개의 뾰족탑과 대리석 회랑이 있는 사원이었죠. 파란색 타일로 건물 전체를 꾸미고 한가운데 둥근 지붕은 황금으로 칠을 했죠. 도시 어디에서나 그 황금빛 지붕을 볼 수 있었답니다. 그 거대한 지붕 안에 들어서면 저절로 몸을 엎드리고 절을 하게 되었죠. 마룻바닥은 색색의 모자이크로 장식되어 있었답니다. 핫산과 저는 하루에 한 번은 꼭 모자이크 바닥에 무릎을 꿇고 기도를 바쳤죠.

핫산에게 튤립을 고르는 눈이 있는 것처럼 저에게는 양탄자를 보는 눈이 있었습죠. 제가 취급하는 양탄자는 사원의 모자이크만큼이나 아름다웠죠. 페르시아 순모를 써서 만든 양탄자는 포도즛빛 붉은색 바탕에 황금빛이 섞인 초록으로 가장자리를 두르고 있었답니다. 가장자리에는 아라베스크 무늬와 화려한 여름 꽃이 가득 차 있었죠. 포도 넝쿨과 종려나무 무늬를 바탕에 새기기도 하고, 구름 떼 무늬와 사냥 장면을 넣은 것도 있었답니다. 비단실을 날실과 씨실로 이용해 변화를 주기도 했지요. 제 양탄자 가게는 날로 번성했답니다. 그 도시에서 압둘 두바이의 양탄자 가게를 모르는 사람이 없을 정도였어요.

그날도 우리는 푸른빛이 도는 아름다운 사원으로 기도를 드리러 갔죠. 꽃 가게 핫산, 제본업자 에니시테 노인, 포목점을 하는 무스타파와 함께요. 신전 안은 라마단이 끝난 금요일 정오여서 나란히 줄을 맞춰 선 사람들로 빼곡했답니다. 이맘의 기도 소리에 맞춰 사람들이 일제히 엎드렸지요. 그렇게 많은 사람이 한꺼번에 움직여도 옷자락 스치는 소리 말고는……

저도 경건한 마음으로 우리의 신을 향해 엎드렸죠. 그런데 그때 그만 제가…… 방귀를 뀌고 말았습죠. 정확히 말하면 제가 그랬다고도 할 수 없어요. 저도 모르는 사이에 방귀가 나와버렸으니까요. 소리가 얼마나 컸는지 신전 안의 사람들이 모두 듣고 말았어요. 당장 빠져나오고 싶었지만 기도시간을 망칠 수는 없었지요. 얼굴이 벌게져서는 좀처럼 가라앉지를 않았답니다. 머릿속이 텅 비어버려 기도문도 떠오르질 않았어요.

어떻게 사원을 나와 가게까지 왔는지 기억이 나질 않습니다. 해가 저물고 축제가 시작되었지요. 축제 기간 동안 제일 큰 얘깃거리는 제가 뀐 방귀였습니다. 소문이 온 시장 안에 쫙 퍼졌지요. 시장 안에 퍼졌으니 도시 안에 퍼지는 건 시간 문제였습니다. 양탄자 대신 저를 구경하러 오는 사람이 있을 정도였답니다. 저는 도저히 견딜 수 없었습니다. 핫산에게 부탁해 가게를 급하게 처분했어요. 핫산은 별일도 아닌 것에 너무 예민하게 그런다고 저를 나무랐죠. 그래요. 핫산한테는 별것 아닐 수도 있죠. 핫산이 방귀를 뀐 건 아니니까요.

가게를 정리한 돈을 챙겨 그곳을 떠나왔습니다. 사람들 눈에 띄지 않게 한밤중에요. 핫산에게도 작별인사를 하지 못했습니다. 몇 년 외국에서 살다보면 제 소문도 가라앉을 테고 그러면 그때 돌아갈 생각이었습죠. 사람들이 빨리 저를 잊어주기만 기도했답니다.

10년 만에 그곳으로 돌아갔지요. 외국을 떠도는 동안 제일 그리웠던 것은 그 도시의 냄새였습죠. 올리브와 커피, 재스민차와 신전에 엎드린 사람들의 발 냄새가 몹시도 그리웠답니다. 도시에 들어선 순간 저는 천천히 숨을 들이마셨답니다. 다시는 이곳을 떠나지 않겠다고 다짐하면서 말이죠. 도시는 그동안 많은 것이 달라져 있었답니다. 전에 없던 탑이 중앙 광장에 서 있고 도시를 관통하던 수로에는 아치형 다리가 두 개 더 늘었더군요. 그 시장에도 가보았답니다. 제 양탄자 가게가 있던 그곳 말이에요. 다행히 나를 알아보는 사람은 없었지요. 터번을 아래로 내려 쓰고 얼굴 전체를 수염으로 덮었으니까요.

제일 먼저 제 소유였던 가게에 찾아갔습니다. 양탄자를 고르는 척했지요. 장사가 예전 같아 보이진 않았습니다. 그럴 수밖에요. 양탄자 몇 개를 들춰보니 매듭이 꼼꼼하지 못한 것이 금방 눈에 띄더라구요. 핫산의 가게에도 갔지요. 꽃 가게는 전보다 더 크고 북적거렸어요. 전에 보지 못한 꽃들도 많았습니다. 손님이 많아 핫산은 내 쪽을 볼 틈도 없었지요. 역시 튤립은 핫산네 튤립이 최고였죠. 손님들이랑 주고받는 말을 엿들어보니 핫산은 도시 근처에 커다란 농원도 가지고 있는 듯했습죠. 가게로 오는 꽃은 모두 거기서 온다고 하더군요.

시장을 빠져나와 한참을 걸었습니다. 파란색 타일로 장식된 그 사원은 여전하더군요. 돔의 색을 다시 입혔는지 그전보다 더 선명한 황금빛으로 빛나는 것만 빼고요. 들어갈까 하다 그만두었습죠. 그때 생각이 나 다시 얼굴이 벌게지려 했거든요. 조금 더 걷자 진흙 벽돌로 만든 탑이 나났죠. 나선형 계단으로 이루어진 웅장한 그 탑은 전에 없던 것이었습니다. 저는 지나가는 사람을 붙들고 물었어요.

"저 탑은 언제 세워진 것입니까?"

"저 탑 말입니까? 그러니까 그게, 압둘 두바이가 여기 떠나던 해에 세워진 거지요."

"압둘…… 두바이요?"

"그래요, 압둘 두바이. 방귀로 유명한 그 사람 말이오."

기가 막혔지요. 하늘이 노래지더군요. 도망치듯 걸어와 이번에는 운하에 새로 놓인 다리 앞에 섰지요. 다리 근처에 앉아 물담배를 즐기고 있는 노인들에게 다가가 물었답니다. 설마 하는 심정으로요.

"저 다리는 언제 만들어진 건가요?"

한 노인이 흐리멍덩한 눈으로 나를 올려다보며 말했지요.

"예끼, 그것도 몰라? 압둘 두바이가 방귀 뀐 지 육 년째 되던 해에 생긴 거잖아."

그러자 다른 노인이 손을 저으며 화를 냈습죠.

"아니야. 방귀 뀐 지 오 년 만이야. 압둘 두바이가 떠난 지 사 년째 되던 해에 큰 홍수가 났었잖아. 그때 다리가 떠내려가 다음해에 새로 만든 거야."

또다른 노인이 맞장구를 쳤지요.

"맞아, 맞아. 압둘 두바이가 방귀 뀐 해에 내 손자가 태어났거든. 그 아이가 지금 다섯 살이야."

처음 노인이 풀죽은 목소리로 말했지요.

"후유, 이제 죽을 때가 다 되었군. 압둘 두바이 방귀 뀐 해를 헷갈리다니 말야."

저는 얼굴이 달아올라 더 서 있을 수 없었죠. 도시의 모든 것이

제가 뀐 방귀를 기준으로 돌아가고 있었답니다. 그길로 무작정 도망쳐나와 이렇게 떠돌아다닌답니다.

이야기가 끝나고 압둘 두바이와 나는 한참 동안 아무 말 없이 앉아 있었어. 자꾸만 웃음이 터지려는 걸 간신히 참았다니까. 아니, 세상에 방귀 무서워 고향 떠나왔다는데 내가 해줄 말이 뭐가 있겠어. 그러다 언제 잠이 든지도 모르게 나는 잠이 들어버렸어.

아침에 눈떠보니 나 혼자 누워 있는 거야. 그 방귀쟁이는 벌써 떠나고 없었어. 나는 시원하게 방귀를 뿌웅, 뀌었지. 그런데 아차 싶은 거야. 두바이의 친구, 핫산이라는 사람이 퍼뜩 떠올랐어. 그 사람 세상의 어지간한 꽃밭은 다 알고 있을 텐데…… 내가 찾아가는 마을에는 기가 막힌 꽃들이 많다는데 꽃장수 핫산이 거길 모르겠어? 아차 싶은 거야. 핫산만 만나면 내가 찾는 마을 알아내는 건 식은 죽 먹기였는데 말이야. 이제 그만 숨어다니고 나와 함께 핫산을 만나러 가자고 했어야 하는데……

아뿔싸, 그 방귀쟁이는 벌써 떠나고 없었어.

만사나스

아뿔싸. 봄이 가고 여름이 왔다. 날씨가 더워지자 양말 주문량이 눈에 띄게 줄었다. 기계 여섯 대 중에서 세 대만 돌아가고 있었다.

그 정도면 사장 부부가 직원 없이 할 만큼이었다. 엄마는 다른 일 자리를 알아봐야 할지도 모른다는 생각을 자주 했다. 눈앞으로 올 풀린 양말이 지나가는데도 엄마는 잡아내지 못했다. 내가 요즈음 부쩍 삼촌과 어울리는 게 엄마는 신경 쓰였다. 지금까지는 내가 삼촌이랑 어울리는 것이 싫지 않았다. 학교에 가지 않는 내가 온종일 혼자 있을 걸 생각하면 마음이 무거웠으니까. 하지만 엄마는 점점 혼란스러워졌다. 삼촌이 싫진 않지만 이곳에서는 누구하고도 다시 얽히고 싶지 않았다.

"무슨 생각을 그렇게 해?"

스위치를 내린 사장 부인이 엄마를 쳐다보며 물었다. 점심시간 이었다. 엄마는 가볍게 한숨을 쉬며 도시락을 꺼내왔다. 밥을 먹는 내내 엄마는 한마디도 하지 않았다.

"봄도 다 갔는데 봄 타?"

"봄은요, 무슨."

"고개 좀 들고 먹어. 내가 다 체하겠어."

엄마는 살짝 웃어 보이고는 일부러 소리 내 씹었다. 사장 부인이 엄마 머리칼에 묻은 빨강색 실을 떼주며 말했다.

"억지로 그러지 말고 말해봐, 뭔지."

"……"

"프러포즈를 안 하는구만? 그 우산이."

"프러포즈요?"

"자기 사는 동네에 내가 첩보원 심어놓은 거 몰라? 정육점이 남편 친구라니깐. 소문이 다 났던데 뭐."

"……"

"좋은 사람이면 잘해봐. 자꾸 밀어내지만 말고."

"밀어내고 당기고 할 것도 없어요. 전에는 동생들 불러낼 마음에 버텼는데…… 불러들일 사람도 없는데 여기 남아 있을 이유도 없어요."

"민수는. 민수 생각은 안 해봤어?"

두 사람은 한참 동안 말없이 밥만 먹었다. 엄마는 혼자 점심을 먹고 있을 나를 떠올렸다. 나 혼자 먹는 점심이 늘 걸렸다. 엄마는 만약 삼촌과 결혼하게 된다면 그건 점심시간 때문일 거라고 생각했다. 그러고는 점심 때문에 결혼한 사람도 있을까, 생각하며 피식 웃었다.

"그나저나 어떤 프러포즈를 받고 싶어? 요새 젊은 애들은 그것도 이벤트로 한다던데."

분위기를 바꿔보려는 듯 사장 부인이 목소리를 높여 물었다. 식사를 마친 엄마가 종이컵에 커피믹스를 탔다.

"웬 프러포즈 타령이시래? 사장님은 어떻게 프러포즈 했는데요?"

엄마가 사장 부인에게 종이컵을 건네며 물었다. 사장 부인은 명치 부근을 꾹 누르며 종이컵을 받아들었다.

"프러포즈는 무슨? 오토바이로 배달 나가다가 아이스크림 하나 던져주고 갔어. 같은 공장에 있을 땐데. 나도 참 바보 같지. 왜 그걸 프러포즈라고 생각했나 몰라."

"그러게 말이에요. 그냥 날 더우니까 하나 사준 것뿐인데."

"맞아. 누굴 탓하겠어. 그나저나 어떤 프러포즈? 그 우산이 안 해주면 나라도 해줄게."

"아휴, 아무 사이도 아니라니까요."

"그래도 그 사람 얘기할 때 보면 표정이 다르던데?"

"그랬어요? 나 참, 남자 얘기만 나오면 표정을 감출 수가 없다니까."

"으이구, 말은……"

"다시 결혼한다면 그런 사람이랑 할래요. 말 안 하고도 통하는 사람. 이곳 남자들한테는 하나하나 다 설명해야 돼요. 하나부터 열까지. 설명하다 힘 다 빠진다니까요. 하긴 말 안 통하니까 편한 것도 있더라. 욕을 해도 모르더라구요. 웃으면서 욕할 때 기분, 그거 참 묘해요."

"자기는 말이라도 달랐지. 같은 말 쓰고도 안 통하는 건 더 환장해."

"그런가…… 가기 전에 꼭 사과나무는 보고 갈래요."

"사과나무?"

"어렸을 때부터 사과나무가 너무 궁금했어요. 필리핀에는 사과나무가 없거든요. 책 속에만 있지. 바나나, 피인애플, 망고, 두리안. 과일은 노랑 아니면 주황 아니면 초록색이에요. 빨간 사과가 주렁주렁 열린 사진을 오려가지고 다녔다니까요."

"정말 한 번도 못 봤어?"

"그렇다니까요. 민수랑 약속했어요. 올가을에는 꼭 사과나무 보러 가자고."

"웬일이냐, 이게. 전국에 계신 과수원집 총각들한테 방송 한번 해줘야겠네. 여기 사과나무 한번 보여주면 결혼해준다는 여자 있다고."

"큰 소리로 해주세요."

"근데 사과는 뭐라고 해? 거기 말로."

"그게…… 만사나슨가? 맞다, 만사나스. 어머, 내 머리도 괜찮네. 아직도 기억하는 걸 보면."

"예쁘지, 머리 좋지, 일 잘하지, 만사 나이스다, 나이스. 다들 뭣들 하고 있다니, 대한민국 총각들은?"

"뭐하시기는요, 먹고사느라 바쁘죠. 그 우산만 빼고."

엄마는 종이컵 두 개를 포개 쓰레기통에 던져넣고 스위치를 올렸다. 오늘은 일찍 퇴근할 수 있을 것 같았다. 작업 물량이 얼마 남지 않았다. 알록달록한 실들이 양말로 태어나기 위해 기계 속으로 달려가고 있었다.

겨자 소스

알록달록한 캐릭터 양말을 신은 여자애가 정육점 앞 의자에 앉아 있었다. 올해 중학생이 된 정육점 누나였다. 정육점 아줌마가 3년 동안 입게 하려고 교복을 큰 것으로 사 땅딸막한 누나는 교복 속에 풍덩, 빠진 것처럼 보였다. 뒤통수에 묶인 머리칼은 옆으로 다 삐져나와 있고 교복 차림에 슬리퍼, 입에는 쭈쭈바, 등에는 학원 가방을 메고 있었다. 누나는 학교 갔다와서 교복 갈아입는 것도 귀찮아했다. 아줌마한테 등짝만 맞지 않는다면 잘 때도 그냥 교복을 입고 잘 것이다. 늘 쭈쭈바를 입에 물고 살아 별명이 쭈쭈바인 누나는 얼마 전까지만 해도 입 주변에 그날 학교 급식으로 먹은 반찬 소스나 국물을 묻히고 다녔다. 입 주변만 보면 그날 급식이 카레라이스였는지, 짜장밥이었는지, 육개장이었는지 알아맞힐 수 있었다.

"안녀어엉."

쭈쭈바가 골목을 내려오는 나와 청진기를 보며 간신히 알은체했다. 쭈쭈바 빠는 일만 빼고 세상 모든 일이 다 재미없었다. 나는 특별히 정육점 화분에 있는 부추, 상추, 배추에 청진기를 갖다 대주었다. 정육점 아줌마와는 사이가 좋지 않지만 쭈쭈바하고는 괜찮았다. 나는 쭈쭈바 옆에 앉았다.

"……"

"……"

"먹을래?"

쭈쭈비기 물고 있던 쭈쭈바를 내밀며 물었다. 나는 쭈쭈바의 입술을 한번 쳐다보고는 고개를 저었다. 입술 주변이 온통 빨갰다. 사람이 한꺼번에 확 바뀌는 건 어려운가보다. 우리는 한참 동안 말

없이 앉아 있었다. 쭈쭈바는 쭈쭈바를 빨고 나는 땅에 닿지 않는 다리를 흔들었다. 6월의 햇빛이 온통 우리 머리 위로 쏟아지고 있었다. 그늘이 없어 따가운데도 우리는 그냥 앉아 있었다.

뭔가 우리 눈앞으로 쌩, 지나갔다. 팽할머니의 카트였다. 역시 명왕3동에서 제일 빨랐다. 명왕성을 향해 날아가고 있는 뉴호라이즌스호보다도 더 빨랐다. 어느새 카트는 태평양약국 앞까지 달려 내려가 있었다. 할머니와 카트는 환상의 복식조였다. 삼촌과 김약사처럼 팽할머니와 카트도 쌍둥이일지 모른다는 생각이 들었다.

"휴우, 진짜 빠르다 빨라. 하마터면 딸려들어갈 뻔했어."

쭈쭈바가 심드렁하게 말했다. 카트가 골목을 내려올 때면 누구든 한쪽으로 비켜서야 한다. 얼쩡거리다가는 카트에 담겨버릴 수도 있었다.

"너, 저 카트 어디서 난 건지 알아?"

"?"

"이마트 거야. 우리 학교 옆에 이마트 있거든. 여기서 열두 정거장이나 떨어졌는데 거기서 끌고 오는 걸 학교에서 오다 봤어."

"……"

"……"

카트는 약국에서 빈 병과 박스를 싣고 또 달려갔다. 쭈쭈바는 쭈쭈바 봉지 아랫부분을 이로 깨물어 녹였다. 쭈쭈바 국물 한 방울이 흰 블라우스 첫번째와 두번째 단추 사이에 떨어졌다. 정육점 아줌마가 열 좀 받겠다.

"진짜 재미없어."

진짜 재미없는 표정을 지으며 쭈쭈바가 중얼거렸다. 명왕3동에서 이렇게 귀엽게 말할 수 있는 사람은 쭈쭈바뿐이었다.

"오늘 과학시간에 핸드폰 뺏겼어. 잠깐 시간 확인한 거밖에 없거든. 진짜야. 목숨 걸어. 근데 뺏는 거 있지. 방학하는 날 돌려준다는 거야. 진짜 어이없어. 자기가 전화비 내줄 것도 아니면서."

"……"

"난 손에 핸드폰이 없으면 너무 불안해. 이것 봐, 내 손 떨리는 것 보이지? 도저히 집중이 안 된다니까…… 근데, 너 정말 쭈쭈바 안 먹고 싶어?

쭈쭈바의 입술을 보자 이번에도 먹고 싶은 생각이 들지 않았다.

"오늘 짝꿍 바꿨거든. 내 짝이 누가 됐는지 아니? 우리 학교 전체 1등이야. 진짜 재수 없어. 담탱이는 꼭 걔하고 나를 쳐다보면서 그런다니까. 우리 반 평균을 결정하는 건 너희 둘이다! 더 짱 나는 건 내 짝꿍. 걘 왜 그렇게 징징대나 몰라. 걔 전 과목에서 틀린 개수가 나 수학 한 과목에서 틀린 것보다 적거든. 훨씬 적어. 그런데도 징징거려. 아휴, 걔 얼굴에 에프킬라를 확 뿌려주고 싶은 거 있지…… 근데, 너 정말 쮸쥬바 안 먹고 싶어?"

제발 안 먹고 싶었다. 햇볕 때문에 머리가 점점 뜨거워지는 것 같았다. 그래도 우리는 그냥 앉아 있었다.

"하지만 다 용서가 돼. 너도 걔 얼굴을 한번 봐야 하는데. 너 슈렉 알아? 슈렉이 머리 좀 기르고 안경 썼다고 보면 돼. 얼굴 색깔도 똑같아. 그러고 보면 하느님이 우리 담탱이보단 공평해. 걘 꼭 전교 1등을 해야만 하는 얼굴이거든. 얼굴하고 성적으로 평균 내면 내가 더 나아. 아 참, 내 엄지발톱 부러진 것 말해줬니? 체육시간에 기합 받다가. 우리 학교 선생들 모두 나 괴롭히기로 짰나봐. 체육복을 깜박해서 옆반 친구한테 빌려 입었거든. 그 정도 성의를 보였으면 된 거 아냐? 운동장 다섯 바퀴 돌고 수행점수 3점 깎이고. 진짜 어이없어. 치, 그 인간이 제일 무서워하는 게 뭔지 알아냈어. 우하하하, 풍선이래, 풍선. 풍선 터지는 걸 세상에서 제일 무서워한대. 두고 봐, 언젠가 꼭 그 인간 앞에 애드벌룬 타고 나타날 거야…… 근데, 너 정말 쭈쭈바 안 먹고 싶어?"

한 번만 더 물어보면 그 자리에서 일어나버리자고 청진기에게 속삭였다. 쭈쭈바는 쭈쭈바 봉지를 거꾸로 들고 입에 부었다. 얼마 남지도 않았다. 우포순댓국집에서 풍겨오는 순대 냄새가 후텁지근한 공기에 섞여들었다.

"조금 전에도 엄마랑 한바탕했어. 엄마만 보면 그냥 짜증 나. 너는 안 그러니? 하긴 니네 엄마처럼 예쁘면 짜증 날 일도 없겠다. 우리 엄만 예쁘지도 않는 주제에 오늘도 내 머릴 한 대 쥐어박는 거야. 그래서 내가 소릴 질렀어. 세상에 나처럼 불쌍한 애는 없을 거야! 그랬더니 그러는 거 있지. 이눔의 지지배야, 니가 뭐가 불쌍해? 엄마가 없어, 아빠가 없어, 오빠가 없어! 내가 대답해줬지. 그래서 불쌍해! 그랬더니 내 등짝을 두 대나 때리는 거 있지. 넌 우리 엄마 손이 얼마나 매운지 모를 거다."

쭈쭈바는 봉지 밑에 남아 있던 쭈쭈바 국물을 알뜰하게 마셨다. 드디어 끝났다. 뭔가를 완벽하게 처리했다는 만족감이 빨간 입술 주위에 묻어 있었다. 쭈쭈바는 빈 봉지를 공중으로 던졌다. 봉지는 얼마 날아가지 못하고 떨어졌다.

"넌 열쇠 뭉치로 맞아본 적 없지? 등짝 맞고 문 쾅 닫고 나오는데 엄마 손에 있던 열쇠 뭉치가 바로 날아오더라. 진짜 어이없어."

파리 한 마리가 쭈쭈바 봉지 주변을 맴돌고 있었다. 쭈쭈바가 슬리퍼 한 짝을 벗어 파리에게 던졌다. 슬리퍼는 봉지보다 멀리 날아가 떨어졌다.

"좀 가져다 줄래?"

나는 얼른 슬리퍼를 주워왔다. 이번에는 쭈쭈바가 슬리퍼를 더 멀리 던졌다. 나는 다시 주워왔다. 또 던졌다. 또 주워왔다. 골목에는 날아가는 슬리퍼와 쭈쭈바 봉지와 순대 삶는 냄새와 따가운 햇볕뿐이었다.

"비보이는 지금 뭐하고 있을까?"

슬리퍼를 다시 날리며 쭈쭈바가 중얼거렸다. 열흘 전쯤, 나무에서 내려온 비보이는 저녁 식사를 한 뒤 잠깐 바람 쐬고 온다고 해놓고 아직까지 돌아오지 않고 있었다. 며칠 앓아누운 킬리만자로의 표범은 면도도 하지 않은 채 출근하고 비보이 엄마는 아직도 누워 있었다. 목이 너무 쉬어 킬리만지로의 표범은 노래도 부르지 못했다.

정육점 아줌마가 나타나지 않았다면 영원히, 우리 머리 위로 6월의 햇볕은 내리쬐고 영원히, 슬리퍼는 쭈쭈바 봉지에 붙은 파리를 향해 날아가고 영원히, 나는 슬리퍼를 주우러 일어났을 것이다.

"음맘마, 야 좀 봐. 니가 지금 애랑 노닥거릴 때냐? 학원 안 가?"

정육점 아줌마의 두툼한 손이 공중으로 올라갔다. 쭈쭈바는 잽싸게 달아났다. 슬리퍼 한 짝이 벗겨지자 얼른 손으로 들고 뛰었다. 나도 일어나 튈까 했지만 청진기가 땅으로 떨어지는 바람에 주춤했다. 정육점 아줌마는 쭈쭈바의 풍덩한 치마를 쳐다보며 너무 큰 걸로 사 입혔나? 잠깐 고민했다. 그때 골목을 달려내려가던 쭈쭈바가 갑자기 생각났다는 듯 돌아서서 빨간 입술로 외쳤다.

"아 참, 니네 엄마, 약국 삼촌이랑 결혼할지도 모른대."

햇빛 때문인가? 머리가 띵했다. 빨간 입술이 공중에 둥둥 떠다니고 있었다. 그 입술이 덧붙였다.

"우리 엄마가 그랬어. 진짜야, 목숨 걸어."

"저, 저눔의 지지배, 입 안 다물어!"

나는 정육점 아줌마 손에 끌려 가게 안으로 들어왔다. 다른 때 같으면 뿌리쳤겠지만 그럴 힘이 없었다.

'정육점 아줌마 앞에서만은 아무렇지도 않은 척해야 되는데.'

나는 청진기에게 속삭였다. 속삭이고 또 속삭였다. 그냥 소문일 거였다. 명왕3동 골목에서 도는 소문이 적중률은 높은 편이지만 다 맞는 건 아니었다. 정육점 아저씨가 비아그라 부작용으로 고생했다는 건 소문대로였다. 하지만 정육점 아줌마가 고등학교를 중퇴한 게 학비 때문이었다는 소문은 가짜로 밝혀졌다. 학교 화장실에서 피운 담배 때문이었다. 그러니까 엄마와 삼촌에 관한 소문도……

"민수야, 그래도 야, 새아빠 생기면 얼마나 좋겠냐? 안 그래?"

정육점 아줌마가 오렌지 주스 한 잔을 따라주며 말했다. 나는 고개를 저었다. 정육점 컵에서는 고기 냄새가 났다. 울음이 나오려는 길 꾹 참았다. 울면 아줌마한테 지는 거였다. 울음을 참자 다시 머릿속이 멍해졌다. 겨자를 잔뜩 푼 냉면 육수를 들이켜면 그런 기분일 것이었다. 언젠가 삼촌은 '배신감'이라는 단어를 그렇게 설명했다.

"겨자 소스를 먹으면 머릿속이 멍해져. 맵고 톡 쏘는 느낌이 코천장을 뚫고 곧바로 뇌 속으로 퍼지지. 잘못하면 뇌혈관이 터질 수도 있어. 배신감이라는 것도 그래. 꼭 겨자 소스 같은 거야."

그 순간 왜 뇌혈관이 터져주지 않는지 원망스러웠다. 펑, 터져버려야 하는데. 귀에 팽팽하게 당긴 고무줄을 걸어놓은 것처럼 귓속만 팅팅 울렸다. 정말이지 나의 튼튼한 뇌혈관은 도움이 안 되는 물건이었다. 겨자 소스는 대신 다른 걸 터뜨려주었다. 냉동고에 걸린 고깃덩어리를 노려보던 내 입에서 나도 모르게 욕이 튀어나왔다.

"좆만이!"

나와 청진기는 그 목소리에 깜짝 놀랐다. 오렌지 주스 말고 다른 거 뭐 없나 냉장고를 살피느라 정육점 아줌마는 듣지 못했다. 나와 청진기는 서둘러 밖으로 나와버렸다. 가만히 있다가는 정육점 아줌마한테도 욕을 해버릴 것 같았다. 냉동실에서 쭈쭈바 하나를 찾

아낸 정육점 아줌마가 서둘러 따라 나왔다. 나는 정육점 아줌마의
살찌고 억센 손을 뿌리쳤다.

청진기를 꼭 쥐고 걸었다. 어디로 가고 있는지 알 수 없었다. 태
평양약국과 점점 멀어지고 있다는 것만은 분명했다. 아무도 만나
고 싶지 않았다. 세탁소 뒤 텃밭 쪽으로 접어들었다. 등을 잔뜩 세
운 고양이 한 마리가 막 텃밭으로 들어가려다 우리를 빤히 쳐다보
았다. 나는 돌멩이를 주워 던졌다. 꼬리를 빳빳이 세운 고양이는
텃밭 안으로 재빨리 사라졌다. 몇 년째 텃밭 귀퉁이에 서 있는 허수
아비가 두 팔을 벌리고 우리를 보고 있었다. 허수아비와 눈이 마주
치자 나는 슬그머니 고개를 숙였다. 고양이는 무섭지 않은데 허수
아비는 무서웠다. 돌멩이에 맞아 찢어진 호박잎이 눈에 들어왔다.
찢어진 자리에서 풀 냄새가 났다. 청진기를 갖다 대주어야 하지만
그러고 싶지 않았다. 내 몸에서도 그런 냄새가 날 것 같았다. 얼른,
밤이 와버렸으면. 호박잎처럼 짙고 푸른 밤이 얼른 와버렸으면.

나는 고양이처럼 숨어버리고 싶었다. 무작정 골목을 올라갔다.
비보이 집 앞에서 멈추었다. 바로 뒤는 숲이었다. 숲으로 들어갈
수도 있었다. 하지만 청진기가 겁을 내는 것 같았다. 시멘트 블록
으로 만들어진 담은 높지 않았다. 블록에 난 구멍 사이에 손가락을
넣고 담 위로 올라갔다. 담과 지붕이 거의 닿아 있어 지붕으로 올
라가는 건 어렵지 않았다. 슬레이트 골을 조심스럽게 디디며 우리
는 지붕 한가운데에 앉았다.

하늘은 진한 보랏빛으로 변해갔다. 구름을 뚫고 나온 보랏빛 물

결이 저 멀리서부터 명왕3동을 향해 밀려오고 있었다. 우뚝 서 있는 유리궁전은 저녁이 되어도 여전히 황금빛으로 빛났다. 그 유리 어딘가에 내 모습이 찍혀 있을 테지만 그런 건 상관없었다. 골목 아래쪽부터 차례로 가로등이 켜졌다. 밤안개가 내렸다. 등뒤에서 무슨 소리가 나는 것 같았다. 청진기를 꼭 쥐었다. 지붕 대신 골목을 선택했던 게 처음으로 후회되었다. 골목에는 취학통지서처럼 나를 괴롭히는 것투성이였다. 이제 다시는 지붕에서 내려가지 않겠다.

다른 날보다 일찍 퇴근한 엄마는 나를 찾아 동네를 두 바퀴째 돌고 있었다. 퇴근하고 돌아왔는데 내가 보이지 않았다. 어두워지는데도 나는 돌아가지 않는다. 세탁소 아저씨와 텃밭을 살펴보았다. 나는 거기에도 없다. 성신설비에도 없다. 정육점 아줌마는 말없이 화분 속 배춧잎만 만지작거리다 슬그머니 들어가버린다. 엄마 입에서 비질비질 울음이 나온다. 샌드백 아줌마가 얼른 약국으로 가보라고 한다.

오늘은 내가 약국에 오지 않았다고 김약사가 말해준다. 안채에서 저녁을 준비하던 삼촌이 인터폰에 불려나온다. 삼촌은 제일 먼저 건너편 공작나무로 달려간다. 엄마는 그때서야 내가 나무에 있는 구멍에서 논 적이 있다는 것을 떠올린다. 나무 속을 들여다 본 삼촌이 혼자 돌아온다. 엄마는 주저앉는다. 삼촌이 엄마를 부축해 약국 의자에 앉힌다. 골목은 더 어두워져간다.

비보이네 집은 아직도 컴컴했다. 킬리만자로의 표범은 어디서 울부짖고 있는지 아직 들어오지 않았다. 뒤에서 바스락거리는 소리가 났다. 나는 청진기를 더 꼭 쥐었다. 청진기가 나뭇잎 소리라고 속삭였지만 숲에 나뭇잎 말고 다른 것도 있는 게 틀림없었다. 뒤돌아보면 누군가와 눈이 마주칠 것 같아 꼼짝도 할 수 없었다. 머리 위로 무언가 휙 지나갔다. 너무 놀라 구를 뺀했다. 큰 새가 우리를 물어가버릴 수도 있다는 생각이 들었다. 눈앞으로 공터의 허수아비가 떠올랐다. 팽할머니 어깨에 올라탄 장군도 떠올랐다. 나는 열을 셀 때까지 누군가 나타나면 무조건 그 사람을 따라가겠다고 정했다. 청진기 가장자리를 만지작거리며 숫자를 셌다.

하나, 둘, 셋, 네엣, 다아섯, 여어섯, 일고옵, 여더얼…… 아아호오오옵, 여어어얼.

한 번 더 기회를 주기로 했다.

하나아, 두우울, 세에엣, 네에엣, 다아서엇…… 여어어어얼.

더, 더 깜깜해졌다. 마지막으로 진짜 한 번만 더.

일곱까지 셌을 때 검은 그림자 하나가 보였다. 무릎이 툭 튀어나온 바지에 텁수룩한 머리. 삼촌이었다.

아폴로 눈병

밤새 또, 집 하나가 날아갔다. 공작나무 우듬지를 스치고 날아갔다. 채플린 비디오 가게에서 세번째 집, 대문 앞에 보라색 팬지 화분이 있던 집이었다. 나와 청진기는 오래도록 팬지꽃에게 손을 흔들어주었다. 팬지는 나비처럼 팔랑거리며 날아갔다.

안녕, 팬지.

팬지가 멀리멀리 날아가는 동안 나는 며칠째 눈병으로 고생하고 있었다. 겨자 소스 같은 배신감에 뇌혈관 대신 눈 어딘가가 터진 것이다. 눈알이 열대어처럼 빨개졌다. 세상도 빨갛게 보여야 하는데 세상은 그대로였다.

공장 점심시간에 엄마와 나는 안과에 다녀왔다. 이번에도 나는 돈가스 먹으러 가자는 말에 속았다. 엄마를 따라갔더니 돈가스집이 아니라 안과였다. 적외선 치료를 거부하는 나에게 엄마는 저녁에 돈가스를 해주겠다고 약속했다. 병원 아래 약국이 있었지만 엄마는 처방전을 들고 태평양약국까지 왔다. 하필 삼촌도 나와 있었다. 나는 빨간 눈알로 삼촌과 엄마를 번갈아 보았다. 뭔가 달라진 것 같은데 그게 뭔지 알 수 없었다. 나는 이렇게 엄마와 함께 약국에 올 일을 제공한 내 눈알에게 화가 났다. 청진기를 세게 쥐었다.

'그날 뒷산에서 들려오는 새소리가 무섭긴 했어. 그래도 끝까지 버틸걸 그랬어.'

네 시간 동안의 가출을 그렇게 끝내서는 안 되는 거였다. 그것도 하필 삼촌 등에 업혀……

삼촌이 안쓰럽다는 표정을 지으며 말했다.

"많이 아프겠다아."

나는 드링크 상자가 놓인 쪽으로 눈을 돌려버렸다. 이게 다 누구 때문인데……

"안약을 넣을 때는 이렇게, 약통이 눈썹이나 눈에 닿지 않게 넣어야 돼요. 눈에 닿으면 약이 오염될 수 있거든요."

안약을 집어온 김약사도 분위기가 어색한지 말을 빨리해 설명했다.

엄마는 나를 집에 데려다주고 오후 일을 나갔다. 엄마가 퇴근해 올 때까지 밖에 나가지 않기로 약속했다. 그러지 않아도 외출할 생각이 없었다. 정육점 앞을 지나는 것도 삼촌을 만나는 것도 싫었다. 그런 내 마음도 모르고 삼촌이 찾아왔다. 삼촌 손에 바나나 송이가 들려 있었다. 바나나만 들어오게 하고 싶었지만 어쩔 수 없었다. 바나나를 따라 삼촌도 잽싸게 들어와버렸다. 나는 삼촌과 눈도 마주치지 않았다. 삼촌이 묻는 말에 대답도 하지 않았다. 삼촌에게도 겨자 소스 맛을 보여주고 싶었다. 근데 정말 궁금했다. 도대체 삼촌은 내가 비보이네 집 지붕에 앉아 있는 걸 어떻게 알았을까?

내 눈병이 다 나았는데도 삼촌은 날마다 찾아왔다. 오늘도 점심 밥상을 사이에 두고 둘이 마주 앉았다. 나는 여전히 맞은편의 삼촌을 쳐다보지 않았다. 밥상만 내려다보았다. 밥상에는 달걀 프라이가 올라와 있었다. 사이좋게 반숙 한 개, 완숙 한 개. 삼촌은 반숙을 좋아하고 나는 완숙을 좋아한다. 익지 않은 노른자에서는 닭똥 냄새가 나서 싫다. 달걀 프라이에 마음이 약해지려고 했다. 나는 겨자 소스를 떠올렸다.

"민수야, 우린 서로 텔레파시가 통했어."

달걀 흰자 가장자리를 숟가락으로 자르는데 삼촌이 말했다. 텔레파시? 삼촌을 쳐다보고 싶었지만 참았다.

"이것 좀 봐. 너처럼 빨갛잖아."

빨갛다고? 삼촌은 쳐다보지 않고 빨간 게 무엇인지만 확인할 생각이었다. 아뿔싸. 삼촌 손가락이 가리키는 걸 따라가다 어쩔 수 없이 눈이 마주치고 말았다. 손가락 끝이 가리키고 있는 건 삼촌의 왼쪽 눈알이었다. 며칠 전 내 눈알처럼 빨갰다. 주목을 받는 데 성공한 삼촌이 나와 자기 눈을 번갈아 가리키며 말했다.

"네가 텔레파시로 보낸 눈병이 나한테 온 거야. 우리가 서로 통하고 있다는 증거지. 병균은 아무한테나 안 가. 통하는 사람한테만 가는 거야."

나는 삼촌 눈알을 뚫어져라 쳐다보았다. 얼마나 빨간지 다시 흰색으로 돌아오기 힘들 것 같았다.

"이 눈병 이름이 뭔지 알아?"

나는 고개를 저었다.

"아폴로 눈병. 민수 너, 우주선 아폴로 11호가 달에 갔다는 얘기 들어본 적 있어? 그때가 1969년이었거든. 굉장했다는데 내가 태어나기 전이라 못 봤으니 믿을 순 없지. 그해에 아프리카 가나에서 이 눈병이 유행했어. 엄청나게 퍼졌지. 그래서 사람들은 혹시나 아폴로 우주선이 달에서 이 병원체를 가져오지 않았나 의심했지. 그래서 이런 이름이 붙은 거야."

아폴로라. 삼촌한테 어울리는 눈병 이름이었다. 삼촌은 밥 한숟 갈을 뜨다가 갑자기 생각났다는 듯 목소리를 낮추었다.

"쉿, 민수 너한테만 얘기해주는 건데…… 지금부터 내가 하는 말 듣고 놀라지 마라."

나는 고개를 끄덕였다. 삼촌한테 눈병까지 옮겨주었는데 어쩔 수 없었다.

"민수야…… 아폴로 눈병 얘기가 나와서 하는 말인데…… 사실 달은 없어. 달 말이야."

어젯밤에도 반달이 떴던데 달이 없다니. 나는 밥알을 입에 문 채 삼촌 눈을 한참 쳐다보았다. 진짜 새빨갰다. 새빨간 눈에 새빨간 거짓말. 나는 아무 말도 듣지 못했다는 듯 다시 식사시간으로 돌아 갔다. 잘라놓은 달걀 흰자를 포크로 찍어 입으로 날랐다. 달걀 흰자가 목구멍을 타고 넘어갔다. 왜 그런지 달걀 흰자를 먹을 때면 행복해진다. 계속 행복하고 싶은데 삼촌이 자꾸 훼방을 놓았다.

"달은 없다니까."

다시 말해놓고 삼촌은 일급비밀을 털어놓은 스파이처럼 허탈한 표정을 지었다. 눈이 빨개서 그런지 더 허탈해 보였다. 달이 있든 없든 나는 달걀 반찬에 흰 쌀밥을 꼭꼭 씹었다. 텔레파시 때문에 오늘만큼은 무조건 삼촌의 말을 믿어주고 싶었다. 하지만 잘 안 되었다.

"민수야, 달은 말이지, 사실 우주인들이 만들어놓은 커다란 등대야. 우주선들이 우주를 항해하는 데 필요한 등대라는 말이지."

달걀 흰자가 또 목구멍을 타고 넘어갔다.

"달, 우리가 지금까지 달이라고 믿고 있던 그게 사실은 등대야. 그럼 그 등대는 왜 그렇게 모양이 자주 바뀔까? 어느 때는 반쪽이다가 어느 때는 똥그랗고. 궁금하지?"

나는 전혀 궁금하지 않았다. 달은 원래 그런 거니까. 달걀 프라이는 식으면 왜 비린내가 날까? 차라리 그게 더 궁금했다.

"인천 앞 바다의 등대처럼 그것도 우주의 밤하늘에서 천천히 돌고 있기 때문이야. 생각해봐. 그 등대는 인천 바다에 있는 것하곤 비교도 안 되게 커. 그래서 한 바퀴 도는 데 한 달이나 걸려. 그렇게 설계되어 있어. 그 등대가 지구를 비출 때면 우리 눈에 보름달처럼 똥그랗게 보여. 화성을 비추면 지구에서는 등대의 반쪽만 보게 되는 거야. 그러니까 반달이야. 토성을 비추면 여기서는 불빛이 하나도 안 보이는 거고. 알겠어?"

그건 몰라도 정육점 아줌마가 왜 삼촌 흉을 보는지는 알 것 같았다.

"민수야, 생각을 해봐. 등대가 토성 쪽을 향하고 있으면 지구는 깜깜해. 화성 쪽을 비추고 있으면 우리 눈에는 반쪽만 보인다니까. 니가 지금 내 옆얼굴을 보는 것처럼 말야."

삼촌 목소리가 높아졌다. 삼촌 눈을 오래 쳐다봐서 그런지 내 눈알이 다시 근질근질해졌다.

"잘 들어보라니까, 암스트롱은 달에 가지 않았어. 울퉁불퉁한 달의 지표면에 꽂았다는 성조기도 거짓말이야. 그날 성조기는 자랑스럽게 펄럭이는 걸로 나왔지. 그게 바로 증거야. 달에는 공기가 없거든. 공기가 없으면 바람도 없어. 바람이 없는데 성조기가 어떻게 펄럭이겠냐?"

성조기, 그건 왜 펄럭여가지고 이런 오해를 받는 걸까?

"그래, 우리 그 등대를 그냥 달이라고 부르자. 지금처럼. 달, 달, 달처럼 예쁜 이름도 드물지."

식어버린 달걀에서 비린내가 났다. 나는 숟가락을 내려놓았다.

"등대 뒤편에는 뭐가 있는지 알아? 도시가 있어. 기술 수준이 엄청난 도시야. 생각해봐. 그렇게 어마어마하게 큰 등대를 만들 정도면…… 너 우주선 타고 나갔다가 아직까지 귀환하지 않은 우주인이 있다는 얘기 들어본 적 있어? 아무튼 있어. 그 사람들 지금 다 어디에 있는 줄 알아? 모두 그 등대에서 살고 있어."

나는 눈을 비비며 뒤로 물러나 앉았다. 김약사가 참 대단한 사람이라는 생각이 들었다.

"왜? 재미없어?"

빨간 눈알이 물었다. 나는 고개를 끄덕였다. 빨간 눈한테는 거짓말을 하면 안 될 것 같았다.

"알았어, 그럼…… 근데 달걀을 왜 남겼어, 다 먹어야지."

남은 달걀은 모두 삼촌 입속으로 들어갔다.

"아 참, 그날 니가 지붕 위에 앉아 있는 걸 어떻게 안 줄 알아? 그것도 텔레파시 때문이야."

아차 싶었다. 그날 지붕에서 하나, 둘, 셋을 세는 게 아니었다. 그 숫자가 텔레파시가 돼 삼촌한테 간 것이다. 마음이 무거워졌다. 그렇다면 눈병도 텔레파시 때문인 것 같기는 한데. 나는 삼촌이 설거지하는 걸 바라보며 청진기에게 속삭였다.

'이제 어떡하지?'

어떻게든 삼촌 눈병에 대해 책임을 져야 할 것 같았다.

개비, 개비, 양귀비

어떡하지. 내가 삼촌한테 보냈다는 텔레파시가 해에게까지 통해버렸다. 해는, 아폴로 눈병처럼 빨간 눈을 한 해는, 온종일 명왕3동 하늘에 떠 있었다. 장마전선은 북태평양 상공에 걸려 오지도 가지도 못하고 머물러 있었다. 올해는 날씨가 뒤죽박죽이었다. 장마 기간이라는데 비 대신 땡볕 더위가 계속되었다. 텃밭도 골목의 화분도 슈퍼 파라솔도 축축 늘어졌다. 청진기도 내 목에 팔을 두른 채 축 처져 있었다. 집음기 부분이 열에 들떠 윙윙거리는 소리를 냈다. 나는 삼촌 식으로 청진기를 안심시켜주었다.

"너무 놀라지 마. 태양하고 지구 사이에 있는 브레이크가 고장난 것뿐이야."

밤에도 더위는 마찬가지였다. 골목은 인적이 뜸해 산적이라도 나타날 것 같았다. 이사를 가지 않은 집은 아직 살 곳이 정해지지 않았거나 어떻게든 마지막까지 버텨보겠다는 집들이었다. 가게들은 개점휴업 상태였다.

김약사는 향정신성의약품 재고를 정리하고 기록했다. 폐업하게 되면 보건소에 그것을 먼저 신고해야 한다. 약국을 정리하기는 어렵지 않은데 삼촌 문제를 정리하는 건 쉽지 않았다. 그렇게 우주에서 떠돌더니만 왜 지구로 내려오려고 하는지 김약사는 알 수 없었다. 그것도 하필이면 아이 딸린 외국인 여자의 낙하산을 타고 말이다. 여자는 낙하산을 빌려줄 생각도 않고 있는데. 김약사는 셔터를 내리러 나온 삼촌에게 다짜고짜 물었다.

"도대체 데릴라 어디가 좋은데?"

삼촌은 잠시 생각하다가 대답했다.

"나도 그게 궁금해. 그냥 좋아."

"정말 좋아하기는 해?"

"…… 그런 것……같아."

"그런 것 같다고? 그런 생각 안 해봤어? 데릴라를 좋아하는 게 아니라 사랑에 빠진 것 같은 자신의 감정을 즐기고 있다는 거."

"너무 복잡하다."

"그럼 간단할 줄 알았어? 혹시, 결혼도 생각해?"

"에이, 결혼은 무슨. 아직 잘 알지도 못하는데.?"

"알고는 못 하지."

"……"

"……"

"좋아한다면 어떻게든 결론을 내야 될 거 아냐. 사귀든지 헤어지든지. 그것도 내가 대신 해줘야 하는 거야?"

"계속 텔레파시를 보내고 있어. 언젠가 그쪽에 가 닿을 거야."

"어휴, 진짜 눈물 나게 감동적인 방법이네. 그 텔레파시 지금 어디서 헤매고 있는지, 원."

"김약사, 나도 마술을 한번 배워볼까?"

"마술? 마술을 부려서라도 데릴라 마음을 사로잡고 싶다 그거야?"

"데이비드 코퍼필드라고 알지? 날치처럼 생긴 마술사 있잖아. 그 마술사가 선보인 마술 중에 그런 게 있었어. 자유의 여신상을 사라지게 하는 마술. 여신상을 흰 천으로 덮은 다음 감쪽같이 사라지게 했어. 물론 속임수였지."

김약사도 TV에서 본 적이 있었다.

"김약사, 나는 뭘 사라지게 해볼까? 월드컵 경기장? 서해대교? 명왕3동?"

"뭘 사라지게 하겠다는 생각 대신 만들어보겠다는 생각을 좀 해봐. 어떻게 사람이 평생을 그렇게 사냐? 그리고 데릴라랑 마술이랑 도대체 뭔 관곈데?"

"그러니까 그게 꼭 상관 있는 건 아니지만…… 데이비드 코퍼필드는 만리장성을 통과하는 마술도 선보였어. 순간이동 마술이라고, 만리장성 한쪽을 뚫고 들어간 코퍼필드가 십 초 만에 수십 킬로 떨어진 반대편 만리장성 벽에서 뿅 나타난 거야. 물론 이것도 속임수지. 코퍼필드랑 똑같이 생긴 사람이 미리 그쪽에 가 있었던 거야. 그런데 알고 보면, 사실 그 만리장성 통과 마술을 시도한 사람이 코퍼필드가 처음은 아냐."

김약사는 솔깃해졌다. 삼촌은 잡다하게 아는 게 많았다. 그것이 취직과 연결이 되지 않아 문제긴 하지만.

"몇 년 전에 중국 정부에서 만리장성 보수공사를 했어. 한데 성벽에서 스님 한 분이 발견된 거야. 센세이션을 일으켰지. 그 스님은 왜 몇천 년 동안이나 만리장성 벽 속에 들어 있었을까? 역사학자들은 만리장성 축조에 동원된 스님이 노역에 지쳐 숨지자 성벽에 묻어준 거라고 해석을 했어. 그러니까 장성 벽이 부역에 동원된 스님의 무덤이 되었다는 거지. 하지만…… 내 생각은 달라. 그 스님은 만리장성을 통과하는 마술을 하고 있었던 거야. 코퍼필드하고는 질적으로 다르지. 속임수 같은 건 쓰지 않았어. 직접 장성 통과 마술을 해 보이다 그만 성벽 중간에 걸려버린 거야. 나는 그 스님이 아직도 성벽을 통과하고 있는 중이라고 믿어. 아직 마술이 끝나지 않은 거지. 시간이 오래 걸려서 그렇지 언젠가는 성벽을 뚫고 나올 거야."

"……"

"김약사한테만 해주는 얘기야."

"제발 나도 부탁이야. 다른 데서는 절대 이런 얘기 하지 마."

"김약사한테만 해주는 거라니까."

"……"

"정말 마술 한번 배워볼까?"

"이젠 지겹지도 않아? 제발 그만 배우고 지금까지 배운 걸 한번 써먹어봐."

삼촌 얘기에 말려들어 만리장성까지 와버렸다. 꼭 이렇다.

"만리장성은 나중이고 데릴라 마음이나 한번 통과해보든지."

김약사는 간판 불을 내리며 퉁명스럽게 던졌다. 삼촌은 그 한마디에 풀이 죽어 셔터를 내리러 나갔다.

"무슨 남자가 금세 풀은 죽어가지고……"

김약사는 삼촌 뒷모습을 보며 중얼거리다 팽할머니를 발견했다. 셔터 내리려는 것을 보고 팽할머니가 골목을 뛰듯이 내려왔다. 이 시간에 저렇게 인상을 쓰고 오는 걸 보면 발가락이 또 문제를 일으킨 거였다. 골목을 내려오면서 팽할머니는 자기가 알고 있는 모든 욕을 발가락에게 해주었다. 발가락 두 개를 딱 잘라낸다 해도 하나도 아깝지 않았다.

팽할머니가 울 것 같은 표정으로 약국에 들어섰다. 통풍 때문에 양쪽 엄지발가락이 말벌에 쏘인 것처럼 벌겋게 부어 있었다. 빈 병이나 상자 때문이 아니어도 팽할머니는 진통제를 사러 날마다 약국에 왔다. 약국을 업고 산다는 할머니 말이 틀린 말은 아니었다.

김약사가 진통제 두 알과 물컵을 건네주었다.

"꼭 빨치산 같어. 낮에는 어디 숨어 있다가 밤만 되면 이렇게 콕콕 쑤셔댄다니께."

"시금치나 고등어, 그런 것 드시면 더 나빠질 수 있어요. 알고 계시죠?"

할머니는 대답 대신 손을 휘저었다.

"시키는 대로 다 했지. 그래도 이렇게 아픈 걸 어떡혀. 후우. 우리 범도 장군님은 왜 이 늙은이를 안 데려가시나 몰라."

"병원에 한번 다녀오시라니까요."

"병원? 거기 가믄 뭔 소용 있어. 진짜 약은 세탁소에 있는디……"

"네?"

"달아놔. 돈 없어."

팽할머니는 손을 휘젓고 나갔다.

밤새 진통제 두 알이 팽할머니 엄지발가락과 힘겹게 싸우는 동안, 세탁소 안채에서는 꽃송이들이 활짝 피어났다.

명왕 3동 골목 현재 시각 오후 3시.

세탁소 라디오가 'KT협찬, 여러분의 MBC 라디오가 오후 세시를 알려드립니다' 했다.

"옘병, 이젠 시간도 협찬받아 알려주는구만."

와이셔츠를 다리던 세탁소 아저씨는 유리창 너머로 하늘을 쳐다보며 투덜댔다. 먹구름이 몰려오고 있었다. 골목은 오후 3시가 아니라 해가 지고 난 뒤처럼 어둑해졌다. 골목에 나와 있는 스티로폼 화분들이 유난히 희게 빛났다. 텃밭의 축 늘어진 채소들이 비 올 기미를 느끼는지 조금씩 살아났다.

명왕3동 사람들은 흙 담을 데만 있으면 어디든 야채를 길렀다.

옥상 위, 대문 위, 손바닥만한 공터, 가리지 않았다. 집집마다 내놓은 플라스틱 화분, 깨진 장독, 스티로폼 상자로 좁은 골목이 더 좁아졌다. 정육점 아줌마는 화분을 모두 스티로폼 상자로 통일했다. 상자 안에서 상추, 고추, 대파, 부추, 가지, 방울토마토, 봉숭아, 베고니아가 잘 자라고 있었다.

세탁소 앞에도 화분이 줄지어 있었다. 세탁소 아줌마와 정육점 아줌마는 묘한 라이벌 의식을 가지고 있었다. 자기 집에 없는 채소나 꽃이 상대방 화분에서 발견되면 용서가 안 되었다. 가짓수와 종류가 똑같았다. 하지만 화분 안의 것은 한눈에 봐도 차이가 났다. 세탁소 화분은 주인 아줌마를 닮았는지 생기가 없었다. 내가 청진기로 진찰해봐도 정육점 배추가 세탁소보다 다섯 배는 씩씩했다. 정육점 아줌마 말대로라면 세탁소 화분에 있는 것은 하나도 먹지 못한다.

"그 집 고추에서는 석유 냄새가 난다니까. 드라이한 옷에서 나는 냄새 말야."

"그 집 고추 맛을 봤어?"

"봤지."

"어떤데?"

"우리 집 고추만 못해."

그런 얘기를 주고받으며 아줌마들은 깔깔거렸다.

날이 흐려 세탁소 안이 더 어두워 보였다. 우중충한 옷들이 천장에 박쥐처럼 매달려 있었다. 구석에 있는 드라이클리닝 기계는 쉬고 있었다. 한창 때는 날마다 기계를 돌렸다. 요즈음에는 일주일에 한 번 돌릴 빨랫감도 들어오지 않았다.

검정색 절전 테이프로 둘둘 감아 연결한 다리미에서 뜨거운 증기가 쉿쉿거리며 나왔다. 세탁소 아저씨는 누렇게 변한 다림질대에 분홍색 와이셔츠를 올려놓고 다림질하는 중이었다. 와이셔츠 다림질의 키포인트는 어깨에서 소매로 이어지는 부분의 주름을 잡는 데 있었다. 거기를 잘 잡아야 와이셔츠 전체의 각이 제대로 나왔다. 키포인트를 만족스럽게 처리한 세탁소 아저씨는 금박단추 세 개가 붙은 소매 커프스로 넘어갔다. 명왕3동에서 그렇게 화려한 셔츠를 소화할 수 있는 사람은 세탁소 아저씨뿐이었다. 샛노란 넥타이, 진분홍 와이셔츠, 백구두, 초록색 바지, 반짝이 재킷. 세탁소 아저씨는 세상에 저런 색깔로도 옷을 만드나, 할 만한 옷을 몇 벌 가지고 있었다.

"형님, 도대체 그런 옷은 마, 어디서 사능 교?"

언젠가 명왕3동 주민들이 모두 궁금해하는 것을 쌍용슈퍼 아저씨가 대표로 물어본 적 있었다. 세탁소 아저씨는 이렇게 대답했다.

"있을 만한 데는 다 있어. 돈이 없지, 옷이 없간?"

며칠 전에도 세탁소 아저씨는 아줌마 몰래 쫙 빼입고 '아라비안 성인나이트'에 진출했다. 목적은 술도, 춤도, 부킹도 아니었다. 출연 가수들을 보기 위해서였다. 아라비안 나이트는 짝퉁 가수들의 천국이었다. 조용삘, 너훈아, 패튀김, 현찰, 서른도. 세탁소 아저씨의 열 살 이후 장래희망은 가수였다. 그 희망은 40년 동안 변한 적이 없었다. 벼룩시장 노래자랑, 메밀꽃 축제 노래자랑, 빙어 축제 노래자랑, 한가위 노래자랑…… 마이크가 있는 곳이면 어디든 달려갔다. 집에 가져온 트로피만으로 장식장을 다 채우고 남았다. 하지만 꿈의 무대, 전국노래자랑에서는 두 번이나 예선 탈락하고 말았다. 카메라 징크스 때문이었다. 카메라만 들이대면 가사가 하나도 생각나지 않았다.

진분홍 와이셔츠를 날아가게 다려놓고 아저씨는 초록색 바지를 다림판 위에 올렸다. 며칠 전 나이트에 갈 때 입은 옷이다. 한 번 입은 옷을 손질도 안 하고 다시 입는 것은 아라비안 성인나이트에 대한 예의가 아니다. 완벽하게 주름을 잡아놓아야 한다. 기회란 언제 올지 모른다. 그래서 기회다. 아라비안 성인나이트에 갔는데 그날 마침 조용삘이나 현찰이 펑크를 낼 수도 있다. 스테이지에서 춤을 추다가 바로 무대에 올라가 노래를 부르게 될 수도 있다는 말이다.

세탁소 아저씨 목소리는 현철과 설운도와 태진아를 섞어놓은 것 같았다. 바로 그 점이 아킬레스건이었다. 안타깝게도 현찰, 서른도, 태지나, 어느 쪽으로도 이름 붙이기가 어려웠다. 무대에서 마이크 한 번 잡아보는 것이 소원인 세탁소는 좌절된 꿈을 2차로 간 노래방 기계 앞에서 풀어헤친다. 나이트에 들어갈 때는 혼자였지만 나올 때는 혼자가 아니다. 여성 팬이 꼭 따라붙었다.

세탁소 아줌마가 아직도 44시이즈를 유지하는 이유가 거기 있었다. 징글징글해서 살이 붙을 틈이 없었다. 드라이클리닝 기계에서 나오는 증기에 바짝 드라이된 것처럼 깡마른 세탁소 아줌마는 샌드백 아줌마의 3분의 1쯤 된다. 이유야 어떻든 아줌마는 '44'에 대단한 자부심이 있었다. 자부심은 자세에서도 나타났다. 걸을 때나, 밥 먹을 때나, 손님에게 옷을 내줄 때나 한결같은 자세를 유지했다. 등은 꼿꼿하게, 턱은 조금 안으로 당기고, 눈은 살짝 내리깔고. 정육점 아줌마가 가장 문제 삼는 게 바로 그 자세였다.

정육점 아줌마가 가방끈 긴 것 다음으로 봐줄 수 없는 것은 도도한 거였다. 세탁소 아줌마의 콧대를 꺾어주는 것이 정육점 아줌마의 또다른 사명이었다. 세탁소 아저씨의 스캔들이 터져나올 때마다 정육점 아줌마는 인생이 주는 무한한 기쁨에 몸을 떨었고 세탁소 아줌마는 44사이즈의 몸이 부릴 수 있는 최대치의 히스테리를 뿜어냈다. 히스테리는 아줌마의 44사이즈 대장을 괴롭혀 하루에도 몇 번씩 화장실을 들락거리게 만들었다. 과민성대장염을 치료하는 약을 계속 복용하고 있지만 새로운 스캔들이 터지면 약도 소용없었다. 무력해진 괄약근이 아줌마를 더 히스테리컬하게 만들었다.

선반에 놓인 구형 라디오에서는 트로트가 한창이었다. 세탁소 아저씨는 온종일 라디오를 켜놓았다. 소리가 얼마나 큰지 골목 아래까지 들렸다. 세탁소 아줌마는 도도한 자세로 앉아 쭈쭈바 누나의 교복을 만지작거리고 있었다. 조금 전 쭈쭈바는 정육점 아줌마 몰래 교복을 맡기고 갔다. 블라우스는 간신히 단추가 채워질 만큼 치마는 무릎길이까지 줄여달라고 했다. 쭈쭈바 부탁대로 해주고 싶었지만 솔직히 뒷감당할 자신이 없었다. 정육점 여자가 가만 있지 않을 거였다. 라디오에서는 트로트가 계속 나왔다. 짜증이 나려고 했다. 아줌마에게는 찬송가와 가곡만이 노래였다. 하지만 아저씨의 스캔들이 터지면 달라졌다. 역시 위로받기에는 가곡보다 트로트 쪽이 나았다. 가사 하나하나가 절절히 가슴을 후벼팠다. 아저씨가 속 썩일 때마다 아줌마는 '여성시대' 진행자 양희은씨한테 편지를 보냈다. 너무 많이 편지를 써 이제는 양희은씨가 친언니 같았다. 그쪽에서도 친동생으로 생각하는지는 알 수 없었다.

"오후 네시를 알려드립니다."

쪽문으로 안채에 갔다온 세탁소 아저씨는 쪽문을 야무지게 닫았다. 가게 안이 후텁지근했다. 구름은 잔뜩 끼고 바람 한점 없었다. 남쪽 지방에는 며칠째 폭염주의보가 발령중이었다. 쪽문을 열어두면 맞바람이 통하는데 아저씨는 꼭 문을 닫아두었다. 친하게 지내는 쌍용슈퍼 아줌마도 요즈음에는 세탁소 안채에 들어가본 일이 없었다.

"아주 푹푹 쪄대는고만. 뭐든 올라믄 얼른 와버리지 왜 이렇게 뜸만 들이는 거여."

세탁소 아저씨가 문 앞에서 담뱃불을 붙이며 투덜댔다.

"입구녕에다 불을 때대니 더 덥지."

언제 와 있었는지 세탁소 모퉁이에서 헌 신문지와 깡통 따위를 싣고 있던 팽할머니가 받아쳤다. 세탁소 아저씨는 몇 모금 빨다가 담뱃불을 끄고는 들어와버렸다. 조금 있으면 '지금은 라디오 시대'가 시작된다. 팽할머니한테 잘못 걸렸다가는 방송을 놓칠 수 있었다.

세탁소 아저씨 말대로 뭐가 오긴 왔다. 세탁소는 라디오에 빠져 경찰차가 가게 앞에 와 멈추는 소리를 듣지 못했다. 경찰 두 명이 세탁소 안으로 들이닥쳤다. 깜짝 놀란 아줌마가 얼른 라디오 볼륨을 줄였다. 그것도 모르고 안쪽에서 걸대로 옷을 걸고 있던 아저씨가 고함을 쳤다.

"이 여자가 지금, 얼른 소리 키워!"

"좀…… 나와봐요."

아저씨가 구시렁거리며 옷을 헤치고 나왔다. 비닐 커버들이 바스락거리는 소리를 내며 흔들렸다. 세탁소 앞으로 골목 사람들이 하나둘 모여들기 시작했다. 두텁고 무거워 보이는 구름도 몰려들었다.

전국노래자랑 무대에 선 것처럼 세탁소 아저씨의 머릿속이 하얘졌다. 경찰관 하나가 안채로 통하는 문이 어디냐고 물었다. 세탁소 남자는 왜 이제야 오셨냐는 듯 공손하게 쪽문을 가리켰다. 경찰을 따라 골목 사람들이 안채에까지 몰려갔다. 나와 청진기는 제일 앞에 서 있었다.

안방에서 양귀비 네 송이가 발견되었다. 경찰이 사진기로 양귀비꽃을 찍었다. 촬영 뒤 밖으로 끌려나온 양귀비 꽃잎이 파르르 떨었다.

주홍색 두 송이, 흰색 두 송이.

습자지로 만들어놓은 것처럼 꽃잎 속이 다 들여다보였다. 쥐면 얇은 종이 구겨지는 소리가 날 것 같았다. 흰 꽃 한 송이는 시들어서 작은 종을 엎어놓은 것 같은 꽃받침을 하고 있었다. 경찰이 그 부분을 유심히 살폈다. 세탁소 아저씨는 여전히 얼빠진 표정이었다. 아라비안 성인나이트클럽에서 나오다 세탁소 아줌마에게 들켰을 때도 그런 표정이었다. 세탁소 아줌마의 등은 역시 도도, 그 자세였다. 꼿꼿했다. 하지만 자세히 보면 입술 양끝이 떨리고 있었다.

"이거 무슨 꽃인 줄 아시죠?"

경찰이 세탁소 아저씨에게 물었다. 아저씨는 손바닥으로 턱만 문질렀다. 세탁소 아줌마는 경찰 앞에서 자꾸 무너지려고 하는 등을 꼿꼿이 세웠다.

"처음엔 몰랐어요."

아줌마가 입을 열었다. 사람들 시선이 일제히 꽃에서 세탁소 아줌마에게 옮겨갔다.

"어디서 씨앗이 날아왔는지 공터 상추밭에서 크고 있더라구요. 상추 사이에 있는 쑥갓이랑 잎사귀가 비슷해서 쑥갓인 줄만 알았어요. 쑥갓 이파리 뜯을 때 이것도 뜯어다가 데쳐먹었으니까요. 근데 어느 날 보니까 꽃봉오리가 맺혔더라고요. 하도 예뻐서 집에다 옮겨 심은 것뿐이에요. 화분을 바깥에 내둘 데도 없고 해서…… 이게 그 꽃인 줄은 꿈에도 몰랐어요. 정말입니다. 집 안에 둔 것도 별다른 뜻이 있어 그런 건 아니에요. 꽃이 너무 예뻐서……"

세탁소 아줌마 등이 푹 무너졌다. 씽용슈퍼 아줌마가 얼른 옆으로 다가갔다.

"정말 이상하네. 왜 하필 양귀비씨가 이 집 텃밭으로만 날아왔을까? 안 그래요? 날아왔든, 기어왔든 일단 여기서 나온 거니까, 같이 갑시다."

경찰이 화분을 두 개씩 나눠 들고 나갔다. 둘러 서 있던 사람들이 반으로 갈라지며 길을 내주었다. 금방이라도 비가 쏟아질 듯 어두워졌다. 화분 속의 양귀비만 환하게 빛났다. 경찰차가 떠난 뒤에도 사람들은 헤어지지 못하고 웅성거렸다. 쌍용슈퍼 아줌마가 세탁소 문단속을 하고 셔터를 내렸다.

"이게 뭔 일이래요? 아니, 양귀비씨가 어떻게 생겼기에 날아다닌다는 거예요?"

정육점 아줌마가 호들갑을 떨며 팽할머니에게 물었다.

"꼭 상추씨처럼 생겼어. 씨에 가는 털이 있어서 잘 날아다녀. 세탁소 틀린 말 안 했어. 이파리를 나물로 무쳐먹기도 허니께."

"음맘마, 이파리는 먹어도 돼? 거긴 괜찮아요?"

"몰라. 이파리도 먹어본 적 없은께."

"그럼 아편은 어디서 나와요? 꽃인가?"

"꽃이 저 잡아먹힐라고 저렇게 예쁘게 피겄어? 먼가 감추고 있은게 그렇게 요염을 떨고 피지. 꽃 지고 나면 그 자리에 꼬타리가 생겨. 아까 못 봤어? 경찰놈들이 거기를 한참 들여다보는 것 말여. 대나무 껍질을 잘게 쪼개서는 그 꼬타리에 조심해서 상처를 내봐. 그러면 거기에서 뽀얀 젖 같은 것이 흘러나와. 그걸 받아서 말리면 고약같이 꺼멓게 되지. 그것이 아편이여. 아픈 데는 그것만한 것 없어. 다른 약 다 안 들어도 그건 듣거든."

굵은 빗방울이 떨어지기 시작했다. 비에서 흙냄새가 피어올랐다. 사람들은 빗방울처럼 흩어졌다. 비에 젖은 팽할머니 어깨가 축 처졌다.

세탁소 부부는 밤이 되어서 돌아왔다. 경찰서까지 따라간 통장이 힘 좀 썼다. 거기다 양귀비가 개양귀비로 밝혀졌다. 남자들은 쌍용슈퍼 파라솔 아래 모여 맥주잔을 돌렸다. 세탁소 아저씨는 경찰에 찌른 사람을 잡겠다며 씩씩거렸다. 며칠 전에 다녀간 택배 직원, 가스 배달원 그리고 팽할머니. 용의선상에 몇 명이 올랐다.

"이건 누가 찌른 거여. 그러지 않고서 어떻게 알았겠어. 양귀비가 지 발로 걸어가서 우리 집 주소를 불었을 턱은 없잖아."

"어쭈, 양귀비가 맞긴 맞나보네? 그동안 저 혼자 양귀비를 넷이나 품고 살았고만."

"아이고 형님, 우리 집사람이 보통 예민하요? 이틀, 사흘 거리로 배탈이 나잖애. 그것이 배탈에는 직방이라잖어."

"헛참, 박가야, 제수씨 배탈이 왜 나냐? 약 다려 먹여가며 딴 재미 볼라고 그런 것 아녀?"

파라솔 아래에서 웃음이 터졌다.

너무 더워 엄마와 나는 밖으로 나왔다. 삼촌이 말한 하늘의 등대는 토성 쪽을 비추고 있는지 하늘이 깜깜했다. 파라솔 아래 녹두장군 옆에 앉아 있는 삼촌의 뒷모습이 보였다.

명왕성과 지구 사이의 무덥고 깜깜한 밤.

삼촌과 데릴라 사이의 무덥고 깜깜한 밤.

화초 겨루기에서는 세탁소 아줌마가 정육점을 눌렀다. 그렇게 엄청난 꽃을 가지고 있었으니.

그 밤, 팽할머니의 엄지발가락이 무사한지 알 수 없었다.

용궁

그 밤, 팽할머니의 발가락에서 양귀비꽃처럼 통풍이 화아악 피어나던 밤. 녹두장군은 술이 올라 주홍 양귀비처럼 불그레했다. 통장 아저씨는 졸립다고 들어가고 세탁소 아저씨는 아직도 심장이 벌렁거려 들어가고 정육점 아저씨는 젖가슴을 문지르며 들어가고 슈퍼 아저씨는 가게 정리한다고 들어갔다. 이야기를 시작한 장군 옆에는 삼촌만 남았다.

꽃 피고 새 울고 넘치는 보물에 노랫소리 끊이지 않는다는 마을을 찾아 헤매는 날들이었지. 산 넘고 산 넘어, 물 건너고 물 건너. 여기가 어디인지, 저기가 어디인지 까마득했어. 사랑에 빠진 코끼리에, 압둘 두바이에 다 만났지만 그 마을은 만나지 못했지.

하루는 터벅터벅 걷다 물 하나를 만났어. 물을 건너야 하는데, 이 물 건넌다고 내 찾는 곳이 나올까, 하는 생각에 힘이 쑥 빠졌어. 물 건널 생각은 않고 물가에 앉아 물만 바라보고 있었어. 저 물 흘러가는 대로 그냥 따라 흘러가볼까, 손에 잡히는 대로 물가에 피어 있는 풀 줄기를 훑으면서 이 생각 저 생각 시름없이 하고 있었지.

남자 하나가 저 아래쪽에서 수레를 끌고 이쪽으로 오고 있었어. 어깨는 축 늘어지고 다리에 힘이 풀려 한 발짝 오다 멈춰 서고, 한 발짝 오다 멈춰 서곤 했어. 남자는 한참 동안 서서 물만 바라보았어. 그러더니 수레를 끌고 천천히 물속으로 걸어들어가기 시작했어. 처음에는 수레에 묻은 흙을 씻으러 그러는 줄 알았어. 설마 죽겠다고 작정한 사람이 수레까지 끌고 들어갈 리 없잖아. 그런데 그게 아니었어. 무릎이 잠기고 허리가 잠기는데도 계속 들어가더라고. 나는 벌떡 일어나 그쪽으로 뛰어갔지.

간신히 그 남자를 물 바깥으로 끌어내었어. 물속에서 얼마나 실랑이를 벌였는지 그 사람도 나도 기진맥진했지. 부끄러워할 것도 없이 서로 몽땅 옷을 벗어 자갈돌 위에 펴 널었어. 볕 좋은 봄날이라 다행이었지. 옷이 마르는 걸 기다리는 동안 서로 말문을 텄지. 물속으로 걸어들어간 사연이 무엇인지 물었어. 건져줬으니 그 정도는 물어봐도 실례가 아니지. 남자는 세상 오만 가지 슬픔을 다 짊어진 것처럼 축 처진 어깨를 하고는 얘기를 시작했어.

"자라를 만나러 가는 길이었소."

"자라요?"

남자는 힘없이 고개를 끄덕였어. 구미가 확 당겼지. 나는 잠시 뜸을 들인 뒤 별 관심 없다는 투로 한마디 던졌어. 그런 사람한테는 정색을 하고 물으면 정색을 하고 입을 다물어버리는 수가 있거든.

"봄볕이 참말 좋습니다. 바람도 없고…… 자라는 왜요?"

"……이 물을 따라 한참 내려가다보면 큰 마을이 하나 나옵니다. 나는 거기 살던 사람이오."

이 말 듣기까지도 한참이 걸렸어. 워낙 말수가 적은데다가 목소리까지 작아 귀를 세우고 들어야 했지. 뜨문뜨문한 말을 이어보면 남자의 사연이 이런 거야.

남자의 집은 마을에서 조금 외따로 떨어져 있었다는구만. 남자 집 앞으로는 꽤 넓은 시내가 흐르고 있었대. 가난해도 세 살 된 아들 쌍둥이에 부지런한 아내, 그렇게 오순도순 살고 있었지. 조금만 더 고생하면 머지않아 땅이라도 조금 장만할 만한 형편이었지.

그날, 남의 밭 여섯 마지기를 혼자 매고 온 남자는 저녁을 먹자마자 그대로 곯아떨어졌어. 밥을 먹다가 꾸벅꾸벅 졸 만큼 고된 하루였지. 남자가 곯아떨어지고 조금 지나자 비가 내리기 시작했어. 밤이 깊어갈수록 비는 무섭게 쏟아졌지. 잠귀 밝은 남자의 아내가 빗소리를 듣고 깨어났어. 문을 열어보니 음마야, 마당이 출렁출렁했어. 집 앞으로 흐르던 시내가 문 앞까지 밀려와 있었지. 아내는 남자 등을 사정없이 두드리며 깨웠어. 워낙 잠이 깊어 남자는 꿈쩍도 안 했어. 방망이를 가져다 두들겨 패도 돌아눕기만 하지 일어나질 않는 거야. 하는 수 없이 아내는 선잠 깨 울어대는 쌍둥이를 하나는 업고 하나는 안고 집을 빠져나왔지. 무릎까지 물은 차오르는데 비가 앞을 가려 아무것도 보이질 않았어. 무조건 집 뒤 높은 둔덕만 바라보고 헤쳐나왔지. 물이 자꾸 쫓아오니 물보다 빨리 달아

나려고 뒤돌아볼 틈도 없었지. 한참을 헤쳐나와 아들 두 놈을 언덕에 내려놓는데 뒤에서 천지 무너지는 소리가 들렸어. 차라리 돌아보지 말걸. 산보다 높은 물마루가 집을 덮쳐버린 거야. 집은 공중으로 한 번 치솟더니 그대로 곤두박질쳤지. 용케 집은 부서지질 않고 물결에 그대로 휩쓸려 떠내려가버렸어. 발을 동동 구르고 목이 터져라 남편을 불렀지만 집은 벌써 저 멀리 가고 있었지. 뒤란에 있던 개암나무하고 그 나무 아래 있던 수레도 집을 따라 둥둥 떠내려갔어.

남자는 아침에야 눈을 떴지. 얼마나 잘 잤는지 밭 여섯 마지기를 매느라 노작지근했던 몸이 개운했어. 다른 날 아침과 다른 게 있다면 아이들 소리가 들리지 않는 거였어. 늘 아이들 조잘대는 소리에 잠이 깼었는데 집 안이 너무 조용했어. 아내와 아이 둘을 불렀지만 아무 대답도 들리지 않았어. 종종 그럴 때가 있었지. 아내가 아침 일찍 아이들을 데리고 물가로 빨래를 하러 가기도 했으니까. 남자는 일어나 방문을 열었어. 그날도 할 일이 태산처럼 쌓여 있었거든. 문짝이 다른 날과 달리 많이 삐걱거렸어. 저녁에 일 끝내고 돌아오는 길에 경첩에 칠하는 기름 좀 사와야겠다고 생각했지.

남자는 마당으로 내려서려다 마루에 한참 서 있었어. 분명 뭔가 이상했으니까. 마당 앞 풍경이 싹 달라져 있는 거야. 마당 앞으로 분명 맑은 시내가 흐르고 있었는데 시내 대신 널찍한 길이 나 있는 거야. 곧고 시원하게 뚫린 길 양옆으로는 처마며 담벼락에 갖가지 치장을 한 기와집들이 늘어서 있었고. 남자는 자기가 꿈을 꾸고 있나 생각했지. 남자는 다시 아내와 두 아이 이름을 불렀어. 이것이 꿈인지 아닌지 물어보려고 말이야. 대답이 없었어.

마당으로 내려선 남자는 뒤돌아서서 등뒤의 집을 올려다보았지. 자기 집이 분명했어. 얼른 뒤란으로 돌아가보았어. 개암나무도 그대로 있고 그 밑에 수레도 그대로였지. 그때, 남자 눈앞으로 무언가 지나가는 거야. 하나가 지나가자 뒤를 이어 색색의 것들이 남자를 스치며 지나갔어. 하도 색이 고와 꽃잎인가 했지. 그것들이 얼굴과 손등을 스칠 때 부드러운 감촉이 생생하게 전해져왔어. 그것이 무엇인지를 알고 남자는 주저앉아버렸지. 색색의 물고기들이었어. 꽃잎도 아니고 나비도 아니고 새도 아니고 물고기. 그러고 보니 늘어선 기와집들 담벼락에 울타리로 서 있는 것은 울긋불긋한 산호였어. 울타리 옆에 너울너울한 건 해초였고. 밤새 용궁까지 떠내려온 거지.

용왕을 알현하고 온갖 산해진미로 대접을 받은 남자는 산호밭으로, 진주밭으로 구경을 다녔어. 꽃 볼 틈도 없이 살았는데 땅에서 보지 못한 꽃들을 바닷속에서 물리도록 보았지. 하루하루 시간이 어떻게 흘러가는지도 모르게 흘러갔어. 처음 며칠은 모든 것이 신기해 식구들 생각도 잊었지. 일하지 않아도 아무 걱정할 게 없었어. 그런데 며칠 지나자 슬슬 식구들이 보고 싶어지는 거야. 어린 아이 둘을 데리고 남편을 찾아 헤매고 있을 아내를 생각하자 마음이 급해졌어. 며칠 푹 쉴 만큼 쉬었고, 맛난 음식에 좋은 옷에 대접도 잘 받았으니 이제 돌아가야겠다고 생각했지.

용왕은 선선히 승낙했어. 산호에 진주에 진귀한 선물까지 가득 받았지. 집이랑 뒤란 개암나무까지 가져오고 싶었지만 자라 등에 다 태울 수는 없었어. 선물을 싣고 오느라 수레만 가지고 나왔지. 자라가 남자를 물가에 내려놓고 말했어. 언제든 돌아오고 싶으면 이 자리에서 자기 이름을 세 번 불러달라고. 남자는 또 올 일이 있을까 싶어 건성으로 고개를 끄덕이고 자라를 보냈지.

마을은 많이 달라져 있었어. 마을 한가운데 있던 팽나무는 사라지고 그 자리에는 마을 이름을 새긴 돌탑이 세워져 있었지. 초가집은 몇 집 남지 않고 기와지붕이 햇빛에 빛나고 있었어. 며칠 사이에 이렇게 달라질 수 있나, 하는 생각이 들었지만 식구 찾아갈 생각에 마음이 바빠 그냥 지나쳤어. 남자는 자기 집이 있던 쪽으로 바삐 걸었어. 길에서 몇 사람을 만났지만 어디서 본 것 같기는 한데 기억이 나질 않는 거야. 상대방도 마찬가지인지 고개를 갸우뚱하고 멈춰 서서 한참 쳐다보다 지나갔어.

집 앞으로 흐르던 시내는 그대로 있었어. 한 번도 그런 적이 없었는데 시냇물은 형편없이 말라 있었지. 집이 있던 자리에는 생전 처음 보는 집이 서 있었어. 기분이 이상해지는데 돌려 생각했지. 며칠 사이에 새 집을 지었구나. 남자는 바닷속에 두고 온 집을 떠올리고는 그럴 수도 있겠다고 생각했어. 집이 없으니 당장 살 집을 마련해야 했겠지. 그러면서도 남자는 고개를 갸우뚱했어. 며칠 사이에 이럴 수 있나……

집 앞에서 한참 서성거렸어. 아내한테 뭐라고 둘러대야 할지 걱정이 되었지. 혼자만 맛난 음식에 좋은 옷을 대접받았다는 것을 알면 아내가 서운해할 것이 분명했지. 남자가 기웃거리는 걸 봤는지 안에서 젊은 여자가 나왔어. 아내만큼 젊은 여자였는데 아내는 아니었지.

"누굴 찾아오셨어요?"

젊은 여자가 남자와 남자 뒤의 수레를 번갈아 보며 물었어. 남자는 자기 이름을 댔지. 여자는 모르는 눈치였어. 남자는 집을 잘못 찾아왔나 싶었지. 그새 아내가 이사를 가버린 것인가? 혹시나 해서 아내 이름을 댔지.

"그분은 저희 시어머니이신데……"

남자는 자기가 잘못 들었나 싶었어. 얼른 쌍둥이 중 큰아이 이름을 말했지.

"제 남편입니다만……"

남자는 가슴이 마구 뛰는 걸 간신히 누르며 물었어.

"그럼 그 아이의 쌍둥이 동생 이름이 허중관 맞소?"

"그렇습니다. 도련님이지요."

남자 머릿속이 한순간 뜨거워지더니 텅 비어버렸어. 남자는 그 자리에 주저앉아버렸지. 젊은 여자는 놀라 집 안으로 뛰어들어갔어. 잠시 후에 여자는 머리가 하얀 여자를 데리고 나왔어. 남자는 주저앉은 채로 백발의 여자가 나올 때부터 한눈팔지 않고 지켜보았지. 걸음걸이나 얼굴이 어딘가 눈에 익었어. 아내처럼 그 노파도 안짱다리 걸음걸이였지. 젊은 여자가 노파에게 남자와 나눈 얘기를 들려줬어. 노파는 눈이 나쁜지 가까이 다가와 남자를 쳐다보았지. 양미간을 잔뜩 찌푸리고 말이야. 그러더니 그대로 까무라치고 말았어. 젊은 여자 비명 소리에 안에 있던 사람들이 뛰어나왔어. 노파의 여든번째 생일에 마을 사람들이 모여 식사를 하던 중이었거든. 남자는 정신이 희뜩해 뭐가 뭔지 알 수 없는 거야. 분명 눈앞에 쌍둥이 아들이 서 있었어. 쌍둥이 둘째는 왼쪽 손등에 푸른 점이 있었지. 아직도 그 점이 손등에 남아 있었어. 며칠 전까지만 해도 새총 만들어달라고 조르던 세 살짜리 아들이었는데…… 며칠 사이에 그 아들이 중늙은이가 되어 있었던 거야.

큰아들이 노파를 업고 들어갔지. 마을 사람들 사이에 작은 소란이 일었어. 그중에 몇이 남자를 알아보았으니까. 한 사람이 남자에게 이름을 물었어. 남자는 대답 대신 어르신 이름을 먼저 말해달라고 부탁했지. 노인이 자기 이름을 댔어. 아뿔싸, 며칠 전 남자가 일해주었던 밭 주인이었어. 남자 또래였던 밭 주인이 노인이 되어 있었지. 얼이 빠진 남자가 자기 이름을 말했어. 모인 사람들이 한순간 조용해졌지. 누구도 입을 열지 않았어. 얼마나 시간이 흘렀는지 몰라. 손등에 푸른 점이 있는 쌍둥이 동생이 앞으로 나서며 물었어.

"우리 형제 이름과 어머니 이름을 어떻게 알고 있습니까?"

남자는 기가 막혀 아무 말도 할 수 없었어. 말라붙은 입술을 침으로 축이고 남자는 중얼거렸어.

"쌍둥이 큰놈 왼쪽 옆구리에는 녹두알만한 사마귀가 있고, 둘째

아들놈 머리에는 가마가 두 개지."

쌍둥이 아랫놈 얼굴이 허예졌어. 남자는 빙 둘러선 마을 사람들을 찬찬히 뜯어보며 하나하나 이름을 댔어. 옛 얼굴이 뒤로 물러나 있긴 했지만 주름살을 걷어내고 보면 알아볼 만했지. 사람들은 자기 이름이 불릴 때마다 움찔하며 한 발 뒤로 물러났어. 밭 주인을 쳐다보며 남자가 말했지.

"형님네 밭 갈아주고 그날 저녁, 곯아떨어진 사이에……"

밭 주인 얼굴도 허예졌지. 남자는 지난 며칠 동안 겪은 일을 하나도 빼지 않고 말했어. 혼자만 좋은 구경을 한 것이 미안했지만 사실대로 다 말했지. 이야기를 듣던 사람들이 슬슬 뒷걸음을 치더니 정신없이 달아나기 시작했어. 신발이 벗겨진 사람, 넘어진 사람, 기어가는 사람…… 덜덜덜 떨면서 쌍둥이 아랫놈이 말했어.

"저…… 저희 아버지는 어느 밤중에 물에 떠내려가버렸습니다. 버버, 벌써 오십 년 전의 일입니다."

남자는 거기까지 얘기하고는 입을 다물어버렸어. 남자 눈에서 눈물이 주르르 흘렀어. 얘기를 듣는 동안 내가 훑어놓은 풀 줄기가 무릎 근처에 수북이 쌓여 있었어. 이거, 얘기 듣는 동안 한 50년 홀딱 지나가버린 것 아닌가 겁이 더럭 나더라고. 나는 내 얼굴을 더듬어보면서 침을 꼴딱 삼켰지. 남자는 꾸덕꾸덕한 옷을 챙겨 입었어. 다 마르거든 입자고 말렸지만 아무 말 없이 그냥 입었어.

"다시 돌아가야겠소."

"어디로 말입니까?"

"물속이지 어디겠소. 거기에는 내 집이라도 한 칸 있지만 여기에는 아무것도 남아 있질 않소."

옷을 다 입은 남자는 수레를 끌고 물가로 내려갔어. 어떻게 말릴 수도 없었어. 말려도 안 되는 일이었지. 남자는 수레를 끌고 천천히 물속으로 걸어들어갔어. 물 한가운데에서 뭐라고 세 번 크게 부르더구만. 자라 이름이었겠지. 조금 있자, 저쪽 물 깊어 보이는 데서 거무스름한 것이 남자에게 다가왔어. 거무스름한 것이 물 밖으로 한 번도 나오지는 않았으니 그것이 자라인지, 거북이인지, 물귀신인지 알 수 없었지. 남자와 수레는 그것을 타고 얼마를 가다가 물속으로 사라졌어.

나는 물가에 한참 동안 넋을 놓고 앉아 있었어. 자갈 위에 펴놓은 윗도리가 바람에 날아가기에 그것 잡으러 일어나다 정신이 퍼뜩 나더라고. 평생 땅에서 못 본 꽃을 물속 며칠 동안에 다 보았다던 남자 말이 떠오른 거야. 내가 찾아가는 마을, 그 마을에도 그런 꽃밭이 있다고 했지. 혹시 그 마을이 그 물속에 있는 건 아닌지…… 아무리 생각해도 거기가 꼭 그 마을 같았는데 말이야……

이걸 어쩌나, 자라 이름을 알아야 부르지. 물은 벌써 저만큼이나 흘러가버렸는데 말이지……

텔레파시

장마전선처럼 엄마와 삼촌에 관한 소문이 잠시 소강상태에 빠졌다. 골목도 삼촌도 더위 먹은 것처럼 축 처져 있었다. 내가 원하던 대로였다. 하지만 그런 삼촌을 지켜보는 게 유쾌한 일은 아니었다. 아폴로 눈병 때문에 삼촌한테 진 빚이 있었다. 딱 한 번만 삼촌을 도와주기로 했다.

지붕 위로 올라가요!

나는 삼촌을 향해 텔레파시를 쏘아올렸다. 너무 큰 걸 알려준 게 아닌가 걱정되었지만 이미 쏘아올린 뒤였다.

지붕 위로 올라가라구요!

결과를 확인하러 날마다 약국에 갔다. 그끄저께도 그저께도 어제도 삼촌은 지붕이 아니라 카운터 뒤 의자나 안채 식탁 의자에 눌어붙어 있었다. 텔레파시가 공중에서 헤매고 있는 중이라고 생각하기로 했다. 날씨가 너무 더워 그럴 수 있었다. 오늘까지만 기다려보기로 했다.

김약사는 안채로 점심 식사하러 가고 약국은 삼촌과 내가 차지했다. 삼촌은 여전히 지붕으로 올라갈 기미가 없었다. 오늘이 지나면 나도 어쩔 수 없었다.

밖에서 기웃거리더니 용만 아저씨가 들어왔다.

"김약사님은?"

"점심 식사하러요."

"으응. 그나저나 어디 삼촌 얼굴 좀 보자. 이거 이거, 게갈 안 나는고만. 삼촌은 너어무 맑은 게 탈이여. 1급 청정수에 고기가 꼬여? 사랑도 마찬가진 겨. 그렇게 기다리고만 있으믄 어느 세월에 꼬여. 이젠 머리를 써야지. 귀가 안경 걸치라고 있는 겨? 들으라고 있지. 머리는? 모자 쓰라고 만들어놨어? 아니지. 굴리라고 있는 겨."

삼촌은 힘없이 웃고 말았다.

"나 지금 교대받으러 가야 되거든. 얼른 요점만 말하자믄, 저 앞에, 저 나무 보고도 뭐가 안 떠올라?"

용만 아저씨가 공작나무를 가리켰다.

"글쎄……요."

"아이구, 삼촌도 참. 저 나무는 됐다 뭐해. 아꼈다가 나중에 장작으로 쓸라고? 이 근처에 한강 다리라도 있었으면 머 두말할 필요가 없지. 다리 위로 일단 올라가면 일은 끝나니께. 하지만 어쩌. 나무뿐인걸. 군대 안 갔다 왔어? 주변의 지형지물을 최대한 이용해 공격하라. 일단 나무로 올라가라는 말이지. 올라가서는 결혼해주기 전에는 죽어도 못 내려온다고 못을 박는 겨. 무조건 올라가. 내가 밑에서 바람은 잡아줄게."

삼촌은 그냥 웃고는 냉장고에서 구론산을 꺼내와 건넸다.

"어, 어, 웃어? 이거 아직 안 급하구만."

"얼른 드세요. 교대시간 넘겠어요."

"기껏 한두 번 찍어보고 벌써 시들해졌어? 그럴 걸 뭐하러 시작은 한 겨. 동네 사람들한테 바람만 넣어놓고. 내가 그만큼 양보했

잖여. 지금 삼촌 연애 지켜보느라고 다들 못 떠나고 있는 거 아녀.
국수나 한 그릇 먹고 헤어지자고."

용만 아저씨는 구론산을 마시며 나에게도 한마디했다.

"제일 빠른 방법은 우리 좆만이가 그냥 아빠라고 불러줘버리는
것인디……"

용만 아저씨가 나간 뒤 삼촌과 나는 어색해져 한마디도 하지 않
았다. 나는 헷갈렸다. 내가 보낸 텔레파시가 왜 용만 아저씨한테
갔는지 모르겠다. 그것도 살짝 바뀌어서. 이러다가 엄마랑 용만 아
저씨가 사랑하게 되는 것 아닐까. 딱 한 번만 더 기회를 주기로 했
다. 나는 삼촌 눈을 뚫어지게 쳐다보며 텔레파시를 쏘아올렸다.

지붕으로!

지붕으로!

아라비안 성인나이트

밤새, 뒷산에 있던 바위 하나와 늙은 소나무 세 그루 그리고 성
신설비 뒤 삼수생의 집이 날아갔다. 집은 가벼워 바위보다 높이 떠
서 날았다. 늙은 소나무는 힘이 부쳐 날아가다 자주 쉬었다. 소나
무를 따라 산새들도 날아갔다. '하늘의 등대'가 목성 쪽을 비추고
있는지 지구의 하늘에는 초승달이 떠 있었다. 초승달이 날아가는
소나무 가지에 살짝 걸렸다가 빠져나왔다. 집을 따라 삼수생이 보

물처럼 여기던 〈삼손과 데릴라〉 해적판 DVD도 날아갔다. DVD 속 삼손의 머리칼이 바람에 날렸다. 데릴라의 파랑 원피스가 바람에 날렸다. 나와 청진기는 오래도록 손을 흔들어주었다.

안녕, 소나무.

안녕, 삼손과 데릴라.

삼촌이 지붕 위로 올라갔다는 소문은 아직 들리지 않았다. 내 마음이 원하는 것이 무엇인지 나도 알 수 없었다. 갈팡질팡했다. 설마 용만 아저씨가 올라가지는 않았겠지.

나는 청진기와 함께 평상에 앉아 오랜만에 우렁각시 놀이를 했다. 혹시 삼촌이 보일까 중간 중간 고개를 들어 마을의 지붕들을 올려다보았다. 샌드백 아줌마는 가게 문을 활짝 열어놓고 주방에서 바쁘게 움직였다. 도마 소리가 기분 좋게 울렸다.

용만 아저씨가 골목을 올라오고 있었다. 교대해주고 들어오는 길이었다. 노란 기사복 셔츠에 검정 손가방, 완벽한 팔자걸음이었다. 일단 마음이 놓였다. 내 텔레파시가 용만 아저씨한테 간 것은 아니니까. 용만 아저씨가 평상에 엉덩이를 걸치며 말을 걸었다.

"아이고오, 죽겠다. 어이, 좆만이, 혹시 내 인형 만들어놓은 것 있어?"

"?"

"내가 요즘 정신없이 아프걸랑. 입안에는 온통 혓바늘이 돋았지, 머리는 깨지게 아프지, 허리는 끊어지지. 암만 생각해도 누가 날

닮은 인형을 만들어놓고 콕콕 쑤셔대고 있는 것 같다니께. 어디 짐
작 가는 데 없어?"

용만 아저씨가 그 응집력 강한 얼굴을 들이밀며 물었다. 그러더
니 진찰 좀 해달라고 했다. 나는 청진기로 아저씨 머리를 여기저기
만져주었다.

"어머니한테 얼른 결단 내리시라고 혀. 인생은 엔조이여. 엔조이
할 시간도 없는디 뭘 그렇게 뜸을 들이시는 겨. 알겠지?"

용만 아저씨는 청진기와 악수하는 동작을 해 보이더니 순댓국집
안으로 들어갔다.

"누님, 저 왔슈. 날도 더운데 왜 안에만 붙어 있슈. 손님도 없고
만."

샌드백 아줌마가 땀을 훔치며 주방에서 나왔다.

"형님은 어디 가셨슈?"

용만 아저씨가 식당 안을 둘러보며 물었다.

"언제는 집에 붙어 있었나…… 시원한 사이다 한 잔 주까?"

"사이다는 나중이고 누님, 잠깐 이리 앉아봐유."

용만 아저씨가 아줌마 손을 잡아끌어 맞은편 의자에 앉혔다.

"이런 말을 해도 될랑가 모르겠슈. 그래도 말을 해야겠쥬? 굳이
나누자면 나는 형님 편이 아니라 누님 편이니께. 그저께 형님을 봤
슈. 누님도 알쥬? 아라비안 성인나이트라고 시내 가다보면 천변 오
른쪽으로 크게 있는 거. 그저께 새벽에 그 앞에서 손님을 태웠는디
하필 형님이었슈. 얼마나 취했던지 형님은 나를 몰라보더라고유.

근디 문제는…… 형님 옆에 꼬막 껍데기같이 생긴 여자 하나가 딱 붙어 있더라구유. 딱 붙어서는 입안의 혀처럼 해쌌드라고. 둘이 여기 가게 자리 이야기를 하더라고유. 형님이 이 자리를 꼬막 껍데기한테 넘길 계획인 것 같더라구유. 집주인하고도 다 얘기가 된 것 같던디유. 누님이 직접 주인집에 전화 한번 해봐유."

"……"

"……"

"순대 새로 들어왔는데 한 접시 먹어봐."

샌드백 아줌마가 일어서며 말했다.

"어째 올해는 날이 더 더워. 작년보다 더할 것 같쥬?"

주방으로 들어가 칼질하는 샌드백 아줌마의 표정에는 아무런 변화가 없었다. 순대 써는 일에만 열중했다. 동그랗게 잘린 순대에서 뜨거운 김이 올라왔다.

"소주도 한 병 줘봐유."

"날 더운데 술은 무슨?"

"안주가 좋잖아유. 순대만 넘겨주면 목구멍한티 미안허쥬."

"얼른 올라가. 대낮부터 술 마시는 것 영감님한테 들키면 시끄럽잖어."

기어이 용만 아저씨는 소주 한 병을 땄다. 용만 아저씨와 샌드백 아줌마 모두 말이 없었다. 더운 날이었다.

"어이, 한점 먹어봐."

용만 아저씨가 순대 하나를 집어 보이며 나에게 말했다. 나는 고개를 저었다. 샌드백 아줌마가 사이다 한 잔을 따라주었다. 유리컵 벽을 타고 기포가 톡톡 터지며 올라왔다.

"누님, 누님도 한잔하실래유?"

샌드백 아줌마가 고개를 저었다. 소주잔에 술 따르는 소리, 술 넘어가는 소리, 순대 씹는 소리만 들렸다. 용만 아저씨가 이렇게 길게 침묵을 지킨 적이 없었다. 침묵이 길어지자 아저씨는 불안해 지려고 했다. 아라비안 성인나이트에 대한 얘기를 피하려다보니 마땅한 얘기가 떠오르지 않았다.

"아이구, 얼른 먹고 우리 아부지한테나 가봐야겠다. 누님, 누님 은 안 그랬슈? 나는 우리 아부지가 어려워유. 무지 어려워. 근디 술 이 들어가면 덜 어려워. 울 아부지 친한 친구 중에 담배 50년, 술 50년, 여자 50년, 인생을 그렇게 산 양반이 있슈. 아직도 멀쩡하지 뭐. 삼 오 십오, 인생 150년을 아주 원 없이 산 것이쥬. 물론 말년이 조금 고달프시기는 해. 모아놓은 돈이 없응게. 반대로 우리 아버지 는 노랭이 50년, 자린고비 50년, 쫌생이 50년. 아직도 짱짱하신 거 알쥬? 삼 오 십오, 인생 150년을 아주 징그럽게 살았쥬. 두 양반이 그렇게 다른디 어떻게 친구가 되었는가 몰라. 하여간 나 학교 다닐 때 크레파스 한번 살라면 울 어머니가 눈물 바람 퍽이나 했슈. 아 버지 주머니에서 돈이 나와야 말이지.

크아! 안주가 좋으니께 술이 그냥 술술 넘어가네.

우리 아부지가 얼마나 지독헌 사람이냐면, 나 중학교 때 한번은 아버지가 산불을 낸 적 있슈. 불을 낼라고 낸 게 아니라 논두렁 태우다 바람이 불어가지고 산까지 번져버린 것이쥬. 그때만 해도 산에 불을 내면 어마어마하게 큰일이었잖유. 벌금에 감옥에. 원체 노랭이라 놀라는 것에도 인색헌 양반인디 달달달, 떨면서 집에 들어오시더라고. 집에 와서는 다른 아들 다 놔두고 나만 찾으시는 규. 지금까지 울 아부지가 내 이름을 그렇게 다정하게 불러준 적이 없었슈. 얼마나 다정헌지 눈물이 다 날 뻔했슈. 불러놓고 허시는 말씀이,

용만아, 이제 우리 집은 끝장났다고 봐야겄다. 이 집안 가장이 감옥에를 가게 되었으니 끝장난 겨. 나 감옥 가면 우리 식구를 누가 먹여 살리겠냐. 형은 큰집으로 가고, 너는 고모네 집에, 막내는 외갓집으로 가야겄다. 비리비리한 느 엄마가 아부지 없이 어떻게 너희 셋을 멕여 살리겠냐…… 휴우, 감옥 가면 살아나 올란지…… 근디 용만아…… 어른이 불을 낸 거하고 애들이 불을 낸 거하고는 천지 차이여. 애들은 벌금 좀 내고 말지만, 어른은 벌금도 내고 감옥에도 끌려가야 헌다. 아무튼 우리 집은 이제 끝장난 거여.

용만아, 애들이 불 냈다고 허면 벌금 좀 내고 말지만……

얼마나 겁났는지 몰라유. 끝장, 끝장 허시는디 환장허는 줄 알았슈. 어떡혀. 경찰서에 내 발로 걸어들어갔쥬 뭐. 가서 내가 불 냈다고 말했슈. 형은 장남이라고 빼고 막내는 막내라고 빼고. 이건 뭐, 가운데서 나민 피 본 겨.

와, 나는 경찰서에서 우리 아부지 연기력에 또 한 번 놀랐슈. 내 자백을 받은 경찰이 집으로 가서 아버지를 모셔왔잖아유. 우리 아

부지 시치미 딱 떼고 들어오시더니 나를 보자마자 들고 온 지게 작대기를 휘두르며 달려드는 규. 집안 망칠 놈이라고. 난리였슈. 경찰 둘이 아부지를 뜯어말리고 나는 책상 밑으로 숨고. 조금 전에 경찰서 앞까지 나를 자전거로 태워다준 양반이 말이쥬.

이장은 이장대로, 학교는 학교대로 또 난리가 났슈. 조사를 받고 있으면 한번은 이장이 경찰서로 나를 찾아와유. 와서는 이장은 새마을 교육이며, 입산금지 교육 잘 시켰다고 말하라고 허고. 조금 있으면 담임이 찾아와유. 학교에서는 산불예방에 대한 교육 철저히 받았다고 말하라고 하고. 조금 있으면 교장이 찾아와유.

크아! 술술 넘어간다.

한 달 넘게 경찰서에 불려다녔슈. 나중에는 뭐, 경찰서가 집보다 더 편하더라고. 경찰들하고 호형호부할 뻔했다니께요. 그뒤로 경찰은 안 무서워. 지금도 경찰은 하나도 안 무서워. 쪼끔 귀찮기는 허쥬. 사건 다 처리되던 날, 아부지가 처음으로 자장면 한 그릇 사주시데유. 오백 원짜리 한 장도 내 손에 쥐여주시고. 왜 그때는 오백 원짜리 종이돈 있었잖유. 그때 받은 용돈이 마지막이었슈. 그뒤로는 여적 뭐……

누님, 정말 한잔 안 하실래유?"

용만 아저씨 얼굴이 불그스름해졌다. 김약사가 치질에 절대 술은 안 된다고 했는데 용만 아저씨 똥구멍이 괜찮을지 모르겠다.

"누님, 언제 나랑 아라비안 나이트 한번 가볼 츄? 거기서 일하는 좆만이들 몇 아는디."

더운 날이었다. 샌드백 아줌마는 자꾸 땀만 훔쳤다.

프러포즈

샌드백 아줌마가 깔따구와 꼬막 껍데기 사이에서 땀을 훔치는 동안 김약사는 지붕 위 삼촌과 데릴라 사이에서 땀을 훔쳤다.

마침내 텔레파시가 통했다. 삼촌이 태평양약국 지붕 위로 올라간 것이다. 지붕 위의 삼촌을 처음 발견한 사람은 우포순댓국집을 몰래 살피고 가던 꼬막 껍데기였다. 염탐의 피로를 풀기 위해 박카스를 사러 약국에 오던 꼬막 껍데기는 지붕에서 자기를 내려다보고 있는 남자를 발견했다. 꼬막 껍데기는 비명을 지르며 주저앉아버렸다. 그 소리에 가게 앞에서 파리채로 허공을 가르고 있던 정육점 아줌마가 잽싸게 달려왔다. 그리고 꼬막 껍데기가 가리키고 있는 것을 보았다. 골목에 시속 3백 킬로로 소문이 퍼졌다.

삼촌의 요구 조건은 하나였다.

데릴라! 우리 결혼합시다.

골목이 다시 달아올랐다. 일구사오가 지정한 날짜가 가까워지면서 조금씩 불안해하던 사람들은 다시 한번 화끈하게 일구사오를 잊기로 했다. 엘지슈퍼 파라솔은 여사들이, 쌍용슈퍼 파라솔은 남자들이 차지했다. 사람들은 파라솔 아래에서 신종 스포츠 경기를 즐기는 기분으로 지붕 위를 올려다보았다. 밤이 되어도 흩어지지 않았다. 통장 아저씨는 하도 올려다보느라 뒷목이 뻐근해 파스를 붙여야 했다. 엄마는 공장에 오갈 때 빼고는 집 밖으로 나가지 않았다. 엄마와 나는 저녁을 먹고 나서 일찍 불을 끄고 누웠다. 엄마는 나를 꼭 껴안고 내가 잠들 때까지 등을 토닥여주었다. 청진기는 엄마 심장 근처에 어마어마한 태풍이 불고 있다고 내게 알려주었다. 새벽에 잠에서 깨보면 그때까지 엄마는 내 등을 토닥이고 있었다. 엄마가 공장에 가면 나는 방에만 틀어박혀 있었다. 내가 저질러놓고도 겁이 났다.

김약사는 처음에는 참, 여러 가지 한다, 라고 중얼거리며 무시했다. 삼촌한테 고소공포증이 있다는 걸 알고 있었다. 금방 내려오게 되어 있었다. 하지만 예상이 빗나갔다.

3일째 되던 날 김약사는 삼촌과 대화를 시도했다. 마음 같아서는 영원히 내려오지 말라고 하고 싶었지만 일단 내려와서 해결하자고 했다. 삼촌은 아래를 내려다보지 않기 위해 눈을 꼭 감고 큰 소리로 말했다.

"데릴라를 데려다줘."

용만 아저씨는 김약사 몰래 약국 뒤로 와 끝까지 버텨야 한다고 말해주었다. 생수와 빵을 담은 봉투를 지붕으로 던져주며 아저씨는 레지스탕스가 된 기분이었다. 지붕 위의 레지스탕스 대장을 자랑스럽게 우러러보며 용만 아저씨는 중얼거렸다. 보이스 비엠비시.

7일째 되던 날 밤, 청진기는 엄마 심장 근처에 머물던 태풍이 물러갔다고 알려주었다. 엄마는 내 손을 잡고 골목을 내려갔다. 엄마 표정이 너무 고요해 그냥 따라나설 수밖에 없었다. 파라솔 아래 있던 눈들이 일제히 우리에게 쏠렸다. 약국 앞에 있던 김약사가 놀란 눈으로 우리를 바라보았다.

엄마와 나는 삼촌이 잘 보이는 지점에 멈추어 섰다. 모두 숨을 죽였다. 비에 젖은 새처럼 작은 몸집의 삼촌이 우리를 내려다보고 있었다. 한 번도 본 적 없는 외할아버지가 떠올랐다. 코코넛 지붕 위의 할아버지가 태평양약국 지붕에 앉아 있었다. 내 손을 잡은 엄마 손이 떨리고 있었다. 엄마는 아무 말 없이 삼촌을, 밤하늘을 올려다보았다. 삼촌 머리 위로 은하수가 흐르고 있었다. 별들이 외할아버지 그물에 걸려 올라온 멸치 떼처럼 반짝였다. 어느새 명왕3동 사람들 모두 고개를 젖히고 하늘을 올려다보고 있었다. 공작나무도 텃밭의 호박꽃도 그 아래 고양이도 팽할머니 카트도 별을 보고 있었다. 그렇게 많은 별이 광막한 우주에서 명왕3동 하늘로 흘러오고 있었다.

엄마 가슴속에서 엄마보다 젊은 외할머니가 피어났다. 엄마는 이런 프러포즈를 받기 위해 바다 건너 이곳까지 찾아왔다는 걸 깨달았다.

흘러들어오는 은하수를 더 먼 우주의 밤하늘로 흘러보내며 나의 엄마 데릴라가 삼촌에게 말했다.

"가을에 우리 사과나무 보러 갈래요?"

나비처럼 날아서 벌처럼 쏴라

좋은 일과 나쁜 일은 꼭 팔짱을 끼고 온다.

프러포즈를 받은 삼촌이 달달달 떨면서 지붕에서 내려오던 날 (감격에 겨워 떤 것이 아니라 목적을 이루고 나자 잊고 있던 고소 공포증이 생각난 거였다. 용만 아저씨가 거의 업다시피 해서 내려 왔다. 어떻게 지붕에서 7일을 버텼는지 아직도 수수께끼다) 나는 열이 오르기 시작했다. 그냥 엄마를 양보하는 건 엄마에게 미안한 일이었다. 엄마를 끝까지 지켜주지 못하고 삼촌에게 양보하려면 조금 아파줘야 할 것 같았다. 나는 체온을 39도까지 올렸다. 혓바 닥과 귓속까지 뜨거웠다. 청진기도 전깃줄처럼 윙윙 소리를 내며 함께 앓았다. 온몸에 빨간 반점이 생기더니 그 끝마다 말간 물집이 잡혔다. 쳇, 아무것도 모르는 소아과 의사는 수두라고 했다.

엄마가 일 나가면 삼촌이 나를 돌보러 왔다. 너무 가려워 긁고 싶었지만 삼촌은 긁지 못하게 했다. 물집이 터지면 흉터가 남는다 고 했다. 삼촌이 반점마다 연분홍 칼라민 로션을 발라 문질러주었 다. 가려운 게 좀 가라앉았다. 온몸이 연분홍 점, 점, 점으로 뒤덮였 다. 성인식을 앞두고 온몸에 무늬를 그려넣은 인디언 용사처럼 보 였다. 인디언이라면 흉터 몇 개는 있어줘야 할 것 같아 나는 삼촌 몰래 이마에 있는 물집을 터뜨렸다. 물집 한 개에 삼촌, 물집 또 한 개에 엄마. 흉터를 만들고 나자 엄마를 조금 양보할 수 있을 것 같 았다. 열이 내리고 물집이 사라졌다.

장마가 시작되었다. 뒷산에서 내려온 황토물이 골목을 타고 내려왔다. 공작나무는 비에 젖어 더 검게 보였다. 지붕에, 골목에, 담장에, 우산에, 화분에 떨어지는 빗방울, 비의 방울들. 빗방울은 모두 다른 소리를 냈다. 나는 비닐 우산 위로 떨어지는 빗방울 소리가 제일 좋았다. 김약사와 삼촌과 엄마가 결혼 일정을 상의하는 동안 나와 청진기는 골목에서 빗방울을 가지고 놀았다.

좋은 일과 나쁜 일은 꼭 팔짱을 끼고 온다.
엄마와 삼촌 결혼 날짜가 정해진 날, 용만 아저씨가 걱정했던 일이 일어났다. 아라비안 성인나이트 앞에서 깔따구와 함께 용만 아저씨의 택시에 탔던 꼬막 껍데기가 순댓국집에 들어앉아버렸다. 깔따구에게 전세 보증금을 건넸다는 거였다. 이주 보상금을 노린 것이었다. 깔따구는 돈과 함께 사라졌다. 빗소리와 꼬막 껍데기 악다구니에 골목이 시끄러웠다. 세탁소 아저씨가 중재에 나섰지만 통하지 않았다. 통장이 나서도 해결되지 않았다. 꼬막 껍데기는 샌드백 아줌마와 깔따구를 사기죄로 고발하겠다고 악을 썼다. 둘이 짰다는 거였다. 샌드백 아줌마는 일주일을 버티다 물러났다.
우포순댓국집은 그대로였다. 간판, 샌드백 아줌마가 손님을 기다리며 보던 텔레비전, 연두색 주렴 모두 그대로였다. 주인만 바뀌었다. 명왕3동 골목에서 순대 냄새가 사라졌디. 꼬막 껍데기는 백반 메뉴를 내걸고 앉아 있었다. 샌드백 아줌마는 며칠째 집 바깥으로 나오지 않았다. 청진기는 샌드백 아줌마가 하루 종일 권투 경기만 보고 있다고 알려주었다.

비는 밤이 되어도 그치지 않았다. 빗줄기에 젖은 가로등은 간신히 자기 발등만 비추고 있었다. 비가 아니라 유전에서 원유가 솟구쳐오르는 것처럼 세상이 온통 검었다. 깔따구가 우산도 없이 골목을 올라오고 있었다. 깔따구의 몸이 원유에 흠뻑 젖은 것처럼 번들거렸다. 깔따구는 자꾸 발을 헛디뎌 골목 위에서 쏟아져내려오는 물에 쓸려내려가다 다시 일어났다.

2라운드 시작을 알리는 벨이 울렸을 때 양철 대문 두드리는 소리가 들렸다. 권투 경기를 보고 있던 샌드백 아줌마는 그대로 2라운드를 지켜보았다. 대문이 부서질 것 같았다. 2라운드가 끝나고 라운드 걸이 링 위를 돌 때 샌드백 아줌마는 자리에서 일어났다.

깔따구는 방에 들어와 바닥에 그대로 쓰러졌다. 깔따구한테서 흘러나온 물로 방 한가운데가 흥건해졌다. 술 냄새가 진동했다. 샌드백 아줌마는 무덤덤한 표정으로 깔따구를 내려다보다 다시 비디오 앞에 앉았다. 1978년 필리핀에서 열린 챔피언 알리와 도전자 프레이저의 경기였다. 테이프를 처음으로 되감았다. 깔따구 때문에 3라운드를 놓쳤다. 알리는 처음부터 다시 뛰기 시작한다. 오늘 밤만 세번째였다.

"물."

경기가 7라운드로 들어섰을 때 깔따구가 눈도 뜨지 못하고 중얼거렸다. 코너로 몰린 선수처럼 잔뜩 구겨진 얼굴이었다. 샌드백 아줌마는 냉장고에서 물통을 꺼내왔다. 촛농으로 만든 얼굴처럼 아줌마 표정에는 아무런 변화가 없었다. 깔따구는 단숨에 물을 들이켜고 다시 바닥에 널브러졌다.

알리는 경기 내내 맞기만 했다. 퍽, 퍽, 소리가 날 때마다 검은 살점이 튀는 것 같았다. 깔따구는 속이 불편한지 비비적거리다 구석 쪽으로 굴러가 있었다. 샌드백 아줌마는 14라운드가 끝나자 다시 비디오를 되감았다. 경기 시작종이 울렸다. 그 소리에 맞춰 아줌마가 왼발로 깔따구의 등허리를 쿡 찔렀다. 깔따구 눈이 치켜떠졌다가 도로 감겼다. 샌드백 아줌마는 깔따구를 한 손으로 끌어다 맞은편 벽에 세웠다. 게임은 공정해야 한다. 상대방에게 게임이라는 걸 알게 해준 다음 시작해야 한다. 깔따구가 눈을 치떴다. 눈동자가 벌겠다.

"이기 주울라고 환자했나."

마우스피스를 입에 문 것처럼 깔따구의 발음이 뭉개졌다. 샌드백 아줌마는 방문을 등지고 섰다. 아줌마를 눕히지 않고는 누구도 밖으로 나갈 수 없었다. 깔따구도 비디오 속의 알리도.

화면 속에서 종이 울렸다. 알리가 벌떡 일어나 링 한가운데로 나간다. 샌드백 아줌마도 방 한가운데로 나갔다. 깔따구가 흘려놓은 물로 링 바닥이 미끄러웠다. 아줌마가 주먹 쥔 손을 깔따구에게 들어 보였다. 깔따구의 얼굴이 일그러졌다. 경기가 시작되었다. 깔따구의 주먹이 샌드백 아줌마의 얼굴을 향해 날아왔다.

화면 속에서 알리는 전진밖에 모르는 도전자, 프레이저에게 엄청나게 맞고 있다. 프레이저는 보디 어퍼컷과 양 훅으로 알리를 코너에 몰아넣는다. 알리가 링 줄에 기대 휘청거린다. 깔따구가 샌드백을 향해 다시 주먹을 날렸다. 정통으로 맞은 샌드백의 얼굴이 옆으로 돌아가는 것 같았다. 또 주먹이 날아왔다. 샌드백 아줌마는 피하지 않았다. 어퍼컷이었다. 알리도 살짝 옆으로 몸을 틀면 피할 수 있을 것 같은데 파고들어오는 주먹을 다 맞고 있다. 알리의 주먹에서 점점 힘이 빠진다. 스텝이 엉켜 휘청거린다. 샌드백도 깔따구의 욕과 주먹과 발차기를 몸으로 받아내고 있었다. 새로운 라운드가 시작된다. 소나기처럼 쏟아지는 프레이저의 주먹에 맞아가면서도 알리는 팔을 뻗는다. 알리의 주먹이 제일 아름다운 건 바로 이때다. 맞으면서도 뻗어나가는 주먹.

원 투, 원 투, 원 투.

원 투만 치는데 치는 그대로 프레이저 얼굴에 정확히 꽂힌다. 프레이저 오른쪽 이마에 커다란 혹이 생겨난다. 권투는 이런 것이다. 알리는 그렇게 얻어맞고도 TKO승을 거둔다. 14라운드를 끝까지 뛰었다. 샌드백 아줌마는 알리의 전적 가운데 1978년의 TKO승을 제일로 쳤다. 거기에 비하면 깔따구와의 경기는 너무 빨리 끝나버렸다. 샌드백 아줌마의 주먹이 깔따구의 턱을 향해 날아갔다. 깔따구의 목이 오른쪽으로 홱 꺾였다. 다시, 주먹이 깔따구의 배를 향해 날아갔다.

우아하게, 알리의 주먹처럼 우아하게.

결혼 비행

알리의 주먹처럼 우아하게 뻗어나간 샌드백 아줌마의 주먹이 깔따구만 KO시킨 게 아니었다. 깔따구가 쿵, 나가떨어지는 소리에 놀라 장마전선이 줄행랑을 쳤다. 길고 긴 장마였다. 태평양약국은 개국 이래 처음으로 깔따구를 위해 안티푸라민을 팔았다.

조금 전 깔따구는 온몸이 욱신거려 눈을 떴다가 거울에 비친 자기 모습을 보고 눈을 감아버렸다. 턱이 복어처럼 부어올라 눈 코 입이 위로 밀려나 있었다. 목에서는 억, 소리가 나는데 입이 벌어지지 않았다. 뒤통수인지 어깨인지 둘 중 하나가 깨져나간 게 틀림없었다. 어젯밤, 샌드백 주먹이 날아온 것까지는 기억이 나는데 그다음은 깜깜했다. 마누라한테 맞았다면 그걸로 남자 인생은 끝난 거나 다름없었다.

약국에 다녀온 샌드백 아줌마가 깔따구 옆에 앉았다. 깔따구는 돌아누운 채 숨을 죽이고 있었다. 아줌마는 깔따구의 메리야스를 올리고 등에 안티푸라민을 펴 발랐다. 등짝이라고 해봐야 샌드백 아줌마 손바닥만했다. 아줌마는 안티푸라민이 잘 스며들도록 문지르며 숭얼거렸다.

"이기, 사람이 할 짓이 아니데이. 나는 한 번 이러고도 이렇게 속이 짠데 그쪽 속은 평생 우짰겠나 말이다."

깔따구는 여전히 눈을 꼭 감고 있었다. 샌드백 아줌마가 깔따구의 메리야스를 내려주고 바로 눕혔다. 왼쪽 귀밑으로 많이 부어 있었다. 거기에도 안티푸라민을 발라 꼼꼼하게 문질러주었다.

"약국 삼촌 결혼이 얼마 안 남았다. 그것만 보고 내려갈란다. 어차피 떠야 할 낀데…… 어무니맹키로 우렁이 잡고 몬 살겠나. 이러고도 같이 살고 싶으모 따라오고…… 안 자는 거 다 알고 있다. 말좀 해봐라."

깔따구는 간신히 참고 있던 침을 꼴깍 삼켰다.

엄마의 점심시간을 이용해 삼촌과 엄마와 나는 시내에 나갔다. 아라비안 성인나이트를 지나 다리를 건너 김약사가 예약해놓은 드레스숍에 갔다. 엄마는 가슴 부분에 프릴이 많이 달린 드레스를 골랐다. 삼촌은 드레스 입은 엄마를 똑바로 쳐다보지 못하고 천장에 달린 먼지 낀 샹들리에만 보았다. 나도 엄마가 딴사람 같아 청진기만 내려다보고 있었다. 매장 직원은 드레스 고르러 와서 이렇게 말이 없는 팀은 처음 봤다고 했다. 거기다 딱 한 번 입어보고 드레스를 결정하는 신부도 처음이라고 했다. 삼촌도 한 번 입어보고 결정했다. 나는 옷을 갈아입는 동안에도 청진기를 내려놓지 않았다. 직원이 청진기를 벗기려다 나에게 물릴 뻔했다. 빨간 나비넥타이가 청진기 때문에 제대로 살지 않는다며 직원이 투덜댔지만 나는 눈하나 꿈쩍하지 않았다.

오후 근무가 남아 있어 엄마는 공장으로 돌아갔다. 삼촌과 나는 집으로 오는 버스를 탔다. 대머리 운전사는 라디오 볼륨을 한껏 높이고 달렸다. 삼촌은 드레스숍에서 나온 뒤부터 말이 없었다. 나는 베이커리에서 산 패스트리 봉지를 손에 꼭 쥔 채 삼촌 어깨에 기대 잠이 들었다. 드레스숍은 정말 피곤한 곳이었다.

　버스가 달리는 내내 삼촌은 창밖만 바라보았다. 눈앞으로 드레스 입은 데릴라가 떠올랐다. 이제 정말 결혼이라는 걸 하게 되는 것이다. 이상했다. 날아가게 기쁠 줄 알았는데 가슴에 돌덩이를 얹어놓은 것 같았다. 삼촌은 누구라도 붙잡고 하소연하며 묻고 싶었다. 나 어떡해요? 어디 먼 데로 도망가버리면 안 될까요? 나는 그런 삼촌을 이해할 수 있었다. 코코넛 지붕에서 일주일이나 버티고 내려온 외할아버지도 막상 결혼이 결정되었을 때는 한 발 빼고 싶었다고 했으니까. 버스가 덜컥거릴 때마다 삼촌 마음도 덜컥거렸다. 어깨에 기대어 잠든 내 무게가 우주 무게만큼 느껴졌다.

　삼촌은 버스에서 내려 약국을 바라보았다. 곧장 들어갈 마음이 들지 않았다. 김약사가 이것저것 물어볼 게 틀림없었다. 김약사는 결혼 날짜를 잡은 뒤 완전히 바뀌었다. 삼촌과 엄마보다 더 들떠 있었다. 삼촌은 공작나무 쪽으로 방향을 틀었다. 나는 잠이 덜 깬 상태로 따라붙었다. 예복을 맞춘 게 아니라 갑옷을 맞추고 온 것처럼 삼촌 어깨가 처져 있었다. 삼촌은 나무에 기대어 앉았다. 나도 따라 앉았다. 더운 날씨인데도 삼촌은 땀을 흘리지 않았다.

　삼촌이 갈팡질팡하며 끙끙대는 동안 나는 땅 위로 올라온 뿌리 근처에서 작은 구멍들을 발견했다. 열일곱 개나 되었다. 구멍 주위에는 좁쌀만한 흙덩이들이 쌓여 있었다. 개미가 만들어놓은 것이었다. 개미들의 움직임이 유난히 부산해 보였다. 나는 구멍을 가리키며 삼촌의 시선을 개미 쪽으로 끌어왔다. 삼촌은 개미에 관한 거라면 샌드백 아줌마가 알리에 대해 알고 있는 것만큼 알고 있었다. 순진하기도 하시지. 개미 행렬을 발견한 삼촌의 얼굴이 금세 환해졌다. 결혼에 관한 갈팡질팡은 벌써 잊어버렸다. 삼촌이 한 발짝 물러나 앉으며 지금 이 개미들은 먹잇감을 운반하는 것도, 이사를 가는 것도 아니라고 말했다. 이사를 가는 거라면 개미 입에 알과 번데기가 물려 있었을 거라 했다.

"하나, 둘, 셋……"

개미 무리 속에 날개 달린 개미가 보였다. 수개미였다. 어디서 날아오는지 수개미의 숫자가 점점 늘어났다. 반대쪽 뿌리 근처에서도 이쪽을 향해 수개미들이 기어오고 있었다. 삼촌은 잘하면 개미들의 결혼 비행을 볼 수 있겠다고 했다. 삼촌과 나는 개미 행렬의 선두를 찾아보았다. 나무뿌리 주변으로 길게 이어진 행렬이 나무 기둥까지 가 닿아 있었다. 과연 행렬 선두에 몸집이 큰 여왕개미가 있었다.

"민수야, 개미 마을에 혼인 잔치가 벌어지려나봐."

삼촌은 예전 기분으로 돌아와 있었다.

"저 여왕개미를 잘 봐."

여왕개미가 무거운 몸을 이끌고 나무옹이에 올라섰다. 하늘은 맑고 바람이 살랑살랑 불어왔다. 비행하기 좋은 날씨였다. 여왕개미는 아래를 내려다보았다. 결혼잔치를 위해 모인 개미들이 숨을 죽이고 여왕개미를 우러러보았다. 여왕개미는 비행 자세를 갖추었다. 수개미들이 더 기다리지 못하고 공중으로 날아오르기 시작했다. 공중으로 날아오른 수개미들이 하늘을 까맣게 덮으며 군무를 추었다. 마침내 여왕개미가 날개를 쫙 펼쳤다. 여왕개미 일생에 단 한 번뿐인, 처음이자 마지막 비행이었다. 여왕개미는 수개미들의 군무 속으로 뛰어들었다.

나는 손에 쥐고 있던 패스트리를 조금씩 떼어 개미 마을 위로 떨어뜨렸다. 잔치에 쓰일 음식이었다. 일개미들이 결혼 비행이 끝난 뒤 태어날 알들을 위해 빵 부스러기를 구멍 안으로 부지런히 날랐다.

공중에서는 아직도 결혼 비행이 계속되고 있었다.

분수

결혼 비행에서 태어난 알들이 공작나무 뿌리 아래에서 막 첫눈을 뜬 아침, 구청에서 파견한 포클레인들이 장갑차처럼 밀고 들어왔다. 일구사오 말대로 철거가 시작되었다는 신호탄이었다. 사실 나는 포클레인이 밀고 올 거라는 걸 이미 알고 있었다. 포클레인이 기지를 출발한 순간 청진기가 그 바퀴 소리를 내게 들려주었다. 하지만 미리 알고도 어쩔 수 없는 것들이 있었다.

나는 청진기와 함께 약국 의자에 앉아 있었다. 삼촌은 위험하다며 더 다가가지 못하게 했다. 삼촌이 말리지 않았어도 우리는 거기

앉아 있었을 것이다. 포클레인을 감상하기에는 그 정도 거리가 적당했다. 적당히 떨어져 있어야 포클레인이 얼마나 멍청한지 똑똑히 볼 수 있었다. 포클레인은 정육점 고기 써는 기계처럼 빠르지도, 성신설비에 있는 몽키나 스패너처럼 단단해 보이지도 않았다. 덩치만 컸다.

포클레인이 노리는 첫번째 목표물은 공작나무였다. 3 대 1. 처음부터 치사한 싸움이었다. 안전모를 쓴 땅딸막한 남자가 공사를 지휘했다. 포클레인은 자기들끼리 적당한 간격을 유지하며 공작나무를 에워쌌다. 나무는 공중으로 날아가지 않는 한 빠져나갈 구멍이 없었다. 버킷이 나무 주변의 땅을 파헤치기 시작했다. 땅 위로 나와 있던 뿌리가 찍혀나갔다. 나와 청진기는 흥분하지 않으려고 노력했다.

골목 사람들이 하나둘 모여들었다. 모여든 사람들이 둥그렇게 포클레인을 에워쌌다. 포클레인과 감독이 나무와 사람들 사이에 낀 꼴이 되었다. 사람들은 그저 바라보고만 있었다. 돌덩이들이 많이 섞여 있는지 버킷이 잘 박히지 않았다. 버킷 끝에서 돌이 튈 때마다 사람들은 물러섰다가 다시 모여들었다. 공사 감독이 뒤로 물러나라고 고함쳤지만 사람들은 그대로 서 있었다. 감독 얼굴이 벌겋게 달아올랐다.

"어차피 이쪽은 죽은 거니까 그냥 팍팍 찍어버려. 저쪽만 조심하면 돼."

잔뜩 인상을 쓴 감독이 안전모를 벗어젖히며 포클레인 기사들을 향해 큰 소리로 말했다. 몇 올 남지 않은 머리카락이 땀에 젖어 두피에 들러붙어 있었다. 다 죽어가는 나무를 보호수로 지정해놓아 일만 복잡했다. 보호수라 함부로 할 수도 없었다. 선글라스를 낀 포클레인 기사가 고개를 내밀고 가래침을 뱉었다. 후텁지근한 바람이 불어왔다. 포클레인 석 대가 동시에 공중을 향해 버킷을 높이 치켜들었다. 버킷 모서리에 햇살이 튕겼다. 그중 하나가 공작나무의 정수리를 내리찍을 수도 있었다. 정전기를 일으킨 것처럼 나뭇가지들이 쭉쭉 곤두섰다. 8월의 햇볕이 내리쬐는데 사람들은 꼼짝도 않고 서 있었다. 아무도 입을 열지 않았다. 갑자기 오줌이 마려웠다. 아랫배가 팽팽해졌다. 꾹 참았다. 내가 일어서는 순간 공기의 아슬아슬한 균형이 깨져 버킷이 나무를 내리칠 수도 있었다.

정적을 깨뜨린 건 오리 궁둥이를 닮은 노란 유치원 차였다. 차에서 내린 아이들이 환호성을 지르며 포클레인 주변으로 몰려들었다. 감독이 호루라기를 불며 아이들을 밀어냈다. 엄마들은 자기 아이를 뒤로 끌어냈다. 떼를 쓰다 등짝을 얻어맞는 아이도 있었다. 내가 저 녀석들의 친구가 아니라는 사실이 다행이었다.

바닥은 부러진 나뭇가지와 흙덩이로 어지러웠다. 저녁 무렵이 되면서 퇴근길에 모여든 사람들로 나무 주변이 더 복잡해졌다. 공사 감독은 뱃속에서부터 끌어올려 가래를 뱉었다.

"포클레인 구경 좀 했나? 왜들 이래. 어이, 대충 끝내고 내일 하자고."

감독이 포클레인 옆구리를 치고 다니며 고함을 질렀다. 포클레인은 슬슬 퇴로를 열더니 퇴각했다. 지켜보고 서 있던 사람들이 말 없이 길을 터주었다.

포클레인이 돌아가자 나와 청진기는 공작나무 아래로 갔다. 나무 둘레에 파놓은 고랑이 깊었다. 여기저기 찍힌 자국도 많았다. 어금니를 뽑았을 때처럼 내 몸에 소름이 돋았다. 버킷에 찍힌 자리에서 진물이 흐르고 있었다. 나는 상처 난 자국마다 청진기를 갖다 대주며 말했다.

'대단한 결투였어.'

다음날은 아침 일찍부터 시작되었다. 기중기까지 따라왔다. 일꾼 두 사람이 호스를 끌어다 물을 뿌려댔지만 버킷이 땅을 찍을 때마다 붉은 먼지가 피어올랐다. 명왕3동 전체에 흙먼지가 날렸다. 나는 어제처럼 약국 의자에 앉아 나무를 바라보았다. 내가 해줄 수 있는 게 없었다.

인부들은 점심 식사를 마친 후 다시 오후 작업을 시작했다. 공사 감독이 이쑤시개를 잘근잘근 씹으며 현장을 둘러보았다. 나무뿌리가 거의 다 드러나 있었다. 포클레인이 두어 번 마무리 작업을 한 뒤 기중기로 들어올리면 끝이었다. 나무를 묶어 나를 밧줄도 다 준비되었다. 큰일도 아닌데 골치 아픈 공사였다. 내리꽂힐 준비를 마친 버킷이 공중에서 명령만 기다리고 있었다. 감독이 이쑤시개 조각을 뱉어내며 소리쳤다.

"끝내버리자고."

버킷이 뿌리에 마침표를 찍기 위해 힘차게 내려왔다. 아뿔싸. 하필 상수도관이 그쪽 뿌리 근처로 지나가고 있었다. 감독이 놀란 눈으로 달려왔다. 어떻게 된 게 이 동네는 제대로인 게 없었다. 도면 상에는 분명 반대쪽에 있었는데 말이다.

분수처럼 시원한 물줄기가 공작나무 우듬지까지 솟구쳐오르기 시작했다.

혼인 잔치

분수처럼 즐거운, 당의정처럼 달콤한 날이다.

8월의 마지막 일요일 정오. 명왕3동 주민들은 아라비안 성인나이트를 지나 다리를 건너 결혼식장에 도착했다. 보라색 와이셔츠에 흰 바지를 입은 세탁소 아저씨, 팽할머니, 정육점 부부, 샌드백과 깔따구, 쌍용슈퍼, 엘지슈퍼, 킬리만자로의 표범, 지난달 다른 곳으로 떠났던 채송홧집, 팬지꽃집…… 단정하게 머리를 묶은 녹두장군은 늘 입고 다니던 낡은 셔츠를 말끔하게 다려 입고 왔다. 수염 속 부리부리한 눈과 꾹 다문 입은 여전했다. 용만 아저씨는 제일 늦게 왔다. 어제 야간 뛰고 새벽에 들어와 잠깐 눈을 붙였는데 모두 출발하고 없었다.

왼쪽 가슴에 빨간 장미를 꽂은 삼촌이 식장 앞에서 하객들을 맞았다. 명왕3동 주민들은 설마, 했다. 사람이 하루 사이에 저렇게 달라질 수 있나? 하지만 검은 뿔테 안경을 쓴 걸 보면 삼촌이 분명했다. 사람들은 삼촌 옆에 서 있는 나를 보고 또 한 번 놀랐다. 아줌마들은 목에 건 청진기가 아니었으면 몰라볼 뻔했다며 호들갑이었다.

"음마야, 지금 보니까 둘이 닮았네에."

삼촌과 나를 번갈아 쳐다보던 정육점 아줌마가 나랑 친한 척 내 어깨를 톡 치며 말했다.

"부자지간이니께 닮지, 괜히 닮겠슈?"

용만 아저씨가 끼어들었다. 삼촌은 넥타이가 어색해 자꾸 넥타이로 손이 갔다. 나도 나비넥타이가 불편했다. 가족이 된다는 건 정말 불편한 일이었다. 사람들 시선이 신부 대기실에서 나오는 김 약사에게 향한 틈을 타 나는 나비넥타이를 벗어 주머니에 쑤셔넣었다. 사람들은 이번에도 연분홍 원피스에 검은 하이힐을 신고 있는 여자를 보고 놀랐다. 설마, 김약사? 정육점 아저씨는 두 번이나 눈을 비비고 다시 보았다. 그러고는 옆에 있는 세탁소에게 조그맣게 말했다.

"약사 까운 그거, 못 쓰겠네. 그거 입고 있을 때하고 인물이 영판 달라 보이잖어?"

"형님도 참. 달라 보이긴 뭐가 달라 보인다 그러요. 진짜로 몰라볼 사람은 저기 저, 형님이고만요."

세탁소 아저씨가 턱으로 화환 옆에 서 있는 깔따구를 가리켰다. 깔따구는 예식장으로 오는 버스에서도 샌드백 아줌마 옆에 딱 붙어 있더니 예식장에 와서도 떨어질 줄을 몰랐다.

"뭐가 달라졌다고 그래. 홀쭉이와 뚱뚱이 그대로고만."

"형님도 참, 그런 거 말고요. 전에는 형님이 아줌씨랑 가급적 멀리 떨어져 있을라고 했잖아요? 헌디 지금은 떨어질라고를 안 허잖아. 한 보름 안 보이더니 먼 일이 있긴 있었어."

세탁소 아저씨 말대로였다. 샌드백 아줌마에게 KO당하고 안티푸라민 치료를 받는 동안 깔따구는 딴사람이 되었다. 안티푸라민의 박하향과 샌드백 아줌마의 손바닥이 깔따구의 영혼을 바꾸어놓은 것이다.

사회자가 예식 시작을 알렸다. 입장을 앞둔 삼촌은 우주선 발사대에 맨몸으로 선 기분이었다. 다리가 후들거렸다. 옆에 서 있는 녹두장군에게 모든 걸 양보하고 싶었다. 단상까지 이어진 레드 카펫이 너무 아득했다. 오늘 안에 저 단상까지 도착할 수 있을까. 사회자가 신랑 입장! 외쳤지만 귀에 들어오지 않았다. 뻣뻣하게 굳어 있는 삼촌을 녹두장군이 가볍게 밀어주었다. 삼촌은 얼떨결에 레드 카펫을 밟았다. 두 다리가 자꾸 엉켰다. 오른팔과 오른발이 동시에 나갔다. 결혼식장이 웃음바다가 되었다. 삼촌은 교련시간에 한 것처럼 속으로 구령을 붙였다. 발 바꿔, 발 바꿔. 이번에는 왼팔과 왼발이 동시에 나갔다. 김약사 손바닥에 땀이 고였다. 삼촌 눈에는 레드 카펫 말고는 아무것도 보이지 않았다.

삼촌을 구해낸 사람은 오늘의 신부, 우리 엄마 데릴라였다. 흰 드레스에 자잘한 꽃으로 만든 화관을 쓰고 엄마가 등장했다. 식장 안이 조용해졌다. 하객들은 입을 벌린 채 아무 소리도 내지 못했다. 통장은 오늘처럼 놀랄 일이 많으면 심장에 문제가 생기겠다고 걱정했다. 통장 옆에 앉아 있던 용만 아저씨는 우정을 선택한 걸 잠깐 후회했다. 주례 앞에서 덜덜 떨고 있던 삼촌은 자기를 향해 한 걸음 한 걸음 다가오는 샴푸의 요정을 눈이 부신 듯 바라보며 생각했다. 오늘 안에 나에게 도착할 수 있을까?

주례, 신랑, 신부가 너무 떨어 아슬아슬한 결혼식이었다. 결혼식 은 갈비탕으로 끝이 났다. 깔따구는 여전히 샌드백 아줌마 치맛자 락에 들러붙어 있었고 팽할머니는 이가 없는데도 홍어무침을 두 접시나 비웠다. 정육점 아줌마는 갈비탕에 입도 대지 않았다. 틀림 없이 중국산 갈비였기 때문이었다. 신랑과 신부는 하객들과 함께 갈비탕을 먹고 예식장에서 퇴근하듯 명왕3동으로 돌아왔다. 신혼 여행은 가을로 미루었다.

8월의 마지막 해가 저 건너편 유리궁전 뒤로 넘어가자 결혼식에 참석했던 사람들은 하나둘 공작나무 아래로 모여들었다. 포클레인 이 수도관을 건드려 공사는 중단된 상태였다. 내일부터 다시 공사 가 시작된다고 했다. 사람들은 군데군데 젖은 흙을 피해 앉았다. 약국 안채에서 쉬고 있던 김약사와 삼촌과 엄마와 나도 불려나왔 다. 김약사는 샌드백 아줌마에게 서둘러 음식을 부탁하고 삼촌과 용만 아저씨는 박카스와 구론산 상자를 나무 아래로 날랐다. 쌍용 슈퍼에서 술이 배달되고 아이스크림이 돌았다. 술잔이 부산하게 사람들 사이로 움직였다. 여기저기서 건넨 술에 삼촌 얼굴이 붉어 졌다. 자꾸 삼촌 뒤로 몸을 감추는 오늘의 신부도 정육점 아줌마가 권한 맥주 한 잔에 얼굴이 붉어졌다. 얼큰하게 술이 오른 용만 아저씨는 조금 전부터 줄기차게 '키스해, 키스해'를 외치고 있었다.

"삼촌, 공짜로 보자는 거 아녀. 축의금을 냈으니 고 정도는 서비스로 보여줘야 하는 겨. 안 그래유들?"

나와 청진기는 나무 뒤편으로 가 앉았다. 삼촌과 엄마를 보면 조금 쓸쓸해지려고 했다. 나무 뒤는 서늘하고 고요했다. 우리는 이런 기분에서는 그래야 하는 것처럼 하늘을 올려다보았다. 하늘이 조금씩 어둑해지고 있었다. 그때, 청진기에 작은 소리가 잡혔다. 처음에는 너무 작아 무슨 소리인지 알 수 없었다. 나는 숨을 죽이고 기다렸다. 소리가 점점 커졌다. 나무에서 나는 소리였다. 나뭇가지에서 폭죽처럼 꽃송이들이 터져 올라오고 있었다. 순식간에 천 송이, 만 송이, 백만 송이도 넘는 꽃송이가 나무를 뒤덮었다. 경찰서로 간 개양귀비 네 송이는 두번째 가지에 피어났다. 녹두장군이 만난 압둘 두바이의 친구, 핫산의 튤립은 비보이가 걸터앉아 있던 가지에 피어났다.

'왜 소름이 돋는지 알 수 없어.'

청진기를 처음 보았을 때도 그랬고, 세탁소 지붕에 앉아 노을을 바라보았을 때도, 드레스 입은 엄마를 보았을 때도 그랬다. 나는 팔뚝에 난 자잘한 소름을 쓰다듬으며 청진기에게 속삭였다.

'아름다운 건 무서운 건가봐. 이 소름 좀 보라니까.'

나는 누군가에게 말해줘야 할 것 같아 얼른 나무 잎으로 돌아갔다. 어느새 반짝이 재킷을 걸치고 온 세탁소 아저씨가 한 곡 뽑고 있었다. 사람들은 태지나, 현찰, 서른도의 목소리를 한꺼번에 들을 수 있었다. 용만 아저씨는 그 옆에서 탬버린을 흔들었고 정육점 아저씨는 가슴을 출렁이며 몸을 흔들었다. 깔깔거리는 정육점 아줌마의 포도주색 머리칼이 더 붉어졌고, 세탁소 아줌마는 여전히 44사이즈의 표정으로 박수를 쳤다. 팽할머니는 슬슬 통증이 시작되는지 엄지발가락을 샌드백 아줌마가 끓여온 순댓국으로 누르고 있었고, 그 앞에서 녹두장군은 말없이 술을 마시고 있었다.

드디어 삼촌과 데릴라가 입맞춤을 했다. 우리 엄마 말고 데릴라 말이다. 나는 슬퍼질까봐 얼른 눈을 돌려 나무를 올려다보았다. 입맞춤을 성사시킨 용만 아저씨가 소변을 보러 가다 우리를 보았다.

"어이, 좆만이. 뭘 그렇게 올려다봐?"

나는 나무에 피어난 꽃을 가리켰다. 더 커진 꽃송이들이 바람에 흔들리고 있었다. 용만 아저씨 눈에는 어둑해지는 하늘과 죽은 나뭇가지만 들어왔다. 아저씨는 내 손가락이 가리키는 허공에서 뭔가를 더 찾아보려 했지만 그럴 시간이 없었다. 사람들이 용만 아저씨를 가만두지 않았다. 신랑 신부 다음으로 인기가 좋은 사람은 역시 용만 아저씨였다. 아저씨가 가는 곳마다 웃음이 터졌다. 김약사도 오늘만은 용만 아저씨 수다가 즐거웠다.

밤이 깊어도 아무도 돌아가지 않았다. 아무도 말하지 않았지만 며칠 후면 뿔뿔이 흩어지게 되리라는 것을 서로 알고 있었다. 녹두장군은 여전히 말없이 술잔을 비우고 있었고 춤추며 노래하는 사람들 위로 나무의 꽃그림자가 일렁거렸다. 사람들이 물에 떠내려가면서 춤을 추고 있는 것 같았다. 내일이면 다시 공사가 시작된다고 했다. 나는 삼촌에게 했던 것처럼 나무를 뚫어져라 쳐다보며 텔레파시를 보냈다.

날아가!

날아가!

멀리 날아가버려!

어느새 몸에 술을 가득 채운 녹두장군이 밤하늘을 바라보며 이야기를 시작하고 있었다. 나와 청진기는 노랫소리에 묻히는 이야기를 놓치지 않기 위해 장군 옆에 바짝 붙어 앉았다.

나귀 뱃속

그날도 길을 걷고 있었지. 너무 오래전 집을 떠나와 동서남북이 어느 쪽, 내가 떠나온 마을이 어느 쪽인지 까마득했어. 그 노인 이야기에 속아 이렇게 헤매는 건 아닌가, 그 마을이 정말 있기는 있는 걸까. 고향의 식구들은 몸 성히 잘 있을까.

날은 어둑해지는데 집이라고는 한 채도 보이지 않았어. 풀밭이나 나무 밑에서 보내는 밤이 수두룩했으니 어두워진대도 걱정할 건 없었지. 그런데 그날 기분은 그렇시 않은 거야. 서쪽 하늘이 홍역 걸린 막내동생 얼굴처럼 벌겋게 달아오르고 있었거든. 그 하늘빛을 보니 염통 속으로 짠 눈물이 흘러들어오는 기분이었어.

새들도 둥지를 찾는구나.

벌건 노을 속으로 쇠기러기들 줄지어 날아가고, 성질 급한 별 하나 해 떨어진 자리에 벌써 돋아 있었지. 그날 밤만은 꼭 지붕 아래서 쉬고 싶은 생각이 들었어. 한 고개, 두 고개, 세 고개…… 넘고 넘어도 불빛은 보이지 않았어. 젠장, 발바닥의 티눈도 외로운지 안으로 안으로만 파고들었어. 발바닥을 모로 세워 발 옆구리로 걸었지.

삐쭉 빼쭉, 빼쭉 삐쭉.

그림자 없는 밤이었으니 망정이지 그림자까지 발뒤꿈치에 달고 걸었으면 쌍으로 웃길 뻔했다니까. 마지막 열두 고개를 막 넘어서는데 저 멀리서 불빛 하나가 반짝, 다시 반짝했어. 발바닥 티눈 생각도 않고 눈앞이 환해져 그냥 달려내려갔어. 티눈도 그때는 모른 척해주더군.

대문은 잠겨 있었어. 문 틈새로 불빛이 새어나오는데 아무리 문을 두드려도 아무도 내다보질 않는 거야. 맑은 종소리에 해금, 아쟁, 장구에 태평소 소리만 대문을 넘어 들려왔지. 누가 부르는지 그 가락에 맞춘 노랫소리도 기가 막히더구만.

이상도 하다, 이 밤중에 노랫소리라니.

문 틈새에 눈을 바짝 갖다 붙이고 안을 들여다보았어. 내 등뒤는 깜깜한 밤인데 대문 안은 환한 대낮이었어. 잔치, 잔치, 혼인 잔치가 벌어지고 있었어. 마당 한쪽에서는 삼현육각이 울고 마당 가운데 초례청에는 아름다운 신랑신부가 마주 보고 서 있었지. 신부 머릿결에서 풍기는 향기가 은은하게 초례청에 감돌고 그 향기에 반한 신랑 가슴이 뛰었어. 초례상에는 복숭아 사과 수박 포도에 무화과 자두 석류 대추에, 약과 강정 매잡과 백편 꿀떡 찰떡 시루떡 어포 육포 생강정 유자정 신선로에, 해당화 모란 작약 수국 백일홍 장미 나리 상사화……

마당 뒤로 주먹만한 우렁이들이 떼굴떼굴 구르는 연못이 보이고, 그 연못에서 우렁 잡는 각시들이 보이고, 녹각에 홍삼에 맥문동에 감초에 영지 우황 사향 용연향 진동하는 약방이 보이고, 붉은 고기 내걸린 푸줏간이 보이고, 흰 빨래 걸어 넌 빨랫집이 보이고, 설설 김 오르는 순대에 맑은 술잔 오가는 반점이 보이고, 신랑신부를 둘러싼 사람들은 덩실덩실 춤추며 노래하고 있었어.

……기가 막힌 잔치였지.

그래도 그 꽃들 없었다면 몇 번 문 앞에서 비비적거리다 말았을 거야. 색색으로 백만 송이 꽃을 피워올린 나무가 마을 한가운데 서 있었지. 한 아이는 나뭇가지에 거꾸로 매달려 춤을 추고, 그 나무 아래서 표범처럼 노래 부르는 사람도 있고. 바람이 불어 꽃잎이 눈처럼 날렸어.

다리가 후들거려 잡고 있던 문고리를 더 꽉 잡았어. 내가 그토록 찾아다니던 마을이 그 대문 안에 들어 있었던 거야. 지나간 날들이 눈앞으로 흘러갔어. 집 떠나와 저 꽃밭 있다는 마을 찾아 여기까지 온 거야. 이런 날이 오려고 그 고생을 다 했구나. 울컥했어. 행여 누구 따라온 사람 있나 싶어 뒤를 돌아보았어. 남 속도 모르고 시커

먼 어둠만 등뒤에서 뭉글거리고 있었지.

마음을 가다듬고 대문을 두드렸어. 주먹이 통통 부어오르도록 두드리고 두드렸어. 꿈쩍도 안 해. 열 손톱이 다 문드러지도록 문 틈을 비벼댔지. 평생 찾아다닌 마을이 바로 문 안에 있는데 손톱이 빠진데도 어쩔 수 없었지. 한데, 끄떡도 안 해. 날 낳아준 어머니 뱃속으로 다시 들어가려 한들 그렇게 힘들었겠어?

한 발짝만 들여놓으면 그 마을인데 환장하겠더라고. 그렇게 찾아다닌 마을이 바로 저 안에 있는데. 눈을 부릅뜨고 그 안을 들여다보았지. 그때, 누군가 내 뒤통수를 여지없이 후려치는 거야.

따악!

죽비 쪼개지는 소리가 났어. 눈에서 번갯불이 튀었지. 얼른 뒤통수를 싸쥐며 뒤돌아봤어. 한 노인이 별 미친놈 다 보겠네, 하는 표정으로 나를 쳐다보며 그러더라고.

"떼끼 이눔아, 왜 멀쩡한 나귀 똥구멍 속은 들여다보고 있는 거야!"

8월에 내리는 눈

무언가 어른거리는 기운에 눈을 떴다. 분명 나무 아래 잔치 마당에 있었는데 어느새 삼촌 방에서 잠이 들어 있었다. 지난밤 장군의 목소리가 아직 귓가에 남아 있었다.

260

그토록 찾아다니던 마을이 거기 있었어. 바로 내가 몰고 다니던 나귀 뱃속에 말이야!

누군가 여기까지 안아다 눕혔을 텐데 기억이 나지 않았다. 잔치가 끝났는지 바깥은 조용했다. 나는 얼른 일어나지 못하고 누운 채 천장을 올려다보았다. 천장에 나무 그림자가 꽉 차 있었다. 벽에도 옷장에도 그림자가 일렁이고 있었다. 공작나무 그림자였다. 포클레인에 시달린 나무는 그림자에도 상처를 달고 있었다.

나와 청진기는 그림자를 따라 마루로 나왔다. 마루에도 나무 그림자가 들어와 있었다. 김약사의 방문을 열어보았다. 잠들어 있는 김약사 얼굴 위로도 그림자가 어른거렸다.

그림자를 따라 마당으로 나왔다. 그림자는 태평양약국 지붕을 넘어 세탁소로, 정육점으로, 슈퍼로 일렁이며 번져가고 있었다. 창문이 하나도 없는 팽할머니 방으로도 그림자가 스며들어갔다.

그림자를 따라 골목으로 나왔다. 잔치는 끝나고 골목에는 아무도 없었다. 삼촌도 데릴라도 녹두장군도 보이지 않았다. 건너편에서 공작나무가 우리를 쳐다보고 있었다. 나무에는 아직도 백만 송이도 넘는 꽃들이 피어 있었다. 나와 청진기는 나무 쪽으로 건너가다 멈춰 섰다. 오랫동안 쥐고 있던 주먹을 펴는 것처럼 죽어 있던 공작나무 반쪽이 천천히 살아나고 있었다. 접혀 있던 가지들이 툭툭 소리를 내며 펼쳐졌다. 나무는 날개를 활짝 펼친 공작 모양이 되었다.

'작별인사를 해야 할 것 같아.'

청진기가 내 귀에 대고 말했다. 그래야 할 것 같았다. 내가 보낸 텔레파시는 백발백중이었다. 나무는 날아오를 준비를 하고 있었다. 가지가 심하게 흔들리더니 나무 전체가 흔들리기 시작했다. 우리는 뒤로 물러섰다. 포클레인이 파놓은 덕분에 뿌리는 쉽게 뽑혀 올라왔다. 순간 사방이 고요해졌다. 잠깐 멈칫하던 나무는 마침내 뉴호라이즌스호처럼 높이 솟아올랐다. 우리는 숨을 깊이 들이마셨다. 안녕, 어느새 높이 올라간 공작나무는 멀어져가고 있었다.

점점. 점점. 점점……

공작나무를 시작으로 뿌리 근처에서 우왕좌왕하던 개미들이 날아오르고 집들이 깨어나 떠오르기 시작했다. 골목이 떠오르고 가로등이 날아오르고 텃밭의 허수아비가 날아올랐다. 비보이는 물구나무선 채로 날아가고, 킬리만자로 표범의 목 쉰 소리가 메아리처럼 따라가고, 순댓국집 주렴이 구슬 소리를 내며 날아갔다. 안티푸라민의 박하향이 날아가고, 인생은 엔조이가 날아가고, 쭈쭈바가 날아가고, 코끼리 콩콩은 아가씨를 태운 채 절벽에서 날아올랐다. 약국 녹슨 셔터가 날고, 성신설비 연장통에서 빠져나온 펜치, 드라이버, 줄톱, 몽키 스패너가 날고, 그것들을 노린 팽할머니의 카트가 시속 3백 킬로로 뒤를 따라 날아갔다. 날아갔다. 모두 날아갔다.

나와 청진기는 오래도록 밤하늘을 올려다보았다. 얼굴 위로 차갑고 얇고 가벼운 것이 내려앉고 있었다. 눈이었다. 밤하늘로 날아간 것들이 눈이 되어 내리고 있었다. 처음 내 얼굴 위로 내려앉은 눈은 너무 얇고 가벼워 눈이 아니라 눈의 비늘처럼 느껴졌다.

'마술사가 우리 동네를 눈으로 하얗게 덮은 다음 사라지게 하는 마술을 하고 있는 거야. 내일 일구사오가 잡으러 오지 못하게 말이야.'

나는 마술사의 귀에 들릴까봐 아주 작은 소리로 청진기에게 속삭였다.

'…… 그리고…… 그리고 말이야……'

나는 목에 걸고 있던 청진기를 벗었다. 서로의 귀에 아무 말 하지 않았지만 청진기와 나는 잘 알고 있었다. 우리는 텔레파시도 필요 없는 사이였으니까. 청진기는 눈 속 어딘가로 결혼 비행중인 삼촌과 데릴라의 소리를 마지막으로 들려주었다. 나는 청진기의 늘어진 고무관과 녹슨 집음기 부분을 꼼꼼히 만져주었다. 그러고는 크게 숨을 들이쉰 다음 청진기를 공중으로 힘껏 던졌다. 청진기는 비행하는 법을 처음 배운 새처럼 뒤뚱거렸다. 눈을 감고 싶었지만 꾹 참았다. 청진기는 곧 균형을 잡았다. 내 머리 위를 한 바퀴 크게 선회한 청진기는 뒤돌아보지 않고 날아갔다. 갑자기 목 안쪽 혀뿌리 부근이 근질근질해졌다. 청진기는 점점 멀어져가고 있었다. 내 목에 걸려 있던, 낯설고 동시에 낯익은 목소리가 재채기처럼 튀어나왔다.

"안녕…… 안녀엉."

세상은 온통 눈으로 덮여 이제 내가 올라갈 지붕은 하나도 남아 있지 않았다.

나귀 뱃속에, 그 뱃속의 작은 마을에 백 년이나 내릴 것처럼 눈이 내리고 있었다.

"고맙습니다."

작가의 말

　지붕만큼 황홀한 공간이 또 있을까. 어쩌면 이 지구 위에 처음 집이라는 '물건'을 만든 사람은 아궁이나 방이 아니라 지붕이 필요해서 집을 지은 건 아닐까.

　어설픈 옥상에는 수없이 올라가보았지만 나는 아직껏 지붕에 올라가본 적이 없다. 지붕 위로 올라간 사람을 본 적은 있다. 초혼(招魂) 장면을 목격한 건 아홉 살 때다. 할아버지가 돌아가시자 집안 어른 중 누군가가 지붕 위로 올라갔다. 어른은 할아버지의 저고리를 흔들면서 할아버지 택호를 소리쳐 불렀다. 돌아와달라고. 지붕 아래 우리는 그 모습이 무섭다 우습다 울다가 웃다가 했다. 펄럭이던 저고리가 지금도 선명하다.

　청혼(請婚) 때문에 지붕 위로 올라간 친척이 있다. 제대하고 시골에서 상경한 그는 눈이 큰 서울 아가씨와 사랑에 빠졌다. 청혼을 했다. 소식을 듣고 상경한 노모는 아들의 청혼 상대를 마음에 들어하지 않았다. 눈만 크고만. 아들은 결혼 승낙을 받아내기 위해 자취집 지붕 위로 올라갔다. 서울 지붕은 어째 더 높아 봬. 그 아래에서 간담이 서늘해진 노모는 내려오라 사정했고 아들은 버텼다. 허락해달라고. 아들이 이겼다. 노모는 서울 아가씨를 며느리로 받아들여야 했다.

두 혼, 초혼과 청혼의 장소로 지붕만한 곳이 세상에 또 있을까. 그래서일 것이다. 지붕이 나에게 더없이 황홀한 공간으로 여겨지는 것은.

평택 대추리와 용산과 왕십리가 있었다. 앞으로도 계속될 왕십리들. 몸도 마음도 게을러 현장에서 함께하진 못했다. 미안하고 부끄럽다. 사람들에게 지붕들에게. 포클레인에 찍혀나가는 지붕들을 어디로든 날려보내주고 싶었다. 그 누구도, 그 어떤 것도 잡지 못할 곳으로.

부끄러워서 쓰기 시작한 글이 끝까지 부끄럽다. 그런 줄 알면서도 욕심이 앞서 이렇게 책을 낸다. 핑계라면 이 글 속의 지붕들을 훨훨 날려보내주고 싶어서. 그러니 부족한 것 눈감아주시고 책을 내도록 도와주신 선생님들께 감사하고 죄송할 뿐이다. 여러 수고로움을 마다 않고 원고를 살펴주신 편집부 선생님들과 문학동네에 감사의 인사를 전한다. 그리고 글 꼴, 사람 꼴 되도록 항상 옆에서 함께해주는 동료들에게 깊은 우정의 인사를 전한다.

실속도 없이 간신히 지붕만 기와였던 집에서 어머니는 우리를 입히고 먹이고 가르치셨다. 이 글을 쓰기 전부터 어머니는 아팠고 쓰는 동안에도 아팠고 글을 마칠 무렵 돌아가셨다. 종이책과는 거리가 먼, 들판이 당신의 종이였고 옥수수와 보리가 당신의 문자였던 어머니는 딸이 흰 종이에 검은 글씨 심는 걸 자랑스러워하셨다. 나의 지붕이었던 어머니에게 이 책을 바친다.

2010년 7월
한수영

문학동네 장편소설

플루토의 지붕

ⓒ 한수영 2010

초판 인쇄 │ 2010년 7월 15일
초판 발행 │ 2010년 7월 22일

지은이 한수영
펴낸이 강병선
책임편집 백다흠 │ 편집 정세랑 성혜현 염현숙
독자 모니터 양은희 │ 디자인 이경란 유현아
마케팅 장으뜸 서유경 정소영 강병주 나해진 박보람 정진아
온라인 마케팅 이상혁 한민아 │ 제작 안정숙 서동관 김애진
제작처 한일프린테크(인쇄) 시아북바인딩(제본)

펴낸곳 (주)문학동네
출판등록 1993년 10월 22일 제406-2003-000045호
주소 413-756 경기도 파주시 교하읍 문발리 파주출판도시 513-8
전자우편 editor@munhak.com │ 대표전화 031)955-8888 │ 팩스 031)955-8855
문의전화 031) 955-8890(마케팅) 031) 955-8862(편집)
문학동네카페 http://cafe.naver.com/mhdn

ISBN 978-89-546-1131-2 03810

* 이 책의 판권은 지은이와 문학동네에 있습니다.
  이 책 내용의 전부 또는 일부를 재사용하려면 반드시 양측의 서면 동의를 받아야 합니다.
* 이 책은 대산창작기금을 받아 출간되었습니다.
* 이 도서의 국립중앙도서관 출판시도서목록(CIP)은 e-CIP 홈페이지(http://www.nl.go.kr/ecip)에서
  이용하실 수 있습니다.(CIP제어번호: CIP2010002456)

www.munhak.com